Lotte Kinskofer
Heimvorteil

Die Autorin

Lotte Kinskofer, geboren und aufgewachsen an der Grenze von Niederbayern zur Oberpfalz, hat in Regensburg das Gymnasium besucht. Heute lebt sie in München, aber Regensburg ist für sie immer eine zweite Heimat geblieben.
Die promovierte Germanistin arbeitet als Autorin und Drehbuchautorin. Bislang sind zwei Romane sowie drei Kinderbücher und mehrere Sachbücher von ihr erschienen.

Handlung und Figuren dieses Buches entspringen der Phantasie. Darum sind eventuelle Übereinstimmungen mit lebenden oder verstorbenen Personen zufällig und nicht beabsichtigt.

Lotte Kinskofer

Heimvorteil

Oberpfalz Krimi

Prolibris Verlag

Originalausgabe 2007
4. Auflage 2011

Tel.: 0561/7 66 44 9-0, Fax: 0561/7 66 44 9-29

Lektorat: Anette Kleszcz-Wagner
Korrektorat: Manfred Sommer
Titelfoto: Marjan Sporel, Regensburg
Druck: GGP Media GmbH, Pößneck
ISBN: 978-3-935263-46-7

www.prolibris-verlag.de

1.

„Gegrüßet seist du Maria, voll der Gnade, der Herr ist mit dir ..."

Inbrünstig betete Sepp Freisleder mit gefalteten Händen, hatte die Augen gen Himmel gerichtet und murmelte die Worte vor sich hin. Hartmut Degenhardt stand neben ihm, nervös trat er von einem Bein auf das andere. Er war kein gläubiger Mensch, der Bürgermeister.

„Jetzt hör schon auf, Freisleder."

„Oh Herr, gib ihm die ewige Ruhe ..." Der Mesner ließ sich nicht vom Beten abbringen.

„Ich ruf jetzt die Polizei", unterbrach ihn Degenhardt, zog sein Handy heraus und wählte die Notrufnummer.

„Erst den Pfarrer, wegen der letzten Ölung."

Der Bürgermeister ignorierte diesen Vorschlag, was sollte der Pfarrer noch ausrichten? Doch damit alles seine Ordnung hatte, rief Degenhardt nicht nur die Polizei, sondern auch noch seinen Schwager an, den Dorfdoktor Wachter. Sollte der offiziell feststellen, was ganz deutlich war. Alois Schindler, Mitarbeiter der Gemeinde Neukirchen auf dem Wertstoffhof im Ortsteil Helmering, lag mit dem Gesicht nach unten und einem Messer im Rücken auf dem Container für Elektroschrott. Er war tot.

Ausgerechnet heute Morgen beim Frühstück hatte sich der Bürgermeister vorgenommen, im Wertstoffhof nach dem Rechten zu sehen. Mehrfach hatte es Beschwerden von Bürgern gegeben, dass Alois Schindler zu spät aufsperre, weil er noch seinen Rausch vom Vorabend ausschlafen musste. Wenn ihn jemand aus dem Bett klingelte, dann war er grob und unverschämt. Degenhardt wollte mit ihm ein paar deutliche Worte reden. Aber er war zu spät gekommen.

Kaum hatte er nun sein Telefongespräch mit der Polizei beendet, fing Sepp Freisleder zu reden an.

„Ich hab ihn vorher angefasst und ein bissl umgedreht. Meinst, des ist schlimm?"

„Musst es eben der Polizei sagen."

„Weißt, wie ich gekommen bin und er ist da gelegen, da hab ich gedacht: Vielleicht kann man noch was machen."

Ein optimistischer Gedanke, dachte Degenhardt, denn das Messer steckte ziemlich genau im Herzen. Aber gut, der Schock war sicherlich groß gewesen beim Freisleder.

„Ich hab mich sowieso gewundert, dass hier schon offen war", redete der einfach weiter. „Weil der Alois doch oft zu spät war. Und gestern hat ja die Mannschaft daheim gespielt, und da wird er nachher bestimmt noch ein paar Halbe getrunken haben."

Hartmut Degenhardt hätte jetzt lieber in Ruhe nachgedacht, aber der Mesner war nicht zu bremsen. Er redete einfach vor sich hin, um seinen Schrecken zu überwinden.

„Ich hab schon viele Tote gesehen, aber der Alois, der ist doch ermordet worden. Des ist ganz furchtbar. Oder meinst, es war ein Unfall?"

Die Frage war so dumm, darauf wollte der Bürgermeister einfach nicht antworten. Stattdessen rief er in der Gemeinde an, informierte seine Sekretärin, gab ihr Anweisungen. Dann telefonierte er mit seiner Frau, und als der Freisleder immer noch keine Ruhe geben wollte, gab er ihm sein Handy.

„Da, ruf deinen Pfarrer an, wegen der Ölung."

Der Freisleder zögerte kurz, dann wählte er eine Nummer. „Pfarrer Heimerl? Da ist Sepp Freisleder. Der Alois Schindler ist tot und ..." Degenhardt wunderte sich. Warum rief der Mesner von Helmering nicht seinen Pfarrer an, sondern den von Neukirchen?

„Ich möchte die Leich dem hochwürdigsten Herrn Pfarrer Hintermayer net zumuten", hörte er jetzt den Freisleder sagen. Aha, Pfarrer Heimerl hatte also dieselbe Frage gestellt.

„Es ist nämlich ein Mord oder so, und ich weiß net, ob er des in seinem hohen Alter noch so einfach verkraftet." Offenbar war er mit der Antwort des Neukirchner Pfarrers zufrieden, denn der Freisleder lächelte, bedankte sich und gab dem Bürgermeister sein Handy zurück. „Der kann ihm dann auch die Augen zudrücken."

Degenhardt steckte sein Handy ein und seufzte. Diese Sorgen hätte er jetzt auch gern.

„Ich hab ihn gefunden", sagte Sepp Freisleder zu Kommissar Lukas Abramovic. „Ich wollt die Gartenabfälle aus dem Pfarrgarten herbringen. Da hab ich mich schon gewundert. Weil nämlich noch gar nicht neun Uhr war, und das Tor war schon offen."

Der Kommissar nickte, machte sich Notizen und sah hinüber zum Container, wo die Kollegen von der Spurensicherung beschäftigt waren.

„Ich bin dann einfach rein", erzählte der Freisleder weiter, „und wollte abladen, da hab ich das Rad stehen sehen. Weil der Schindler fährt nämlich nicht Auto ..." Freisleder korrigierte sich: „Er ist net Auto gefahren, weil er gern viel getrunken hat. Der hatte ein Radl und einen Anhänger und manchmal hat er dann Sachen damit transportiert, zum Beispiel ..."

„Familie?", unterbrach der Kommissar.

„Keine Freundin, keine Familie, soweit ich weiß", schaltete sich der Bürgermeister ein. „Die Mutter ist tot, der Vater unbekannt. Wenn Sie seine Bekannten treffen wollen, dann müssen Sie auf den Sportplatz oder ins Wirtshaus."

„Er war Fußballtrainer mit Leib und Seele", ergänzte der Freisleder.

„Hatte er Schulden oder Probleme? Streit mit irgendjemandem?"

Degenhardt und Freisleder wechselten einen Blick.

„Beliebt war er nicht", sagte der Bürgermeister.

„War er so unbeliebt, dass ihn einer umbringt?"

Degenhardt schüttelte den Kopf. „Kann ich mir nicht vorstellen."

„Wir sind so weit fertig", sagte der Kollege von der Spurensicherung zum Kommissar. „Nicht ganz einfach auf diesem Schuttplatz." Abramovic nickte. Hier brauchbare Spuren zu finden, war sicher eine Kunst.

„Ihr müsst ihn noch dalassen!", rief der Freisleder, als zwei Männer mit einem Sarg auftauchten. „Der Pfarrer war noch net da."

Degenhardt seufzte, und Abramovic sah ihn fragend an. „War der Tote sehr religiös?"

„Überhaupt nicht, aber der, der ihn gefunden hat, dem hilft's."

Die Männer betteten den toten Alois Schindler in den Sarg und trugen ihn weg, bevor noch Pfarrer Heimerl aufgetaucht war. Der Freisleder konnte sich nur damit trösten, dass es für eine letzte Ölung wahrscheinlich schon zu spät war. Weil man das eigentlich macht, bevor einer stirbt. Und nicht Stunden nachher. Das wollte er noch genauer dem Bürgermeister erläutern, aber der verabschiedete sich gerade vom Kommissar.

„Wenn Sie mich brauchen, ich bin im Rathaus."

*

Alle vier Wochen besuchte Thomas Reitinger seine Mutter in Helmering. Meistens nur für einen Nachmittag. Er trank mit ihr Kaffee, er ließ sich die Neuigkeiten aus dem Dorf erzählen, er machte ein paar kleinere Reparaturen oder einige Besorgungen. Seine Mutter war mit ihren 62 Jahren weder besonders alt noch hinfällig, sondern eher eine von diesen tüchtigen Frauen, denen selten mal etwas zu viel wird. Aber gerade das war ja das Problem. Sie erwartete das auch von anderen und führte eine Liste, was es alles für den Thomas zu tun gab, wenn er das nächste Mal vorbeikam: Schwere Dinge von hier nach da tragen, im Garten helfen, einen neuen Duschkopf installieren. Oft genug überschätzte sie aber die Fertigkeiten ihres Sohnes, dann musste sie doch noch den Handwerker rufen.

Thomas Reitinger fuhr an diesem Montag von Regensburg aus die vierspurige Frankenstraße stadtauswärts, links die Donau, rechts Niederwinzer und Oberwinzer, wo er früher oft Gemüse gekauft hatte, als er noch mehr Zeit hatte und auch Freude am Kochen. Schöne Orte waren das, ganz nah an der Stadt und doch so idyllisch, als wäre man weit draußen. Aber die Frankenstraße störte das Bild, ein hässliches breites Asphaltband, das die beiden Dörfer von der Donau trennte. Reitinger sah auf die Felder, jetzt war Erntezeit, eigentlich könnte er abbiegen und sich ein paar frische Tomaten holen. Aber wozu? Er fuhr ohnehin zur Mutter aufs Land, die hatte alles im Garten, was angeblich gesund war. In Nieder- und Oberwinzer gab es auch etwas Weinanbau, aber vom örtlichen Gewächs hielt Thomas nicht viel, das war ihm dann doch zu trocken – oder zu sauer, wie er selbst sagen würde. Er bog von der Hauptstraße ab in Richtung Norden, fuhr die Naab entlang, langsam, um etwas von der Landschaft zu sehen. Hier war die Oberpfalz für ihn am schönsten, hier gefiel es ihm immer noch, auch wenn er vor 15 Jahren, gleich nach dem Abitur, weggezogen war. Die Hügel, der Fluss ...

Warum fuhr er eigentlich nicht mit dem Rad zur Mutter? Die dreißig Kilometer würde er doch noch schaffen. Oder warum machte er nicht mal wieder eine Paddeltour auf der Naab, so wie früher? Er erinnerte sich noch gut, dass er eine der ersten Bootstouren mit seiner damaligen Freundin Kati unternommen hatte. Da wohnte er noch in Helmering. Doch dann hatte es ihn fortgetrieben vom Dorf. Er wollte hier nicht versauern wie sein Vater, der Dorfschullehrer. Nicht einmal Kati hatte ihn halten können. So ging er nach Regensburg, zog in eine Wohngemeinschaft, studierte ein bisschen Jura, brach das Studium ab, fing bei der Zeitung an und landete im Sport. Er schrieb vor allem über Fußball, Bezirksliga aufwärts, aber leider nicht Jahn Regensburg. Das machte ein anderer Kollege und der gab das auch nicht her. Aber Reitinger war schon froh, dass er sich nicht mit den ganz unteren Klassen abplagen musste. Natürlich kümmerte sich Thomas Reitinger auch um andere Sportarten, aber der Fußball war seine Leidenschaft geblieben, auch wenn er selbst immer nur ein mäßiger Spieler gewesen war. Auf seinen Job war er nicht besonders stolz. Er hatte es nicht sehr weit gebracht und es machte ihm nicht einmal viel aus.

„Linzer Torte", hatte er gesagt, als die Mutter ihn fragte, welchen Kuchen sie backen sollte, und erst hinterher war ihm eingefallen, dass das gar nicht sein Lieblingskuchen war, sondern der seiner Frau Lisa. Aber die kam schon lange nicht mehr mit, wenn Reitinger nach Helmering fuhr. Lisa sagte, sie habe genug mit ihren eigenen Eltern zu tun, da müsse sie nicht auch noch die Zeit mit seiner Mutter verbringen. In Wirklichkeit wollte Lisa ihre Zeit nicht mit ihm verbringen. Die Mutter wusste es noch nicht, aber eigentlich war die Ehe von Thomas Reitinger am Ende. Sie wohnten nur noch zusammen, weil keiner von beiden die schön sanierte Wohnung in Stadtamhof mit dem herrlichen Blick über die Donau auf die Altstadt aufgeben wollte.

Es war schwierig, eine solche Wohnung zu bekommen. Aber Lisa arbeitete im Immobiliengeschäft, da ging es dann doch etwas leichter. Vermutlich würde seine Frau deshalb auch glauben, die Wohnung sei mehr ihre als seine. Doch Thomas wollte unbedingt bleiben. Noch immer genoss er bei der ersten Tasse Kaffee am Tag den Blick auf die Steinerne Brücke, hinüber auf den Dom, den Salzstadel und das Tor.

Er blickte auf die Geschlechtertürme und erinnerte sich an den Satz eines amerikanischen Touristen, den er zufällig mitgehört hatte: „The greater the tower, the bigger the power." Wer viel Macht hat, stellt auch den größten Turm hin. Daran hatte sich ja bis heute nichts geändert. Je wichtiger der Mensch sich fühlte, desto größer waren Haus und Auto.

Nein, eine Wohnung mit diesem Blick wollte er keinesfalls ohne Kampf aufgeben. Auch wenn Lisa und er jetzt eher eine Not- als eine Ehegemeinschaft bildeten. Reitinger fühlte sich fast an seine Studentenzeit in der WG erinnert: Die Wohnung war besser als damals, die Mitbewohnerin leider nicht.

Irgendetwas war anders als sonst, das merkte Thomas Reitinger schon, als er sein Auto vor dem Haus der Mutter parkte. Da stand der Dorfschreiner Sepp Freisleder, jetzt Mesner, mit der Reitingerin im Hof und gestikulierte wild herum. Seine Mutter hatte die Gartenschürze umgebunden und ein Messer in der Hand. Immer wieder deutete der Freisleder auf das Messer, hob die Hände zum Himmel.

Thomas mochte den Freisleder. Er wusste, dass der Mesner ein Auge auf seine Mutter geworfen hatte. Das war nicht schwer zu sehen. Er kam fast jeden Tag am Zaun vorbei und schaute genau, ob die Reitingerin nicht in ihrem Garten werkelte. Wenn ja, blieb er stehen und begann zu ratschen. Wenn nein, schlenderte er weiter, noch eine Runde durchs Dorf. Spätestens nach einer halben Stunde ging er wieder vorbei, es sei denn, er machte kurz im Wirtshaus halt. Die Reitingerin hatte ihrem Sohn erzählt, wie sie den Mesner oft schon von Weitem kommen sah. Dann richtete sie es so ein, dass sie was im Haus oder in der Gartenlaube zu tun hatte. Jeden Tag Freisleder, das war ihr zu viel. Sie war Witwe, und er war Witwer, sie wusste, was die Leute redeten.

Thomas aber hätte diese Verbindung gar nicht so schlecht gefunden. Freisleder war handwerklich sehr geschickt, und er, der Sohn, könnte sich seine monatlichen Besuche sparen, wenn der Mesner nicht nur in der Kirche und beim Pfarrer die Reparaturen übernähme, sondern auch bei seiner Mutter im Haus.

Aussteigen, nicken, „Grüß Gott" sagen, vielleicht noch eine Anmerkung zum Wetter. So fing man in Helmering ein Gespräch an. Aber er musste gar nichts sagen. Die Mutter riss gleich die Fahrertür auf, er hatte noch nicht mal den Motor abgeschaltet.

„Der Schindler ist tot."

„Ich hab ihn heut Morgen gefunden - im Wertstoffhof", ergänzte der Freisleder. Der Mesner sagte das mit einer Mischung von Stolz und Schaudern.

Thomas Reitinger wunderte sich noch nicht: „Hat er sich doch zu Tod gesoffen."

„Ermordet worden ist er!", riefen die Reitingerin und der Freisleder fast gleichzeitig.

Thomas sah verwundert von seiner Mutter zum Mesner, und der nickte. Er deutete wieder auf das Messer.

„Mit so was."

„Aber net mit dem", beeilte sich die Reitingerin zu sagen.

„Mit einem Küchenmesser."

Die beiden Rentner seufzten.

„So ist er dagelegen." Freisleder musste es einfach vormachen. Er beugte sich über Thomas' Auto, streckte die Arme aus, legte sich aber nicht ganz drauf, denn das Auto war ziemlich dreckig. Thomas Reitinger betrachtete den gebeugten Rücken Freisleders, die Vorstellung war etwas albern, aber doch recht plastisch.

Der Mesner erzählte noch vom Bürgermeister, von der Befragung durch die Polizei. Die Reitingerin hingegen wirkte etwas gelangweilt, das hatte sie alles offenbar bereits einmal gehört, der Freisleder stand bestimmt schon länger da.

„Wer bringt denn den Schindler um?", fragte der Thomas völlig verständnislos. Sowohl seine Mutter als auch der Freisleder zuckten die Schultern.

„Mögen haben ihn ja die wenigsten", sagte der Freisleder. „Das hast du vielleicht nicht mehr so mitbekommen, weil du nicht mehr hier wohnst. Aber seine Fußballer, die haben ihn nur *Schinder* geheißen, und wenn sie einen anderen Trainer gefunden hätten, wär er schon längst zum Teufel gejagt worden."

Einen Moment waren sie alle drei still.

„Erstochen mit einem ganz gewöhnlichen Küchenmesser", seufzte der Freisleder. „Das hat er aber auch nicht verdient."

Thomas Reitinger sah ihn irritiert an, denn er mochte nicht glauben, dass der Tod mit einem Gartenmesser, wie es die Mutter in der Hand hielt, eher verdient sein könnte. Oder besser. Oder angenehmer. Mord ist Mord. Dass einige dem Schindler den Tod wünschten, das konnte er sich vorstellen. Dass es jemand getan haben könnte, das wohl nicht.

„Es ist das Küchenmesser, das es letztes Jahr beim Metzger in Neukirchen vor Weihnachten als Geschenk für treue Kunden gab", erklärte die Mutter, und der Reitinger verstand: Das Messer gab es in fast jedem Haushalt in Helmering. Damit konnte es auch jeder gewesen sein. Waren jetzt alle verdächtig, die das Messer nicht oder nicht mehr hatten?

Der Schindler war ein ganz harter Brocken gewesen, das wusste der Reitinger von seinen Telefonaten mit ihm. Der hatte alles für den Verein getan und für den Aufstieg in die Bezirksliga, den seine Jungs jedes Jahr fast schafften – und dann doch wieder nicht. Er war vielleicht so Mitte bis Ende 40 geworden.

In seiner Jugend war er ein hervorragender Fußballer gewesen, er hatte von einer Karriere geträumt, die letztendlich dann mindestens zu den Löwen nach München führen musste. „Zu Real geh ich nicht", hatte der Alois damals immer verkündet, „ich mag nicht nach Italien." So mussten sowohl Real Madrid als auch Italien ohne den Schindler auskommen. Gingen ja genug Fußballprofis hin.

Als Thomas Reitinger ins Gymnasium kam, der Schindler war gerade 22 Jahre alt geworden, da passierte es. Ein Verteidiger vom FC Neukirchen trat ihn aufs Knie, Bruch, Operation, schlecht verheilt, Karriere vorbei. Der Schindler hinkte seitdem ein bisschen, aber er bekam eine Stelle beim Bauhof. Jeder fuhr seinen Dreck hin, und der Schindler sagte ihnen, in welchen Container sie das Zeug werfen sollten.

Seine Liebe aber galt nach wie vor dem Fußball in Helmering. Der Alois leitete nicht nur das „Spitzenteam", das immer noch in der A-Klasse herumgurkte, sondern auch die Jugend, weil er sich erhoffte, dort neue Talente zu entdecken. Aber wenn einer wirklich gut spielte, dann haute er ganz schnell ab, denn keiner wollte sich für die A-Klasse die Knochen zerdreschen lassen, so wie das dem Schindler passiert war.

„Ich hätte ja schon mit 18 zum Jahn Regensburg wechseln können", erzählte Schindler fast täglich am Stammtisch. „Aber ich wollte die Helmeringer nicht im Stich lassen, wir standen damals kurz vor der Bezirksliga."

Außer Fußball hatte der Schindler nichts. Der Job war Müll, im wahrsten Sinn des Wortes, Frauen gab es offenbar auch keine, die sich mit ihm einließen. Nicht einmal Hans Neubauer, der Vorsitzende des Sportvereins, mochte ihn besonders. Um den sensiblen Jugendlichen eine Alternative zu bieten, hatte Neubauer schon vor Jahren eine Tischtennis- und eine Turnabteilung beim Sportverein eingerichtet. Damit nicht jeder, der was machen wollte, unter die Fuchtel vom Alois geriet oder den Verein wechseln musste. Der hat ihm das nie verziehen.

Alle paar Wochen hatte Schindler beim Thomas in der Redaktion angerufen und ihn übel beschimpft, weil er nie etwas über seinen Heimatverein schreibe, weil er sich für die A-Klasse zu schön sei, der Zeitungsschmierer, weil er die Nase hoch trage und nicht mehr wisse, wo er hergekommen sei. Hatte er einen schlechten Tag gehabt, hatte der Reitinger gleich aufgelegt oder, wenn er dem Kollegen eins auswischen wollte, den Schindler weiter verbunden. An einem guten Tag hatte er sich das alles angehört, Verständnis geäußert, gesagt, er wolle sich die Sache noch mal überlegen, und dann erst aufgelegt und alles vergessen.

„Was sagt denn die Polizei?", fragte Thomas Reitinger.

„Dass er wahrscheinlich woanders umgebracht worden ist."

Die Reitingerin trat nervös von einem Fuß auf den anderen und warf ihrem Sohn verstohlene Blicke zu, aber der verstand überhaupt nichts – und als er was kapierte, da sagte er das Falsche: „Können wir nicht reingehen und eine Tasse Kaffee trinken?"

„Gern!", rief der Freisleder und war der Erste, der an der Haustür war.

Die Reitingerin sah ihren Buben strafend an, aber der wusste nicht, was er hätte anders machen sollen. Wenn die Mutter den Mesner loswerden wollte, dann musste sie das schon selbst tun.

„Musst du net bei deiner Zeitung anrufen?", fragte der Freisleder, als sie sich gerade in der Küche hinsetzten.

Reitinger sah ihn verblüfft an. Er war wirklich ein miserabler Journalist. Nicht einmal daran hatte er gedacht, dass das eine gute Geschichte für seine Kollegen war. Er käme ja für so was nicht in Frage, den Sportjournalisten halten sowieso alle für zu blöd. Das war was für die Kollegen Arsch und Friedrich. Die natürlich nicht ganz so hießen. Der eine schon, Fotograf Robert Friedrich, der sich so gerne Bobby nannte und wirklich alles fotografierte, was ihm in Regensburg und Umgebung vor die Kamera kam. Kollege Arsch hieß eigentlich Aschenbrenner, kürzte seinen Namen vor den Artikeln in der Zeitung mit „asch" ab und war ein richtiger Arsch. Voll gerechtfertigt, der Name. Fand jedenfalls der Reitinger.

Der Anruf beim Chef brachte eine Überraschung. Sein freier Tag war soeben gestrichen worden, erfuhr Thomas. Hervorragend, dass er schon am Tatort war, lobte der Chef. Eigeninitiative wurde sehr geschätzt in der Zeitung. Am besten 24 Stunden am Tag im Einsatz, aber nur acht bezahlt bekommen.

„Sie sind doch aus Helmering", sagte der Chefredakteur, der mit Thomas sonst kaum redete. „Recherchieren Sie mal, Sie haben bestimmt noch ganz andere Quellen als der Aschenbrenner. Bleiben Sie heute und morgen – dann sehen wir weiter. Soko Helmering sozusagen ..." Dann lachte er über seinen eigenen Witz.

„Und vergessen Sie nicht die Kollegen Aschenbrenner und Friedrich. Die kommen gleich raus aufs Land und übernachten im Hotel Hitzlkofer, damit sie die ganze Zeit vor Ort bleiben können. Wer weiß, was nächste Nacht geschieht."

Dem Reitinger war überhaupt nicht klar, dass der Hitzlkofer auch Fremdenzimmer hatte. Es war das einzige Wirtshaus im Dorf, das es noch gab. Wahrscheinlich hatte der Wirt sein eigenes Schlafzimmer geräumt, um Arsch und Friedrich unterzubringen. Es würde ihm nichts anderes übrig bleiben, als mal im Wirtshaus vorbeizuschauen. Danach aber wollte er nicht mehr nach Regensburg fahren. Die Mutter würde sich freuen. Der Bub blieb über Nacht.

Gleich anschließend rief Thomas Reitinger bei Lisa im Büro an. Es hieß, sie sei bereits um drei Uhr nach Hause gegangen. So schön möchte ich's auch haben, dachte Thomas und wählte die Nummer ihrer Wohnung. Doch Lisa war nicht da, vielleicht im Fitness-Studio, dachte er, denn sie wollte ja was aus ihrem Leben machen und nicht nur herumhängen so wie er. „Dass du ein Sportjournalist bist, das glaubt doch kein Mensch", sagte sie oft mit Blick auf Reitingers Bauch. Aber der konnte gleich mindestens zehn Sportjournalisten anführen, bekannt durch Funk und Fernsehen, denen man auch nicht ansah, dass sie irgendetwas mit Bewegung zu tun hatten. Die konnten grade noch ihr Mikrofon halten und das Weißbierglas natürlich. Der Thomas sprach auf seinen eigenen Anrufbeantworter, dass er in Helmering sei und dort bleiben müsse – dienstlich. Ein Mord. Ob die Lisa das glauben würde, war ihm egal. Beeindrucken konnte er sie sowieso nicht mehr.

Als Reitinger in die Küche zurückkam, hatte Freisleder den Zettel auf der Ablage schon entdeckt.

„Licht auf dem Speicher kaputt", las er vor. „Feuchtes Eck im Keller. Spülkasten in der Toilette hört sich komisch an."

Die Reitingerin wollte ihm den Zettel wegnehmen und auf ein anderes Thema überleiten, auf den Mord natürlich, aber Thomas witterte seine Chance. „Die Mutter schreibt immer auf, was kaputtgeht. Und wenn ich komm, dann reparier ich das alles." Das war natürlich gelogen. Eigentlich hätte er sagen müssen: Dann versuch ich, das zu reparieren, und wir rufen doch den Handwerker. Aber die Aussage erreichte ihren Zweck.

„Das kann ich doch machen! Du hast doch jetzt sowieso keine Zeit, Thomas."

Thomas Reitinger lächelte, das Gesicht der Reitingerin hingegen verfinsterte sich, als der Freisleder diesen Vorschlag machte.

„Warum hast denn nicht schon früher was gesagt, Theres?", fragte der Freisleder. „Ich helf dir doch gern." Daran war nicht zu zweifeln, wenn man dem Freisleder ins Gesicht schaute. Anscheinend hatte er sogar den Toten für einen Moment vergessen.

Thomas ließ die beiden Turteltauben allein und ging ins Wirtshaus. Tatsächlich saßen Arsch und Friedrich schon in einer Ecke.

„Geh her da!", rief der Wachter vom Stammtisch, als Thomas die Gaststube betrat. Richard Wachter war mit dem Thomas in dieselbe Klasse gegangen, hatte dann auf Arzt studiert, war aber volkstümlich geblieben. Ihn hatte es nach dem Studium wieder in die Heimat gezogen. „Genau wie den Pfarrer", sagte der Wachter immer und grinste. „Aber das ist das Einzige, was der alte Hintermayer und ich gemeinsam haben. Wir sind beide Heimkehrer, ich früher, er später."

Tatsächlich war auch Emmeram Hintermayer seiner Heimat treu geblieben, selbst wenn er in anderen Orten als Pfarrer tätig gewesen war. Seinen Altersruhesitz hatte er hier genommen, hielt werktags und sonntags eine Messe, machte Hausbesuche und Beerdigungen, ansonsten genoss er seinen Ruhestand und ging gelegentlich ins Wirtshaus, so wie heute. Für 80 Jahre war er noch recht fit.

Thomas setzte sich aber nicht gleich an den Stammtisch, sondern ging noch kurz zu den Kollegen an den Katzentisch. Er tat es nicht gern, aber er kam ihnen ja sowieso nicht aus, also war es besser, er redete gleich mit ihnen.

„Arrogantes Pack“, empfing ihn Arsch. „Die lassen uns nicht an ihren Scheiß-Stammtisch.“

„Gib eine Runde aus, und alles ist anders“, sagte Reitinger.

„Was verspricht sich der Chef eigentlich davon, dass du auch hier rumschnüffelst?“, wollte Friedrich wissen – und da tat es dem Reitinger schon leid, dass er überhaupt mit denen redete.

„Vielleicht, weil ich die richtigen Leut kenne“, sagte Reitinger und ging nun doch zum Stammtisch, wo er mit beifälligem Gemurmel begrüßt wurde.

Neben Richard Wachter saß Fritz Löbl, ein alter Suffkopf, der eigentlich immer hier war. Hans Neubauer war auch da, der Vater seiner Jugendliebe Kati. Aber geheiratet hat sie den Neffen vom Löbl. Weil Thomas sich nicht entscheiden konnte und in die Stadt gezogen war. Außerdem Rudi Hitzlkofer, der Wirt, in dessen Schlafzimmer, wie der Thomas vermutete, jetzt Arsch und Friedrich lebten. Natürlich täuschte er sich. Tatsächlich hatte der Hitzlkofer noch zwei Fremdenzimmer von ganz früher, als manchmal ein Handlungsreisender in Helmering Station machte. Seine Frau hatte die Zimmer in aller Eile hergerichtet, abstauben, saugen, Betten beziehen. Zum Pinkeln mussten die feinen Städter eben durch den Flur aufs Klo, und statt Dusche gab es Waschbecken. „Wird schon gehen für eine Nacht“, hatte Arsch gebrummt, und Hitzlkofer hatte geantwortet, dass jeden Tag duschen sowieso nicht gesund sei. Dann hatte er seinen unrasierten Gast von oben bis unten gemustert und sich gedacht, dass der ohnehin nie duschte.

„Sind Kollegen von dir, oder?“, fragte Hans Neubauer und wies mit seinem Glas Apfelschorle auf den Tisch im Eck. Reitinger nikkte schwach.

„Da ist er gestern gesessen“, brummte Fritz Löbl vor sich hin und zeigte auf einen leeren Stuhl. „Dass der Alois nimmer lebt, ich mag es net glauben.“ Er bestellte sich gleich noch ein Bier beim

Rudi, aus lauter Trauer um Alois Schindler, der nicht mehr unter ihnen weilte.

Die anderen am Tisch sahen sich unbehaglich an. Seit mehr als 45 Jahren, seit der Alois Schindler als lediges Kind einer Verkäuferin zur Welt gekommen war, hielten sich hartnäckig die Gerüchte, dass er vom Löbl sei. Doch weder Fritz selbst noch Alois hatten jemals etwas dazu gesagt, die bereits verstorbene Mutter vom Alois sowieso nicht. Wie Vater und Sohn hatten sie sich nie verhalten, auch dann nicht, wenn sie nebeneinander am Stammtisch saßen. Das Einzige, was man ihnen nachsagen konnte: Sie hatten nie Streit. Und das war ungewöhnlich, denn Löbl legte sich mit jedem an, wenn er blau war, und Alois sogar dann, wenn er nichts getrunken hatte.

„Wenn er da wäre, würde er mich gleich fragen, wann ich endlich eine Geschichte über meinen Heimatverein mache", sagte Thomas, und alle nickten.

„Er hat für den Fußball gelebt", bestätigte der Pfarrer. „Das war nicht immer in meinem Sinne, aber Gott, der Herr, ist seiner Seele gnädig."

„Woher wollen Sie das so genau wissen?", fragte der Wachter angriffslustig, doch die Frage ging unter, denn dem Thomas war wichtiger zu erfahren, was denn der Pfarrer gegen das Fußballspielen hatte. Emmeram Hintermayer hörte bereits schlecht, außerdem hatte er seine große Nase im Bierglas versenkt und war ganz aufs Trinken konzentriert, deshalb antwortete ihm Neubauer: „Weil die Kinder und Jugendlichen immer am Sonntag spielen, meistens schon am Vormittag. Und der Herr Pfarrer ist halt der Ansicht, dass sie lieber in die Kirche gehen sollten. Ja, das denkt der Herr Pfarrer."

Wachter grinste, der Pfarrer stellte gerade sein Glas ab, rülpste leise und nickte. „Als ob es keine andere Zeit für Sport gäbe als den Sonntag, wenn Gottesdienst ist."

Neubauer nickte schwach. Er war zwar Vorsitzender vom Helmeringer Sportverein, aber er war auch Kirchgänger. Und einer der wenigen, die sich vorstellen konnten, dass man nicht nur mit Bier, sondern auch mit anderen Getränken seinen Durst stillen konnte. Den „Schorle" nannten ihn manche, wenn er es nicht hörte, weil er meistens Apfelschorle trank.

„Immer wieder habe ich ihn darauf hingewiesen, dass der Sonntag der Tag des Herrn ist", erklärte der Pfarrer etwas, was jetzt keiner mehr genauer wissen wollte. „Aber er wollte nicht auf mich hören." Das klang nun fast so, als hätte den Schindler, der jetzt in der Stadt in irgendeinem Kühlfach herumlag und vielleicht noch auf seine Obduktion wartete, die Strafe Gottes ereilt. Dennoch die einhellige Meinung: Das hatte er nicht verdient.

„Gestern Abend war er lang da", erinnerte sich der Hitzlkofer. „Und nüchtern ist er nicht gegangen."

„Wann denn?", wollte der Thomas wissen.

„Als Vorletzter", meinte Hitzlkofer und warf einen kurzen Blick auf Fritz Löbl. „Bloß der Fritz, der war noch später dran."

Fritz nickte, wie zur Bestätigung, trank sein Bier aus und schaute sich erwartungsvoll nach der Wirtin um.

Thomas wandte sich an den Arzt: „Wie lang war er denn schon tot, wie ihr ihn heute Morgen gefunden habt?"

Wachter zuckte die Schultern: „Ich hab bloß den Tod festgestellt. Dann kamen die Spezialisten aus der Stadt."

„Tod feststellen – des hätt jeder gekonnt", brummte der Hitzlkofer. „Wenn ein Messer im Rücken steckt ..."

Die Frau vom Hitzlkofer stellte ein paar Bier auf den Tisch und eine Runde Schnaps dazu. „Von den beiden da hinten", richtete sie aus, und die Gabe wurde mit einem „Ahhhh" begrüßt.

Der Löbl winkte. „Setzt euch dazu." Arsch und Friedrich folgten der Einladung gern.

Der Pfarrer fragte gleich, ob sie nicht einmal eine Geschichte über seine schöne Kirche machen könnten. Denn die müsste dringend renoviert werden. Und wenn endlich mal in der Zeitung stünde, was für Kleinodien die barocken Figuren seien, dann würden die Leute gerne spenden.

„Dann würden sie dir deine Kirche ausplündern, dass grade noch die Mauern stehen bleiben, Pfarrer", brummte Fritz ein bisschen respektlos. Und als der Hochwürden ganz erschrocken dreinschaute, da nickte ihm Arsch ganz ernsthaft zu. „Das lassen wir lieber, Herr Pfarrer. Das ist zum Wohle aller."

So salbungsvoll hatte Thomas den noch nie reden hören. Ganz beeindruckt nahm er einen Schluck aus seinem Glas, völlig vergessend, dass die Kollegen das Bier spendiert hatten.

Arsch und Friedrich ließen sich jetzt all das erzählen, was Thomas schon längst wusste. Dass der „Schinder" alles getan hätte für den Verein und den Aufstieg in die Bezirksliga. Dass sie es auch fast jedes Jahr schafften – und dann doch wieder nicht.

Arsch notierte eifrig, Friedrich wollte unbedingt Fotos am Stammtisch machen. Wer weiß, wofür man die noch gebrauchen konnte. Keiner wollte sich fotografieren lassen, Friedrich schaute Hilfe suchend zum Thomas, aber der unterhielt sich gerade äußerst intensiv mit dem Wachter und dem Neubauer, damit er die beiden Kollegen nicht beachten musste.

„Nicht verheiratet, der Schindler?", fragte Arsch noch einmal der Vollständigkeit halber. Alle schüttelten einträchtig den Kopf.

„Keine Eltern mehr?"

Einige schüttelten den Kopf, andere schauten auf den Fritz, der aber so tat, als wüsste er gar nicht, worum es ging.

„Seine Mutter ist schon lange tot, und der Vater war von vornherein unbekannt", sagte Neubauer einfach so, weil das Schweigen schon peinlich wurde.

„Die Mutter wird ihn schon gekannt haben", grinste Friedrich und merkte nicht, dass er sich auf einem ganz gefährlichen Gelände bewegte.

„Bei Ihrer Intelligenz müssten Sie den Fall spätestens ziemlich bald gelöst haben", meinte Wachter.

Der Aschenbrenner war nicht sicher, ob der Mann sich über ihn lustig machte oder ob er so dumm war, wie er dreinschauen konnte. „Wer sind Sie?", fragte er nach.

„Das ist unsere grüne Sau", erklärte Löbl den beiden Journalisten und deutete auf den Arzt.

„Beherrsch dich, Fritz", mahnte Wachter. „Bloß weil ich den Kunstdünger nicht mit der Schaufel im Garten verteil, lass ich mich noch lange nicht von dir beleidigen."

„Wenn nicht grün, dann Sozi“, da blieb Löbl hartnäckig.

„Reicht ja, wenn du die richtige Partei wählst“, sagte der Wachter, dann wandte er sich wieder Thomas zu und erzählte ihm von seiner Frau, von den Kindern, von seinem Haus, von seiner Praxis, was man eben so erzählt, wenn man einen alten Spezl schon lange nicht mehr gesehen hat. Die beiden Journalisten würdigte er keines Blickes mehr. Die erkundigten sich in der ganzen Runde nach den Namen und Berufen der Anwesenden.

Thomas sagte nicht viel zum Thema Familie. Von seiner Frau redete er ungern, Kinder hatte er nicht, ein Haus schon gar nicht, und sein Beruf, na ja.

Ein fallender Stuhl störte die Gemütlichkeit. Pfarrer Emmeram Hintermayer hatte versucht aufzustehen und dabei seinen Stuhl umgeworfen. Eilfertig sprang die Hitzlkoferin herbei und stellte erst den Stuhl auf, dann griff sie dem Pfarrer unter den Arm.

„Ich bin schon noch gut zu Fuß“, wehrte der Pfarrer relativ unfreundlich ihre Hilfe ab. „Der Stuhl ist so blöd gestanden ...“

„Ist ja auch kein Kirchenstuhl“, spottete der Wachter, der es einfach nicht lassen konnte.

Der Pfarrer zahlte bei der Hitzlkoferin und verabschiedete sich. „Morgen in die Messe – würd euch allen net schaden. Gute Nacht.“

Kaum war er draußen, fragten Arsch und Friedrich nach dem Pfarrer. Ob er eine Liebschaft habe, wollten sie wissen, weil er es gar so eilig mit dem Heimkommen hatte.

„Der Hintermayer ist 80“, erklärte ihnen geduldig der Neubauer, während alle anderen in heiseres Grölen ausbrachen und einhellig der Meinung waren, dass diese Schwachsinnsvermutung eine weitere Runde Bier kosten müsse.

Aber manche sind doch noch ganz fit in dem Alter, meinte Arsch. Und dass ein Pfarrer eine Freundin hat, das wär doch nichts Neues.

„Wenn's da eine Frau geben tät, würden wir das im Dorf wissen“, erklärte Hitzlkofer und gab seiner Frau hinter der Theke ein Zeichen, dass sie eine neue Runde Bier perfekt machen solle.

Oder vielleicht war er schwul? Fuhr er öfter in die Stadt? Oder kam ihn öfter mal ein „Freund“ besuchen?

Die Helmeringer schüttelten den Kopf. Was diesen Leuten aus der Stadt so alles einfiel. Lauter Perverse. So was gab es hier bei ihnen nicht. Und schon gar nicht der Pfarrer. Der hatte nie Besuch. Die Neubauerin kochte manchmal für ihn und half im Büro, und die alte Frau, die die Kirche putzte, die machte auch bei ihm sauber. Hat er mit der was? Löbl grinste: Hätten die beiden Journalisten sie mal gesehen, sie würden nicht fragen. Der astreine Zölibatsverstärker, diese Frau. Alle lachten. Anstoßen, trinken, da kam die nächste Runde. Das geht auf den Verlag. Der Chef wird sich freuen.

Was war mit dem Alois Schindler? Keine Frau? Auch kein Mann? Vielleicht mochte er am liebsten kleine Fußballer? Dann hätte ihn irgendein Vater umgebracht, der ihm auf die Schliche gekommen war.

Den Helmeringern war das zu unappetitlich, aber das Bier, das diese beiden Typen mit der widerlichen Phantasie spendierten, ließen sie sich trotzdem schmecken.

Fritz Löbl brachte zwischen jede spendierte Halbe noch eine hinunter, die er angeblich selbst bezahlen wollte, was der Wirt aber eher skeptisch sah. Der Fritz hatte nur Geld, wenn die Rente überwiesen wurde. Vierzehn Tage später sah es schlechter aus. Und diese vierzehn Tage waren schon wieder rum.

Eigentlich kam er ja von einem stattlichen, schönen Bauernhof, gerade von dem, in den die Neubauer-Tochter eingeheiratet hatte. Fritz war der Onkel von ihrem Mann Stefan. Aber er ging nicht auf den Hof, seit Jahrzehnten schon nicht mehr. Irgendeine alte Geschichte. Lieber saß er hier im Wirtshaus, soff sich um den Verstand, die Leber und alle anderen Organe und manchmal, wenn er ganz blau war, dann brabbelte er davon, dass es einfach eine Sauerei sei. Fritz sei früher ein Weiberaufreißer gewesen, hatte Thomas mal gehört. Angeblich waren mehrere Kinder im Dorf von ihm. Die verheirateten Frauen schoben es dem eigenen Mann unter, und die ledigen suchten sich schnell einen zum Heiraten. Nur eine soll auf ihrem Kind sitzen geblieben sein: Mathilde Schindler, die Mutter vom Alois. Aber das war ein Gerücht.

Reitinger hatte genug für heute. Vom Bier und vom Reden. Hier war nichts Neues zu erfahren. Besoffene Männer, alte Geschichten und zwei Zeitungskollegen, die er eigentlich in seiner Freizeit nicht sehen wollte. Er legte dem Hitzlkofer einen Zehn-Euro-Schein hin, das musste irgendwie reichen, der Rest ging doch sowieso auf Kosten des Verlags, weil Aschenbrenner alle eingeladen hatte. Er klopfte dem Wachter noch auf die Schulter, grüßte kurz in die Runde und ging.

Freisleder war natürlich nicht mehr da, als er heimkam. Er hatte alles repariert, die Reitingerin noch einmal ermahnt, künftig ihn mit solchen Aufgaben zu betrauen, dann war er gegangen. Die Reitingerin aber hatte noch auf ihren Sohn gewartet. Sie wollte wissen, was man im Wirtshaus über den Mord redete.

Thomas erzählte nur einen Teil, um ihre Nerven zu schonen. Ein schwuler Pfarrer oder gar ein pädophiler Trainer, das wäre über ihre Kraft gegangen. Aber er erwähnte, dass seine Kollegen dem Pfarrer eine Liebschaft zutrauten. Anders als erwartet brach seine Mutter nicht in Gelächter aus.

„Man kann in die Leut nicht hineinschauen."

Thomas Reitinger wollte noch fragen, wie sie das meinte, aber seine Mutter stand auf. „Du bringst aus dem Wirtshaus auch nichts Gescheites mit. Genau wie dein Vater. Gute Nacht."

2.

Die Reitingerin dachte, der Thomas schlafe schon viel zu lange. Thomas dachte gar nichts, er schlief ja noch. Aber als ihn seine Mutter schüttelte, da hatte er das Gefühl, es sei mitten in der Nacht. Nichts hatte sich geändert in all der Zeit. Sie kam ins Schlafzimmer wie damals, als er mit 15 Jahren zum ersten Mal einen Bierrausch nach Hause getragen hatte, sie riss die Vorhänge auf, öffnete das Fenster und sagte: „Hier stinkt's." Dann ging sie wieder.

Jetzt könnte Thomas natürlich aufstehen, das Fenster zumachen, die Vorhänge auch und sich wieder hinlegen. Aber Therese Reitinger kannte ihren Buben, wenn der mal wach war, dann konnte er nicht mehr gut einschlafen. Thomas setzte sich auf, rieb sich die Augen, der Kopf tat ihm ein bisschen weh, aber er hatte es sich schlimmer vorgestellt. Gutes Bier, das der Hitzlkofer da ausschenkte. Er sah auf die Uhr. Neun.

Er stellte sich unter die Dusche, dachte daran, dass der Aschenbrenner das nicht konnte, weil sein Zimmer beim Hitzlkofer ohne Dusche war, deshalb duschte er gleich doppelt lang, weil er es genießen musste. Er trocknete sich ab, zog sich was an, ging in die Küche. Der Kaffeetisch war gedeckt, die Mutter hatte mit dem Frühstück auf ihn gewartet. Jetzt war auch klar, warum sie ihn geweckt hatte. Sie hatte Hunger.

„Morgen frühstück ich ohne dich", drohte sie ihm an, und Thomas hielt das für eine gute Idee.

Sie waren noch nicht fertig, da stand Freisleder schon in der Tür. „Ich hab gesehen, dass auf dem Dach ein paar Dachziegel locker sind, Theres", sagte er zur Mutter.

Die Reitingerin konnte das nicht glauben. Wieso sollten die locker sein? Es war seit Wochen kein Sturm mehr. Sie trat hinaus auf die Straße, sah skeptisch hoch, und tatsächlich – da hingen einige Dachziegel recht schräg. Freisleder wusste auch die Lösung: „Ich geh gleich hinauf und mach dir das", aber die Reitingerin winkte ab: „Das kann doch auch der Thomas."

Der Sohn stand in der Tür, kaute noch an seinem Frühstücksbrot und sah ziemlich müde auf seine Mutter und ihren Verehrer. „Ich kann da nicht rauf, ich bin nicht schwindelfrei", sagte er gleich.

Die Reitingerin ärgerte sich zunächst, aber wenn sie ihren Junior genauer musterte, dann musste sie sagen: So wie der heute aussah, fiel der tatsächlich gleich runter, und dann war sie ganz allein. Also besser, sie ließ sich vom Freisleder helfen und ihr Sohn blieb am Leben.

Natürlich musste man den Freisleder nachher in die Küche bitten auf eine Tasse Kaffee. Ein Stück Kuchen von gestern war auch noch da. Die Reitingerin warf einen flehenden Blick auf ihren Sohn, er möge sie jetzt nicht allein hier lassen mit dem Sepp. Thomas tat ihr den Gefallen. Wo sollte er so früh am Morgen auch hingehen? Außerdem: Wenn ihm jemand was über den Mord erzählen konnte, dann doch der Freisleder.

„Abramovic heißt der Kommissar", erzählte Freisleder und ließ sich gerne noch von der Reitingerin Kaffee nachschenken. „Auch kein hiesiger. Noch recht jung – und eine Kollegin hat er, die heißt Meyerbeer. Hört man auch selten. Kennst du die, Thomas?"

„Ich kenn die zwei Kripobeamten auch bloß aus der Zeitung", meinte Reitinger. „Ich bin ja Sportjournalist, da hab ich sonst mit der Kripo nichts zu tun."

„Vielleicht wirst ja befördert, wenn du ihnen jetzt hilfst, den Fall zu klären. Schließlich kennst du dich hier am besten aus."

Reitinger hatte so seine Zweifel. Er hatte kaum noch Ahnung von diesem Dorf, dafür war er viel zu lange fort. Er war hier, weil der Chefredakteur das gut fand und er selbst eigentlich auch. Ein toter Trainer, das war mal eine Abwechslung, normalerweise waren die recht lebendig, ziemlich fanatisch und manchmal auch reichlich unverschämt.

„Der Schindler war bis nach Mitternacht im Wirtshaus", fing Reitinger an.

„Siehst, schon bist du auf der Spur", strahlte Freisleder. „Das hat die Kripo so genau noch gar nicht gewusst, wie ich mit ihnen geredet habe."

Das wiederum wunderte den Thomas. Wenn man wissen wollte, wo einer aus Helmering am Abend war, dann gab es zwei Möglichkeiten: daheim oder im Wirtshaus. Alles andere war sehr verdächtig.

„Ich hab aber gehört, dass sie ihn so zwischen eins und drei umgebracht haben", ergänzte Freisleder.

„Mehrere Täter?"

„Wieso?"

„Weil du sagst: Dass sie ihn ..."

„Ach so. Das ist mir bloß so rausgerutscht."

Reitinger versuchte, die Nacht zu rekonstruieren.

„Also: Der Schindler kommt aus dem Wirtshaus. Er ist der Vorletzte, der Fritz muss noch austrinken und zahlen, sofern er Geld hat. Sonst anschreiben, das dauert noch länger. Dann wahrscheinlich noch bieseln. Bis der Fritz rauskommt, ist der Schindler schon fast daheim."

„Wenn er heimgegangen ist."

„Wo soll er sonst hin?"

Freisleder zuckte die Schultern. „Nirgends. Hat ihn doch keiner gemocht."

„Gebraucht haben sie ihn aber schon."

„Will doch sonst keiner machen. Wer stellt sich schon jeden Abend fürs Training und jedes Wochenende fürs Spiel auf den Platz und schreit rum? Fast ehrenamtlich. Wo findest du noch so einen Deppen?"

Thomas sah ihn nachdenklich an: „Das ist wie mit dem Mesnersein, oder?"

Freisleder stutzte kurz, dann nickte er: „So ähnlich. Aber ich schinde die andern net. Ich zünd nur die Kerzen an und sperr die Kirchtür auf."

„Ein bisserl mehr musst schon machen."

„Ich bin lieber Mesner als Trainer. Kannst mir glauben."

Erst jetzt fiel dem Thomas auf, dass seine Mutter längst nicht mehr in der Küche war. Er stand auf, schob die Gardine zur Seite, sah in den Garten. Aber da war sie auch nicht. Sie hatte die Gelegenheit genutzt, dem Freisleder zu entkommen. Das merkte der Mesner jetzt auch und stand auf.

„Ich pack's dann wieder. Dankeschön an die Frau Mutter für den Kaffee."

Thomas wusste: Ohne seine Mutter war der Freisleder nicht hier zu halten. Aber er glaubte auch nicht, dass der ihm noch viel erzählen konnte. Besser, der Freisleder ging erst ein oder zwei Runden durchs Dorf und kam dann mit Neuigkeiten wieder vorbei.

„Ich richt's ihr aus, Sepp. Und vielen Dank für deine Hilfe. Ich hätt heut wirklich net aufs Dach gewollt."

Freisleder lächelte: „Siehst aber schon besser aus als noch vor einer Stunde."

Damit ging er. Reitinger schaute in den Spiegel im Flur. Er mochte sich nicht vorstellen, wie er noch vor einer Stunde ausgesehen hatte.

Seltsam, dachte Reitinger, der erst durch den Ort spazierte und dann zum Fußballplatz ging. Angeblich seien hier zwei Kripo-Beamte unterwegs. Aber er hatte sie noch nicht getroffen. Anscheinend gingen sie nicht dahin, wo man in Helmering wirklich was erfahren konnte: auf dem Kirchplatz von den alten Weibern, im Wirtshaus von den alten Deppen und auf dem Fußballplatz von denen, die sich für Sportler hielten oder sich das grottenschlechte Gekicke ansahen.

Eigentlich war er selbst jetzt nur hingegangen, um mit jemandem über den Schindler zu reden, z.B. mit dem Platzwart, der wahrscheinlich wieder mal auf einem kleinen Traktor sitzend seine Runden auf dem Platz drehte. Seine Lieblingsbeschäftigung. Die Nachbarn konnten es kaum noch ertragen, aber der Minsterer fuhr fast jeden Tag auf und ab, kreuz und quer und im Kreis, versuchte, so schöne Muster in das Gras zu schneiden, wie er es in den großen Stadien im Fernsehen gesehen hatte, und wunderte sich, dass die Matte auf dem Helmeringer Bolzplatz mit dem Rasen in der Münchner Arena keinerlei Ähnlichkeit aufwies. Vermutlich waren Rasen und Gras nur entfernt verwandt, etwa so wie Tulpe und Schneeglöckchen. Doch der Minsterer war nirgends zu sehen, dafür aber trieb sich die gesamte Jugendmannschaft von Helmering auf dem Platz herum.

In Bayern waren noch Schulferien Anfang September. Die Jugendlichen übten Standardsituationen: Ecke treten, die einen köpfen, die anderen verteidigen – sofern der Schuss von der Ecke überhaupt bis vors Tor kam. Neubauer stand daneben und gab Anweisungen: „Schieß halt gscheit! Anschneiden den Ball, meinst, der macht von selber einen Bogen?" Die Jugendlichen gaben sich Mühe, aber nicht jeder Eckball erreichte sein Ziel. Manche verließen die Flugbahn vorzeitig und klatschten ins Aus, andere schossen übers Ziel hinaus fast bis zur anderen Eckfahne, weitere landeten an irgendeinem Punkt auf der Sechzehner-Linie und kullerten in Richtung Anstoßpunkt weiter, wo sie dann einer der Spieler holen musste.

Schon von Weitem sah Thomas, dass auch seine Kollegen Arsch und Friedrich sich auf dem Fußballplatz herumtrieben. Sie standen nahe beim Neubauer und gaben den Jugendlichen ebenfalls Tipps, wie sie einen Ball anschneiden sollten.

„Jetzt nimm halt mal den Innenrist", meinte Arsch, während Friedrich immer nur mit der Spitze ganz tolle Flanken geschossen hatte - angeblich, und als er noch jung war. Neubauer musterte die beiden Fremden finster, er mochte es gar nicht, dass sie sich einmischten.

Thomas grüßte zunächst die beiden Kollegen und tauschte sich mit ihnen aus. Es erschien ihm geraten, sie sich nicht zu Feinden zu machen. „Servus, was Neues?"

Aschenbrenner schüttelte den Kopf und spuckte aus. „Nichts los, nichts erfahren. Und die Betten in eurer Spelunke, ein Graus, sag ich dir. Heute schlaf ich wieder bei meiner Alten in Regensburg."

Friedrich grinste und ging mit seiner Kamera ein paar Meter weg, machte Fotos von den kickenden Burschen und überlegte sich schon eine Bildzeile: „Das Leben geht weiter: Die Jugend trainiert auch ohne den erstochenen Alois Schindler." Oder so ähnlich.

„Was macht eigentlich die Polizei?", wollte Reitinger vom Arsch wissen, aber der ließ ihn auflaufen.

„Eigentlich bist du da, dass du uns hilfst und net umgekehrt. Sag mir erst mal, was du rausgefunden hast."

„Ich denk, wir sollten uns schon gegenseitig helfen."

„Dann fang an."

Aus dem Arsch war einfach nichts rauszuholen. Einen Moment musterten sich die beiden und überlegten wohl, wer von ihnen als Erster nachgeben musste. Arsch winkte mit dem Kopf in Richtung Neubauer. „Der redet gleich gar nicht mit uns."

Reitinger grinste. Jetzt wusste er, wie er den Arsch packen konnte. „Ich rede mit ihm", versprach er. „Aber erst will ich wissen, was die Kripo sagt."

Arsch gab nach. „Keine Spuren am Messer. Offenbar abgewischt. Das war ein Küchenmesser, wie's hier anscheinend jeder im Haus hat."

Das wusste der Reitinger bereits. Er hatte gestern schon nachgesehen, ob das von der Mutter noch da war. Das mit der Aufschrift „Frohe Weihnachten! Ihre Metzgerei Pfannhuber".

„Dann haben sie sich den Bürgermeister vorgenommen. Aber der will bloß, dass schnell wieder Ruhe einkehrt. Er hat gesagt, der Schindler hat keine Verwandten, anscheinend auch keine Freundin und nicht einmal richtige Freunde."

Wieder nickte der Reitinger. Das wusste er schon.

„Sie haben ein paar Fasern an den Kleidern der Leiche gefunden, die sie noch nicht zuordnen können."

Aha. Da hatte die Kripo doch etwas, das nicht schon jeder wusste. Sie würden den Fall kriminaltechnisch lösen. Irgendjemand hatte einen Pulli an, von dem die Fasern stammten - und der war es dann. Schade. Nicht mehr wie früher, mit Geständnis und Tränen oder Hasstiraden. Ganz sachlich, trocken.

„Außerdem haben sie herausgefunden, dass er vor seiner Haustür von hinten erstochen worden ist. Er ist vom Wirtshaus heimgekommen, hat noch den Schlüssel gesucht und zack."

Reitinger überlegte. „Und dann mit dem Auto raus in den Wertstoffhof?"

Arsch schüttelte den Kopf. „Mit dem Schindler seinem eigenen Fahrrad hat ihn der Mörder abtransportiert. Der hatte so einen kleinen Anhänger fürs Radl. Da lag er drin. Radl und Anhänger waren draußen am Wertstoffhof."

Ein ganz und gar unsportlicher Mörder kann's nicht gewesen sein, dachte sich Reitinger. Vielleicht doch ein Fußballer, den der Schindler ein bisschen zu viel geschunden hat.

Thomas bedankte sich artig bei seinem Kollegen und wandte sich dem Neubauer zu, nicht ohne sich von Arsch und Friedrich vorher sagen zu lassen, was sie vom Neubauer für die Zeitung brauchten.

Eine Zeitlang stand er schweigend neben Neubauer, der manchmal leise vor sich hinfluchte, dann wieder Kommandos über den

Platz rief, den Kopf schüttelte, sich am Kinn kratzte, dann die Hände in den Hosentaschen versenkte. Das hatte Reitinger schon längst getan, und so standen sie da eine ganze Weile, breitbeinig, die Hände in den Taschen, schauten auf das Spielfeld und nahmen keine Notiz voneinander.

So näherte man sich in manchen ländlichen Regionen einander an. Wer diese Etikette beachtete, der hatte auch eine reelle Chance, dass er irgendwann einmal ins Gespräch mit einbezogen wurde. Wer einfach hinging und drauflosplapperte, der war in Helmering verloren, gerade dann, wenn er kein Einheimischer war.

„Sag du mir nicht auch noch, dass das pietätlos ist", raunzte Neubauer.

„Ich hab doch gar nichts gesagt", wunderte sich Reitinger scheinbar, wusste aber gleich genau, worauf Neubauer anspielte.

„Deine beiden komischen Kollegen da, die Zeitungsgeier, die haben nämlich gleich gesagt, dass man doch nicht trainieren darf, wenn der Trainer tot ist."

„Die müssen auch am Samstag nicht spielen."

Neubauer nickte dankbar, er fühlte sich verstanden. „Pietätlos, haben sie gesagt", wiederholte er, eine Spezialität von ihm, dass er manche Aussagen, die ihm wichtig waren, mehrmals machte, wenn er denn den Mund mal auftat. „Pi-e-tät-los. Wahrscheinlich wissen sie gar net, was des heißt."

Da musste Reitinger ihm insgeheim Recht geben. Denn wer jede Wasserleiche fotografierte wie Friedrich und wer aus jedem Familienstreit ein Drama machte wie Arsch, der hat von Pietät wirklich überhaupt keine Ahnung.

„Wie soll ich den Buben sagen, dass sie jetzt net Fußball spielen dürfen, wo sie doch froh sind, dass sie der Schindler nicht mehr schikanieren kann." Das war auch ein Argument, fand Reitinger, wenn auch ein recht seltsames.

„Und wer soll's denn machen, wenn nicht ich als Vereinsvorsitzender?", schob Neubauer noch nach.

„Wo ist eigentlich der Minsterer?"

„Der ist vor acht Wochen gestorben. Hat's die Mutter net erzählt?"

Reitinger schüttelte den Kopf.

„Ganz normaler Tod. Herzversagen."

„Wer mäht jetzt das Gras?"

„Bis gestern der Schindler."

Schon die ganze Zeit beobachtete Reitinger einen kleinen Buben, der mit den 12- bis 16-Jährigen mitlief, eifrig mitspielte, die Bälle holte, auch hier und da mal einen von den Großen austrickste. Neubauer lächelte immer, wenn er den Buben anschaute, und Reitinger tat sich nicht schwer, daraus die richtigen Schlüsse zu ziehen.

„Ist ein richtiger Kämpfer, dein Enkel", sagte er anerkennend und konnte etwas ganz Seltenes erleben. Neubauer wandte sich vom Trainingsgeschehen ab, sah dem Thomas direkt ins Gesicht und strahlte von einem Ohr zum andern.

„Gell, der hat Talent. Das denk ich mir schon die ganze Zeit. Aber der Schindler hat ihn nicht zum Zug kommen lassen."

Oha, dachte Reitinger, hast auch eine Wut auf den Schindler gehabt, Neubauer.

„Der Schindler hat viele net zum Zug kommen lassen", behauptete Reitinger einfach mal, ohne Genaueres zu wissen. „Vor allem die net, die ihm dagegengeredet haben, oder?"

Neubauer nickte. „Aber des wird jetzt anders. Und dann packen wir auch den Aufstieg in die Bezirksliga. Den Aufstieg, den packen wir."

Das hörte nun Reitinger nicht gern, denn dann würden die vom Helmeringer Sportverein wieder ständig bei ihm in der Redaktion anrufen, damit er größere Berichte über sie machte. Also lenkte er das Thema lieber wieder zurück auf den Buben, der das große Lächeln ins Gesicht des Neubauers gezaubert hatte.

„Wie heißt er denn, der Bub?"

„Markus heißt er, sieben ist er."

„Der Bub von der Kati?"

Neubauer nickte. „Zwei Mädel gibt's noch. Die Anna ist elf und die Marie grad vier. Der Bernhard hat auch zwei kleine Kinder."

Reitinger sah aus den Augenwinkeln, dass Arsch ihm verzweifelt Zeichen machte. Freilich, er wollte noch was vom Neubauer, deshalb hatte er den Reitinger ja vorgeschickt. Thomas probierte es einfach. „Tu mir einen Gefallen, Hans."

Reitinger wies mit dem Kopf auf den Kollegen Arsch, und gleich verfinsterte sich das Gesicht des Neubauers.

„Er braucht doch bloß ein paar alte Fotos aus dem Vereinsarchiv", bat Reitinger. „Der Alois und eine Mannschaft. Mit irgendeinem Pokal. Am Spielfeldrand. Bei der Weihnachtsfeier. So was. Sie kriegen doch nirgendwo anders ein Foto her vom Alois, wo er noch lebendig drauf ist."

„Und was hab ich davon?", fragte Neubauer.

„Wenn ihr aufsteigt, schreib ich einen großen Bericht", versprach Reitinger, wohl wissend, dass das weder mit den Kriterien journalistischer Objektivität noch mit denen der Gleichbehandlung oder sonstigen Anstandsregeln zu erklären war. Neubauer nickte und ging gleich los.

Sofort kam Kollege Arsch. „Und, was ist?"

„Er holt dir ein Foto."

Tatsächlich kam Neubauer nach wenigen Minuten zurück, ignorierte ganz bewusst den Arsch und drückte dem Reitinger ein Foto in die Hand.

„Danke schön, Hans. Es gilt!", versprach Reitinger nur und ging damit zum Arsch, der zwar unbedingt wissen wollte, was jetzt gilt, aber das sagte ihm der Thomas natürlich nicht.

Mit ihrer Foto-Ausbeute und Informationen fuhren Aschenbrenner und Friedrich nach Regensburg, um ihren Bericht zu schreiben, in dem sie auch nicht viel über die Ermittlungen sagen konnten, aber noch ein bisschen „Human Touch" ins Leben des Verstorbenen brachten. Nie war der Schindler so sehr im Mittelpunkt gestanden wie jetzt. Schade, dass er es nicht erleben durfte.

Perfektes Timing, dachte Reitinger, denn kaum waren die beiden Kollegen verschwunden, tauchte Kati auf dem Fußballplatz auf, ein kleines Mädchen an der Hand. Die machte sich los, lief auf den Neubauer zu.

„Opa, Opa!", rief sie schon von Weitem, und der Neubauer bückte sich, um das Mädchen aufzufangen.

Kati kam näher, lächelte, grüßte ihren Vater mit einem Kopfnicken und maß den Reitinger von oben bis unten mit ihren Blicken. „Dass man dich auch mal wieder sieht."

Thomas konnte gar nichts sagen. Denn Kati war immer noch sehr hübsch, und immer mal wieder kam ihm, so wie jetzt, der Gedanke, dass es vielleicht doch ganz schön gewesen wäre, hier in Helmering zu bleiben, die Kati zu heiraten, ein Haus zu bauen, Kinder zu haben. Er hätte doch jeden Tag zur Arbeit fahren können wie andere auch ... Schnell schüttelte er den Kopf, um seine Gedanken zu vertreiben.

Er versuchte, genauso unbefangen zu grinsen, wie sie das tat, dann legte er kurz den Arm um sie, drückte sie an sich: „Soll ich öfter kommen?"

„Hab ich net gesagt."

„Gemeint?"

„Du wolltest weg von hier."

„Des ist doch schon ewig her."

„Eben. Und gekommen bist nimmer."

Der Neubauer hörte ihr Geplänkel nicht, denn er war mit seiner Enkelin beschäftigt, erklärte ihr das Fußballspiel und was ihr Bruder Markus da machte: „Schießt Balli in Tor."

„Den Ball", sagte die kleine Marie nur trocken, und der Thomas grinste die Kati an: „Hast eine hochbegabte Tochter."

„Von mir hat sie's nicht."

„Und der Sohn wird Fußballstar."

Kati lachte. „Ist mir lieber, als wenn er den Hof übernehmen muss."

Reitinger gab keine Antwort, aber für ihn klang es so, als sei die Kati nicht gerne Bäuerin auf dem Bockshof, in den sie eingeheiratet hatte. Er hoffte, dass sich eine vertrautere Gelegenheit ergäbe, in der er sie danach fragen konnte. Obwohl es ihn ja nichts anging. Er wollte auch nicht nach seinem Privatleben gefragt werden. Und egal, ob Kati glücklich oder unglücklich verheiratet war: Wenn er sie hätte haben wollen, dann hätte er das damals klarmachen müssen.

„Bleibst noch länger hier?", fragte Kati.

Erst jetzt fiel dem Reitinger auf, dass die Buben mit dem Training schon aufgehört hatten und zum Duschen gegangen waren. Es standen nur noch er und Kati herum, selbst Neubauer ging, mit seiner kleinen Enkelin an der Hand, über den Platz zum Vereinsheim.

„Hast Zeit für einen Kaffee?" Reitinger wollte wenigstens sein Glück versuchen.

Kati dachte nach. „Morgen Nachmittag. Bei uns auf dem Bockshof."

Reitinger lächelte.

„Aber wenn's um den Fall geht, kann ich dir wahrscheinlich net helfen", meinte Kati noch.

Da fiel dem Reitinger wieder ein, warum er überhaupt in Helmering war.

*

Erst einmal musste er seinen Auftrag hier in Helmering verlängern. Reitinger erstattete dem Chefredakteur am Telefon Bericht oder er tat zumindest so, denn viel hatte er ja nicht zu erzählen von den Ermittlungen und von seinen persönlichen Recherchen. Aber der Chef war dennoch zufrieden, zumal Arsch ihm das Foto des Ermordeten auf den Tisch gelegt hatte. Er räumte dem Reitinger also zwei weitere Tage in Helmering ein. Musste eben die Sportredaktion ohne ihn auskommen. Der Lisa, seiner Frau, sprach er auf die Mailbox. Mehr war nicht nötig, sie hatte sich ja auch nicht bei ihm gemeldet. Sie vermisste ihn sicherlich nicht, und Thomas bekam immer mehr das Gefühl, dass da nicht mehr viel zu retten war.

Dennoch nahm sich Reitinger vor, an diesem Abend nach Regensburg zu fahren und ein paar frische Klamotten einzupacken, damit die Mutter nicht von einem Tag auf den andern alles waschen musste, was er auf dem Leib trug. Seinen Laptop würde er auch holen, und wenn er die Lisa noch ärgern wollte, dann nahm er die Fernbedienung des Fernsehers mit. Heute Abend kam ihre

Lieblingsserie. Wenn sie von der Arbeit käme und würde die Fernbedienung nicht finden - er verwettete sein letztes Hemd, dass sie das Gerät nicht zum Laufen brächte.

Blöde Idee, dachte er selbst. Ich werde kindisch.

Besser war es doch, er würde in Regensburg noch in seiner Lieblingskneipe vorbeischauen. Ihm war heute nicht so sehr nach Stammtisch in Helmering, er wollte seine Ruhe, und beim Griechen in Stadtamhof wurde er nie mit dummen Fragen behelligt. Die hübsche Bedienung erkannte sofort, ob er heute reden wollte oder nicht, sie richtete sich danach, stellte den Ouzo schweigend hin oder begann ein Gespräch, je nachdem, wie sie den Reitinger an diesem Tag einschätzte. Thomas war immer wieder beeindruckt, was für einen Blick die Frau hatte. Wie konnte sie erkennen, wie ihm zumute war, das merkte ja nicht einmal seine Frau? Auf die Idee, dass Lisa nicht immer auf seine Rede-Schweige-Spiele eingehen wollte, kam er nicht. Er fühlte sich einfach von der Bedienung besser verstanden, auch wenn er sicher war, dass er bei ihr nicht landen konnte. Würde er heute hingehen, dann müsste er allerdings auf einen zweiten und dritten Ouzo verzichten. Denn er wollte noch zurück nach Helmering fahren. In seiner eigenen Wohnung übernachten, das mochte er nicht.

Die Mutter durchkreuzte alle seine Pläne. Mit einem kategorischen „Du gehst heut mit mir in die Mess!“ setzte sie all diesen Überlegungen ein Ende. Am Dienstag war Abendmesse, heute ausgerechnet im Gedenken an seinen Vater. Da konnte er doch nicht nach Regensburg fahren und am nächsten Tag wieder im Dorf auftauchen, als wäre nichts geschehen. Wenn er schon da war, sollte er hingehen. Die Argumente der Mutter konnte er auswendig, aber er durfte sie sich alle noch einmal anhören.

„Des könntest deinem Vater zuliebe schon tun. Und mir zuliebe. — Einmal im Jahr in die Kirch, das schadet net einmal dir. — Was meinst, was die Leut sagen, wenn du hier bist und gehst nicht einmal in die Mess, die ich bezahlt hab. — Eine Schand ist das, da erzieht man die Kinder katholisch, und dann fallen sie in der Stadt vom Glauben ab. Und ich kann für dich mitbeten.“

Als sie ihn dann endlich so weit hatte: „Zieh dir was Sauberes an, oben hängen noch ein paar Hemden von deinem Vater. Hast nix anderes dabei als die Jeans?"

Auf dem Weg zur Kirche: „Setz dich neben mich und mach alles so wie ich. Wirst ja gar nicht mehr wissen, wie das geht, wie man sich in der Kirche benimmt."

Da hatte sie allerdings Unrecht. Wer einmal Ministrant gewesen war wie der Reitinger, der vergisst das nie wieder. Auch wenn ihm nie ganz klar war, warum er beim Sanctus stehen und bei der Wandlung knien musste, dass es so war, das wusste er noch genau.

Der Pfarrer wetterte gegen die Gottlosigkeit. Eigentlich war ja in der Werktagsmesse keine Predigt vorgesehen. Aber das scherte einen Emmeram Hintermayer nicht. Er nutzte die einleitenden Worte, um seinen Schäfchen die Meinung zu sagen. Mord und Totschlag seien des Teufels, dem Sünder könne nur vergeben werden, wenn er sich an Gott wende. Und er, der Pfarrer, sei nun einmal sein Stellvertreter, also sei er die erste Adresse. Aber Gott übe auch Erbarmen. Und bei manchen Menschen brauche man sich auch nicht zu wundern, wenn sie umgebracht würden. Was wäre die Welt besser gewesen, wenn einer den Hitler ermordet hätte. Um manche sei es also nicht schad, und selbst Moses habe einen Menschen umgebracht, bevor er der Welt die Zehn Gebote gebracht habe.

Noch standen die Gläubigen, weil sie sich zum Einzug des Pfarrers von ihren Bänken erhoben hatten. Aber die ersten alten Frauen schwächelten nun schon und setzten sich mit leisem Ächzen wieder. Der Pfarrer nahm es mit missmutigem Blick zur Kenntnis, er konnte mit 80 noch stundenlang stehen, vor allem wenn es um seine Berufung als Priester ging und er hinter dem Altar oder am Ambo den Leuten seine Meinung sagte.

Reitinger sah sich um. Er verstand einfach nicht, warum der Pfarrer sich so lange über die Sünden der Welt und den Tyrannenmord als spezielle Form des Tötens ausließ, denn die meisten hier waren aus seiner Sicht jenseits von Gut und Böse. Kaum jemand unter 70 hatte sich zum Gottesdienst eingefunden. Reitinger mit seinen 35, seine Mutter mit ihren 62 Jahren und vor allem die beiden Ministrantinnen vorne drückten den Altersdurchschnitt erheblich. Überhaupt ... Ministrantinnen ... das hatte es zu seiner Zeit noch nicht gegeben, erinnerte sich der Reitinger. Denn wenn, wäre er sicherlich auch über sein 14. Lebensjahr hinaus Messdiener geblieben.

Doch jetzt kam der Pfarrer zum Wesentlichen. Er habe gehört, so donnerte Hintermayer, es gebe ein Gerücht im Dorf. Dass nämlich der Mörder schon bei ihm gewesen und seine Tat gestanden habe. Ha! Erstens: Das könne niemand wissen außer ihm selbst. Zweitens: Er lade jeden herzlich ein, seine eigenen Sünden zu beichten und sich nicht um die der anderen zu scheren. Drittens: Er dürfe das Beichtgeheimnis sowieso nicht brechen, selbst wenn sich der Mörder ihm anvertraut hätte. Alle mögen aufhören zu spekulieren und lieber in ihre eigene rabenschwarze Seele blicken. Wer von ihnen ohne Sünde sei, der werfe den ersten Stein. Amen.

Das alles klang recht verwirrt, und als Thomas Reitinger seine Mutter fragend von der Seite ansah, da lächelte die nur milde und flüsterte: „Sind wir froh, wenn wir in dem Alter noch so beieinander sind wie er." Dann setzte auch sie sich mit einem Seufzer der Erleichterung.

So eine Abendmesse hat eben doch ihre Vorteile, dachte Reitinger, als er mit seiner Mutter aus der Kirche kam. Denn draußen, vor der Sakristei, stand schon wieder Kati. „Ich hol bloß die Anna ab. Die hat ministriert."

Da kam Anna schon mit einem lauten „Gelobt sei Jesus Christus", das sie über die Schulter zurück in den Raum sprach, aus der Sakristei, gefolgt von einem donnernden „In Ewigkeit Amen", das Hintermayer ihr eher wie eine Drohung als wie eine Verheißung hinterherschickte.

„Er ist schon gewöhnungsbedürftig, der Hintermayer", grinste Reitinger, aber Kati sah das ganz anders: „Meine Kinder kennen ihn ja. Er hat sie getauft und er ist oft bei uns draußen auf dem Bockshof, wenn er die Oma besucht." Reitinger nickte, als sei ihm das alles klar gewesen, aber eigentlich hatte er keine Ahnung. Als er noch hier im Dorf gelebt hatte, war der Hintermayer noch gar nicht da gewesen. Er würde sich wohl bei der Mutter erkundigen müssen, wenn er über den Pfarrer und den Einödhof mehr wissen wollte. Auf Wirtshaus hatte Thomas sowieso keine Lust. Das kostete Geld, machte einen dicken Schädel, dazu die dumpfen Gestalten ... Es reichte, wenn er morgen wieder zum Recherchieren hinging.

Thomas setzte sich zur Mutter und fragte sie, warum denn der Pfarrer ständig auf dem Bockshof sei.

„Willst was über den Pfarrer wissen oder über die Kati?"

„Das hängt doch zusammen."

Die Reitingerin warf ihrem Sohn einen skeptischen Blick zu, dann fing sie von vorne an. Der Hintermayer stammte aus Helmering und hatte bis zu seinem zehnten Lebensjahr auch hier gelebt. Dann kam er, Nazizeit hin oder her, in ein Internat, weil er so gescheit war. Später ins Priesterseminar, Kaplanszeit nach dem Krieg, dann war er Pfarrer in einer Oberpfälzer Kleinstadt, das hatte alles nichts mit Helmering zu tun.

„*Aber*", sagte die Mutter, und sie sagte es sehr entschlossen. „Aber er ist ganz oft gekommen. In den Ferien, an seinen freien Tagen, andauernd hat man den Hintermayer in Helmering gesehen. Er hat dann auf dem Bockshof gewohnt, manchmal auch dort bei der Ernte mitgeholfen, wenn er Zeit hatte. Angeblich wäre er auch gerne Bauer geworden, aber die Berufung eben ..."

„Warum ausgerechnet der Bockshof?", wollte Thomas wissen.

„Der Pfarrer ist mit dem Jakob Löbl in die Schule gegangen", sagte die Mutter. „Und die Freundschaft hat auch noch gehalten, als der Hintermayer dann ins Internat gekommen ist."

„Welcher Löbl? Der Säufer, der hier durch den Ort geistert?"

Die Reitingerin musterte ihren Sohn kopfschüttelnd mit deutlichem Missfallen. „Auf dem Bockshof hatten sie zwei Buben", holte die Mutter ganz weit aus. „Der Jakob ist 1926 geboren, genau wie unser Pfarrer. Vier Jahre später kam dann der Fritz Löbl, das ist der, den du kennst. Der Jakob hat in den Krieg müssen. Damals war er schon recht eng mit der Magd auf dem Hof, der Gunda. Es hieß, die beiden hätten sich versprochen. Und die alten Löbls hatten nichts dagegen. Weil die Gunda ist bei ihnen aufgewachsen, fast wie ein eigenes Kind. Sie war fleißig und ehrlich, sie mochte den Jakob. Aber seinen Bruder, den Fritz, hat sie nie leiden können."

Der Reitinger fing an, sich Notizen zu machen. „Der Jakob und die Gunda wollten also heiraten ..."

Die Mutter nickte: „Ein bisserl hätten sie nach dem Krieg warten müssen, weil sie ja noch ganz jung waren, grad die Gunda. Aber alle haben gedacht, die sind füreinander bestimmt. Und für die Gunda wär's ja auch ein Aufstieg gewesen, von der Magd zur Bockshofbäuerin."

Die Reitingerin begann, den Tisch fürs Abendbrot zu decken. Thomas half ihr, er wollte sich ein bisschen beliebt machen. Das hob die Stimmung und machte die Mutter umgänglicher, fand er.

„Der Jakob Löbl war der beste Freund vom Hintermayer", erzählte die Reitingerin weiter. „Der Hintermayer musste nicht mehr in den Krieg, der hat Abitur gemacht und nach der Nazizeit mit dem Theologiestudium angefangen."

„Und nach dem Krieg ist der Jakob Löbl heimgekommen, seine Gunda hat ihn glücklich begrüßt, und irgendwann haben sie dann geheiratet und auch den Stefan bekommen, ihren Buben."

„Ganz so einfach war's nicht", widersprach die Mutter. „Denn der Jakob Löbl ist in Kriegsgefangenschaft gekommen. Da saß dann die Gunda auf dem Einödhof, bei den Löbl-Eltern und dem Bruder vom Jakob, dem Fritz. Der war zwei Jahre jünger als sie. Und mit denen hat sie den Hof bewirtschaftet, lange."

„Ja, eben die paar Monate, bis der Jakob Löbl wieder gekommen ist."

Die Mutter warf ihm einen Blick zu, an dem er erkennen konnte, dass er etwas sehr Dummes gesagt hatte. „Der Jakob kam als einer der Letzten aus der Gefangenschaft. Erst 1955 ist er heimgekommen. Die Gunda hat so lange auf ihn gewartet, obwohl der Fritz hätte sie auch genommen."

„Die hat's aber wirklicht nicht leicht gehabt."

„Sie hat hart arbeiten müssen und dabei ist sie genauso hart geworden. Noch heut sagen alle, mit der Löblin wollen sie sich nicht anlegen."

Der Thomas konnte sich nicht erinnern, die Frau jemals gesehen zu haben.

„Doch, doch, die war früher immer in der Kirche, die dritte Bank von vorne, rechts außen, die mit dem silbernen Rosenkranz ..."

Reitinger winkte ab. Die Mutter glaubte immer, er müsse sich noch an die Zeit vor dreißig Jahren in Helmering erinnern.

„Und der Hintermayer hat immer noch seine Ferien auf dem Bockshof verbracht", erzählte die Mutter weiter. „Mehr als bei seinen Eltern, die damals noch hier in Helmering wohnten. Die ganzen Semesterferien war der da, hat am Feld mitgeholfen, angeblich bloß fürs Essen. Vielleicht haben sie ihm ja auch ein bisschen was gezahlt."

„Aber sein Schulfreund war doch gar nicht da, der war in Russland."

„Das hat auch viel Gerede gegeben", bestätigte die Mutter. „Weil mit dem Fritz, dem jüngeren Bruder vom Jakob, hat er sich nicht so gut verstanden. Die ganz alte Löblin, die hat ihn gern gesehen, wo er doch Pfarrer werden sollte. Die wollte auch immer, dass er mit ihr betet. Aber der Fritz, der hätte ihn am liebsten rausgeworfen."

„Viel hat er ja nicht zu sagen gehabt auf dem Hof, der Fritz. Die Gunda hat er nicht gekriegt und den Pfarrer musste er auch ertragen."

„Das war noch nicht das Schlimmste", erzählte die Reitingerin weiter. „Als der Jakob aus der Gefangenschaft gekommen ist und den Hof übernommen hat, da gab es Ärger mit dem Fritz. Denn der Fritz hat ja mehr als zehn Jahre lang auf dem Hof geschuftet, und jetzt sollte ihn aber der ältere Bruder kriegen."

„So ist es ja auch üblich."

Die Mutter nickte: „Aber wenn der Bruder heimkommt und er kriegt den Hof, auf dem du dich abgearbeitet hast, und auch die Frau, in die du verliebt bist, das kann ja nicht gut gehen. Der Jakob hat schon gemerkt, dass der Fritz wirklich einen Hass auf ihn hat – und da hat er ihn vom Hof geworfen."

„Ausgezahlt werden sie ihn ja noch haben“, vermutete Thomas.

„Das schon. Aber gut ist es dem Fritz nachher nicht mehr gegangen. Er ist ins Dorf gezogen und hat sein Geld versoffen. Einheiraten hätt er vielleicht noch können in den einen oder anderen Hof, aber das hat er nicht gemacht. Manchmal hat er irgendwo mitgearbeitet, aber die Liebschaften und das Saufen ... das hat ihm eben viel Ärger eingebracht.“

„Sag noch mal einer, auf dem Land ist nichts los“, grinste der Reitinger.

Die Mutter überging den Sarkasmus. „Der Hintermayer ist weiterhin gekommen, auch als Pfarrer“, erzählte sie. „Der war ganz oft da, wann immer das ging. Die Löbl haben dann einen Buben bekommen, den Stefan, das ist der Mann von deiner Kati.“

Das Thema wollte der Reitinger jetzt nicht vertiefen. „Hat's nicht immer geheißen, der Vater vom Stefan ist abgehauen?“

Therese Reitinger nickte. „Kaum war der Bub da, ist der Jakob Löbl verschwunden. Er hat einen Brief dagelassen, dass er nach Amerika geht und ganz von vorne anfängt. 10 000 Mark haben gefehlt und ein Koffer mit seinen Sachen. Er ist nicht mehr gekommen. Keiner hat was von ihm gehört - zumindest nach dem, was ich weiß.“

„Der Pfarrer hat auch nichts von ihm gehört?“

„Erzählt hat er nichts dergleichen. Die Gunda hat den Buben allein großgezogen. Den Fritz hat sie trotzdem nicht genommen. Der Pfarrer hat immer noch Urlaub auf dem Bockshof gemacht“, schloss die Mutter ihre Erzählung, „und als er in Pension gegangen ist, da hat er sich hier in Helmering niedergelassen. Eigentlich sollten wir ja keinen Pfarrer mehr kriegen, weil das Dorf zu klein ist, aber wenn's ein pensionierter macht ...“

„Dass der so an Helmering hängt ...“

„Sind nicht alle so wie du.“

3.

Am nächsten Morgen weckte ein Anruf aus der Redaktion den Reitinger. Seine Frau habe einen Koffer für ihn abgegeben. Weil er doch für längere Zeit auf dem Land sei. Da ahnte Reitinger: Sie hat bestimmt auch das Schloss ausgewechselt. Aber offenbar hatte sie es nicht noch lang und breit in der Redaktion rumerzählt. Denn die Sekretärin sprach ohne Häme, ganz geschäftsmäßig und klar. Als würde jeden Tag die Frau eines Redakteurs einen Koffer für ihn abgeben.

Reitinger beschloss, es gleich hinter sich zu bringen. Er fuhr nach Regensburg. Den ganzen Weg über grübelte er. Würde er Lisa zu Hause antreffen? Würde er in seine Wohnung noch reinkommen? Was sollte er unternehmen, wenn sie ihn ausgesperrt hatte? Zu ihr ins Büro gehen und ihr Ärger machen? Lisa hasste nichts so sehr, wie unangenehm aufzufallen. Und sie hatte oft den Eindruck, dass ihr Thomas nicht besonders repräsentativ war. Auch deshalb war sie immer häufiger abends allein unterwegs – und er auch. Reitinger hatte keinen Blick mehr für die schöne Landschaft entlang der Naab, die er auf seiner Fahrt von Regensburg nach Helmering vor zwei Tagen bewundert hatte. Er fuhr etwas zu schnell durch die Ortschaften, er drückte aufs Gas, bis er endlich die große Einfallstraße in die Stadt erreicht hatte. Heute fand er sie nicht hässlich, ihn störte die Autobahnbrücke nicht, und keine der Bausünden, über die er sich sonst so aufregen konnte, erregte sein Gemüt.

Es war ein heißer Tag Anfang September, in anderer Stimmung hätte er noch schnell einen Abstecher zum Schwetzendorfer Weiher gemacht, wäre reingesprungen, eine Runde geschwommen, aber jetzt trieb ihn alles nur zu seiner Wohnung. Auch die farbigen Häuser auf der schönen Hauptstraße von Stadtamhof, die ihren dörflichen Charakter mitten in der Stadt noch bewahrt hatten, beachtete er heute nicht. Vielleicht war er deshalb in Stadtamhof gelandet, weil er von hier die Stadt jenseits der Donau sehen und doch in einer scheinbar dörflichen Umgebung bleiben konnte.

Reitinger suchte einen Parkplatz, sperrte sein Auto ab und ging zu seiner Wohnung. Tatsächlich: Sein Schlüssel passte nicht mehr.

Lisa hatte das Problem „Altbauwohnung mit Balkon, herrlicher Blick auf die Donau" auf ihre Weise gelöst. Er würde sich dagegen wehren müssen, mit Anwalt, mit dem ganzen Verfahren, das Paare in so einer Situation sich gegenseitig zumuteten. Es ging nicht anders. Wahrscheinlich sollte er sogar schnell handeln, dachte er. Denn wenn er die Sache erst einmal so beließe, dann könnte man ja davon ausgehen, dass er mit dieser Maßnahme einverstanden war und nicht in die Wohnung zurückwollte. Oder litt er jetzt schon unter Verfolgungswahn? Sah er sich als Opfer gefährlicher Machenschaften? Lisa wollte sich von ihm trennen, aber in der Wohnung bleiben. Sie hatte je nach Perspektive einen mutigen bzw. unverschämten Schritt in diese Richtung getan, und er sollte dagegenhalten. So lief das Spiel. Das sollte er als Sportreporter wissen.

Thomas fuhr in die Redaktion, holte sich seinen Koffer und wollte schon wieder gehen, als die Sekretärin ihn mit einem scharfen „Stop!" aufhielt.

„Der Chef möchte auch noch was von Ihnen", sagte sie.

Eigentlich hätte es sich Reitinger denken können, dass er nicht so ohne Weiteres hier wieder herauskäme. Er stellte mit einem Seufzer seinen Koffer wieder ab, der übrigens recht leicht war, als ob sie wirklich nur das Allernötigste eingepackt hätte, wie wenn man für ein paar Tage in Untersuchungshaft muss. Dann klopfte er beim Chef an die Tür und trat ein.

Reitinger überlegte, wie oft er seit seinem Dienstantritt hier im Haus mit dem Chef unter vier Augen geredet hatte. Zwei Mal? Drei Mal?

„Wie stehen die Ermittlungen, Sherlock Holmes von Helmering?", dröhnte es hinter dem Schreibtisch, und der Chef lachte über seinen eigenen Witz.

„Ich glaube, wir sind ganz nahe dran", sagte Reitinger. Das stimmte zwar nicht, war aber eine der wenigen Möglichkeiten zu erreichen, dass er noch länger auf Kosten der Zeitung in Helmering bleiben konnte, fern von der Arbeit, fern von Lisa, nur unter Druck gesetzt von der Reparaturliste seiner Mutter, die er auch schon an den Freisleder delegiert hatte.

Der Chef nickte. Er stand auf, ging im Zimmer auf und ab. Gerne hätte sich Reitinger hingesetzt, aber wenn der Chef stand, dann wollte er nicht unhöflich sein und auch nicht wie ein armer Sünder am Stuhlrand sitzen und zu ihm hochschauen. Also blieb er stehen und folgte mit den Augen den kurzen Wegen seines Chefs durchs Büro.

„Herr Aschenbrenner hat mich schon informiert", nickte der Chef und warf einen kritischen Blick auf Reitinger: „Der ruft nämlich täglich mehrmals an, um mich über den Stand der Ermittlungen und Recherchen auf dem Laufenden zu halten. Außerdem schreibt er viel – und dass diese Sache unsere Leser interessiert, brauche ich Ihnen wohl nicht zu erklären."

Reitinger nickte. Mord und Totschlag war noch besser als Sport, das wusste er.

„Ich hätte gerne von Ihnen einen Hintergrundbericht gesehen", sagte der Chef. „Sie kennen schließlich die Leute im Dorf, Sie kennen die Verhältnisse."

„Ich habe dem Aschenbrenner alles erzählt, was ich weiß."

„Daran zweifle ich, Reitinger. Das muss auch nicht sein. Ich möchte, dass Sie über den Toten schreiben. Er soll ja nicht sehr beliebt gewesen sein. Sie wissen doch, was dahintersteckt."

„Er hat seine Fußballer arg gequält, aber das hat doch der Ar... Aschenbrenner auch schon geschrieben."

Der Chef nickte ungeduldig. „Das ist mir zu allgemein. Sie haben noch Freunde dort. Wen hat er besonders gequält? Wie war sein Privatleben? Es kann doch nicht sein, dass der Mann weder Eltern noch Geschwister noch Freundin noch Kinder hat! Oder schreiben Sie mir wenigstens darüber, wie sich so ein Ort verändert unter dem Eindruck eines Mordes. Verdächtigt jeder jeden? Halten alle zusammen? Gibt es ein dunkles Geheimnis?"

„Jetzt hängen Sie die Sache ganz schön hoch."

„Reitinger! Reagieren Sie bitte mal wie ein Journalist! Da ist ein Mord passiert! Und Sie sind drauf angesetzt!"

Reitinger stellte sich gerade vor, er schriebe einen Hintergrundbericht über Helmering. Er könnte sich wahrscheinlich im Ort nicht mehr sehen lassen. Und seine Mutter? Sie würde sich in

Grund und Boden schämen. Wahrscheinlich würde keiner mehr mit ihr reden. Nestbeschmutzer. Zeitungsschmierer. So eine Schande.

Der Chef deutete das zerknitterte Gesicht des Reitinger falsch. Er dachte, er würde sich die Kritik arg zu Herzen nehmen. Er kam näher, klopfte dem Reitinger auf die Schulter und lächelte. „Ich weiß, dass Sie Aschenbrenner und Friedrich das Foto des Ermordeten besorgt haben. Das hätten die beiden nie ohne Sie bekommen."

„Hat Ihnen das der Friedrich erzählt?" Der Reitinger war ganz überrascht. Er hatte geglaubt, der würde sich den Erfolg auf seine Fahnen schreiben.

Der Chef lachte. „Aber nein, kennen Sie Ihren Kollegen so schlecht? Ein Herr Neubauer aus Helmering hat bei mir angerufen. Er habe das Foto nur Ihnen zuliebe hergegeben und möchte es baldmöglichst wieder zurück – fürs Vereinsalbum."

Reitinger nickte. Der Neubauer Hans war ein ganz penibler. Als Thomas vor knapp 20 Jahren abends manchmal mit der Kati weggegangen ist, musste sie immer Punkt zehn Uhr zu Hause sein. Wenn nicht, dann hatte die Kati Hausarrest. Also waren sie damals lieber pünktlich. Gegen die Eltern aufbegehren, das hatten sie beide nicht geschafft.

„Sie können mehr, als Sie zeigen, und Sie tun mehr, als Sie zugeben, lieber Reitinger", sagte der Chef und klopfte ihm schon wieder auf die Schulter. „Das ist nicht karrierefördernd. Sie sollten mehr über das reden, was Sie leisten."

Thomas Reitinger lächelte, denn irgendeine Reaktion erwartete der Chef ja auf sein Lob. Doch das Lächeln verging ihm bald.

„Heute schreiben Sie mir noch einen großen Artikel über Ihr Dorf, morgen nehmen Sie Ihren freien Tag, der am Montag ausgefallen ist. Hängen Sie von mir aus noch einen dran. Aber dann muss ich Sie bitten, am Wochenende wieder da zu sein für die Fußballberichterstattung."

So weit hatte Reitinger noch gar nicht gedacht, mitten in der Woche. Er hätte sich gerne mal vor dem Einsatz am Spielfeldrand gedrückt. Aber es sollte nicht sein.

Reitinger schrieb den geforderten Artikel, dann fuhr er aber nicht gleich zurück nach Helmering. Eine freie Stunde wollte er sich noch gönnen, ganz für sich sein, nachdenken. Andere gingen vielleicht die Donau entlang, aber den Reitinger zog es an den Regen. Er hoffte, dass hier weniger Menschen unterwegs waren, dass ihn nicht ständig Hunde anbellten, Jogger an ihm vorüberkeuchten und ihn daran erinnerten, dass auch er mehr für seine Fitness tun wollte. Ganz zu schweigen von den vielen Radfahrern, die den Donauweg entlangfuhren, bis Passau, bis Wien, bis Budapest vielleicht gar. Rudelweise traten sie auf, Dutzende von ihnen, alt und jung, mit Helm und ohne, immer mehrere nebeneinander, eine Plage war das, fand Reitinger.

Er parkte das Auto samt Koffer in Reinhausen und ging die Uferstraße entlang in Richtung Norden, vielleicht nicht ganz der schönste Weg in Regensburg, aber ihm war es jetzt gerade so recht. Irgendwann blieb er stehen, setzt sich ans Wasser, zog Schuhe und Strümpfe aus und hielt die Füße in den Regen. Was sollte er nur tun? Er musste doch mit Lisa sprechen. Aber irgendwie fehlte ihm der Nerv dazu. Er versuchte, sich ihre ersten gemeinsamen Tage und Nächte ins Gedächtnis zurückzuholen. Der Tag, als sie sich in der „Kinokneipe" kennengelernt hatten. Als sie bis in die Morgenstunden am Oberen Wöhrd gesessen hatten, um Hand in Hand die Sonne über Regensburg aufgehen zu sehen, und er sich nicht vorstellen konnte, dass ihre Gefühle füreinander jemals anders sein würden. Kitschig? Ja. Er wünschte, er könnte noch so kitschig denken wie damals.

Am Anfang waren sie fast jeden Tag dorthin gegangen, um das Gefühl der ersten gemeinsamen Nacht wiederzubeleben. Was sie sich alles zu erzählen hatten! Sie dachten, der Stoff würde ihnen nie ausgehen. Wie sehr sie einander vertrauten. Wie viel Verständnis sie füreinander hatten, für ihre Schwächen, ihre Macken. Irgendwann gingen sie nicht mehr hin, blieben lieber zu Hause, jeder bei sich oder gemeinsam in Reitingers WG oder irgendwann dann in der ersten gemeinsamen Wohnung.

Schmeiß doch dein Studium hin, wenn es dir nicht gefällt, hatte Lisa damals gesagt. Das hatte er dann auch getan und war Sportreporter geworden. Doch irgendwann hatte sie ihm vorgeworfen, dass er ein Versager war. Wäre ihr ein Rechtsanwalt doch lieber gewesen? Oder lag es vielleicht doch an seiner „Lethargie", seinem „Phlegma", seiner „Gleichgültigkeit", wie sie immer sagte?

Scheiß-Leben, fluchte der Reitinger, als er seine Füße aus dem Wasser zog und überlegte, wie er die jetzt so nass wieder in die Socken und die Schuhe kriegen würde.

Das Leben ist doch schön, dachte sich Reitinger nur wenige Stunden später, als er auf dem Bockshof in der Sonne saß, draußen auf der Terrasse mit dem Blick über den Bauerngarten und das freie Feld auf den Wald. Noch konnte man einfach so in der Sonne sitzen, die Blumen blühten in voller Pracht, es duftete ... ganz poetisch wurde ihm zumute.

Kati schenkte Kaffee ein und setzte sich zu ihm. Nebeneinander saßen sie, genossen einträchtig die Aussicht, nahmen sich Zwetschgendatschi, aßen schweigend.

„Schön hast du's hier", sagte Reitinger und wusste doch, dass das ein ganz banaler Satz war.

Kati nickte. „Wenn ich nicht wüsste, wie viel Arbeit das alles macht, dann würde ich das auch so sehen."

„Musst auch aufs Feld?"

Kati sah ihn an, als hätte er etwas besonders Blödes gesagt. „Wenn's pressiert, freilich. Außerdem morgens und abends Stall, weißt ja selber, wie das ist bei den Bauern."

So genau wusste Reitinger das nicht, denn mit Landwirtschaft hatte er, der Lehrersohn, nur wenig zu tun gehabt. In der Grundschule hatten sie mal einen Bauernhof besichtigt, ebenso wie sie die Schreinerei, die Schmiede und die Bäckerei besichtigt hatten. Damals hatte Kati den Wunsch geäußert, einmal Bäuerin zu werden, und da der Reitinger sie schon zu der Zeit recht gern gemocht hatte, wollte er später mal einen Bauernhof kaufen.

„Wolltest doch immer Bäuerin werden."

„Da hab ich auch noch nicht gewusst, was das heißt."

„Und jetzt?"

„Als Erzieherin im Kindergarten hab ich's leichter gehabt."

Reitinger erinnerte sich: Die Kati hatte nach der Mittleren Reife im örtlichen Kindergarten Erzieherin gelernt. Seine Mutter hatte damals gerade wieder angefangen, dort in ihrem alten Beruf zu arbeiten, weil der Bub doch jetzt groß genug war, und hatte sie immer sehr gelobt. Kati sah traurig aus, als sie sich an ihre Zeit als Kindergärtnerin erinnerte. Reitinger wollte gerade tröstend seinen Arm um sie legen, als hinten aus dem Austragshäusl eine alte Frau kam. Kati reagierte schnell, stand auf und rief, so laut sie konnte: „Magst auch ein Stück Kuchen, Mutter?"

Keine Antwort. Dafür aber kam die gebückte Gestalt näher, ganz ruhig, Schritt für Schritt, langsam, beobachtend. Am Tisch blieb sie stehen und musterte argwöhnisch den Reitinger Thomas.

„Des ist der Thomas, der ist mit mir in die Schule gegangen. Und weil er grade seine Mutter in Helmering besucht ..."

„Kenn ihn schon", unterbrach die Löblin ihre Schwiegertochter.

„Grüß Gott", sagte Thomas und wollte aufstehen, der alten Frau die Hand geben.

„Bleib sitzen", brummte die Löblin. Sie musterte Kati: „Ich trink meinen Kaffee in der Küch. Ich mag net heraußen sitzen. Die Sonn macht mich deppert."

Damit ging sie weiter in Richtung Haustüre. Kati nahm die Kaffeekanne und ein Stück Kuchen und folgte ihr.

Reitinger stand auf und sah sich um. Ein großer Hof, der Bockshof, einer der wenigen in der Gegend, die überlebt hatten. Ein Ball fiel ihm vor die Füße, ein kleiner Junge lief auf ihn zu.

„Wart Markus, ich flank ihn dir hin", rief Reitinger und bemühte sich, einen guten Pass zu spielen. Der Slipper flog ihm dabei vom Fuß, Markus lachte, aber der Ball kam ganz gut. Eine Weile schlugen sie hin und her, dann kam Anna dazu, spielte mit, dann die kleine Marie, die bislang im Sandkasten gesessen hatte. Der Bub winkte ab.

„Des ist doch kein Fußballspiel mehr", murrte er. „Mit den Weibern."

Anna stürzte sich auf ihn und zeigte ihm, dass sie stärker als er war. Die kleine Marie nahm sich unterdessen den Ball und kullerte ihn dem Reitinger vor die Füße. Kati kam zurück und lächelte.

„Magst net zur Oma in die Küche?", fragte sie Marie. Die nickte und verschwand. Markus schnappte sich seinen Ball und trollte sich. Nur Anna sah skeptisch auf den Besucher. Mit den klaren blauen Augen ihrer Großmutter musterte sie ihn argwöhnischer, als es die alte Löblin getan hatte.

„Hast heute schon Flöte geübt?", fragte Kati ihre Älteste.

Anna sagte nichts, zog nur einen Flunsch und verschwand.

„Das wirkt immer", grinste Kati.

„Sie mag mich nicht besonders", meinte Reitinger.

„Sie kennt dich doch nicht, wieso sollte sie dich mögen?"

Reitinger fügte sich dieser Logik und wechselte das Thema. „Wie alt ist deine Schwiegermutter eigentlich?"

Kati lachte: „Hätt ich nicht gedacht, dass du dich für sie interessierst."

„Ich mein ja bloß, weil sie noch recht fit aussieht."

„Die geht zu Fuß nach Helmering rein, wenn es sein muss", bestätigte Kati. „Aber wenn du es genau wissen willst: Sie ist jetzt 78."

„Weißt du, die alten Leut, die kommen mir manchmal vor, als wären sie schon alt gewesen, als ich ein Kind war. Da wundert mich oft, dass sie noch leben."

Kati lachte: „Das wird uns auch mal so gehen. Irgendwann sagt mein Bub: Da war mal ein Journalist aus Regensburg da. Der war doch damals schon soooo alt – lebt der noch?"

„Vielen Dank fürs Kompliment."

„Nimm's net persönlich." Kati berührte ganz leicht seinen Arm. „Ich bin doch genauso alt wie du."

Reitinger war nicht ganz wohl in seiner Haut. Auf der einen Seite wollte er schon gerne mit der Kati flirten. Auch wenn sie jederzeit gestört werden konnten. Auf der anderen Seite wollte er sie auch ein bisschen ausfragen. Denn wenn der Alois Schindler wirklich der Sohn vom Fritz Löbl war, dann könnte ihm die Kati vielleicht noch mehr erzählen als gestern die Mutter.

„Dass deine Schwiegermutter allein geblieben ist ... Nur ihr Bub."

„Der war ja auch ihr Leben."

„Schon komisch, wenn einem der Mann einfach so abhaut."

„Sie redet nie drüber."

„Und dass sie nie mehr einen anderen gesucht hat."

„Sie wollte halt keinen andern."

„Oder sie hatte die Schnauze voll."

Kati musterte ihn nachdenklich. „Du bist doch auch verheiratet, oder?"

„Noch", sagte Reitinger.

Kati nickte verstehend. „Woran liegt's?"

„Ich glaub, sie hat genug von mir."

„Bist recht langweilig?"

„Wahrscheinlich."

„Kann mir's schon vorstellen. Aus der Arbeit heimkommen, Bier auf, Fernseher an, Füße hoch."

„Nicht ganz so schlimm, aber fast."

„Du gibst es wenigstens zu."

„Ist denn dein Mann anders?"

„Am Abend spielt er noch mit den Kindern. Er sagt, das hat er immer vermisst. Mit ihm hat höchstens mal der Pfarrer gespielt, wenn er zu Besuch da war."

Reitinger freute sich, dass sie wieder beim Thema waren. „Der Hintermayer war ein Freund der Familie, oder?"

„Eher vom Jakob."

„Wieso weiß man so genau, dass der Jakob abgehauen ist?"

„Er hat einen Brief dagelassen", sagte Kati völlig selbstverständlich.

„Gibt's den noch?"

Kati schüttelte fassungslos den Kopf. „Sag mir nicht, du willst ihn sehen. Alter Schnüffler."

Reitinger zuckte nur die Schultern.

„Die Schwiegermutter hat den Brief damals gefunden, aber gleich verbrannt. Kann ich auch verstehen."

„Hat sie ihn nie für tot erklären lassen?"

„Sie hat ja geglaubt, dass er noch lebt."

„Dann ist der Hof noch gar nicht richtig an den Stefan übergeben?"

„An was du alles denkst ..." Kati seufzte und sah Reitinger müde an.

Einen Moment waren beide still. Aber der Reitinger war noch nicht fertig. „Was hat eigentlich der Bruder zu der ganzen Geschichte damals gesagt, der Fritz?"

„Woher soll ich das denn wissen, Thomas? Frag mich doch net so aus. Ich wohn seit zwölf Jahren auf dem Hof, und du fragst mich Sachen, die sind fünfzig Jahre vorbei!"

„Entschuldige. Lass uns über was anderes reden."

Drinnen klingelte das Telefon. Vier Mal, fünf Mal. Dann war es vorbei. Kurz darauf kam Anna raus. „Mama, es ist der Opa. Er will nur mit dir reden."

Kati stand auf und ging wortlos hinein. Sie würdigte den Reitinger nicht einmal eines Blickes. Der überlegte, wie er seinen Fehler wiedergutmachen konnte. Er stand auf, ging zum Bauerngarten, sah sich die Bohnen an, die Tomaten – schön sah das aus, am liebsten hätte er sich eine Tomate genommen und reingebissen. Auch wenn es nicht zum Zwetschgendatschi passte. Dann sah er die herrlichen Rosen, in allen Farben, duftend, mehrere Blüten an einem Zweig, nicht diese langstieligen Sonderzüchtungen, sondern Rosen, wie sie sein sollten. Er zog sein Taschenmesser heraus und schnitt eine ab. Die würde er der Kati ...

„Was machst da?"

Reitinger zuckte zusammen und drehte sich um. Hinter ihm stand der Bauer. Stefan Löbl hatte eine Sense in der Hand, die er an einen Baum lehnte. Er nahm seine Kappe ab, kratzte sich am Kopf.

Schon fast kahl, obwohl er nur ein paar Jahre älter ist als ich, dachte Thomas.

„Der Reitinger. Ein Schmarotzer, wie die Journalisten so sind."

„Woher willst das wissen?"

„Sieht man doch immer im Fernsehen. Erst beschweren sie sich, dass die Politiker sich alles zahlen lassen, und dann fliegen sie selber kostenlos mit."

„Mich hat noch kein Politiker mitgenommen."

„Weil du net wichtig bist, Burschi."

Stefan Löbl wandte sich ab, nahm die Sense und begann, das hohe Gras zu mähen, das rund um den Gemüsegarten wuchs. Reitinger sprang schnell zur Seite. Er traute dem Löbl zu, dass er ihm auch noch eine kleine Erinnerung mit auf den Heimweg gab.

Kati kam aus dem Haus, völlig verstört. Reitinger wollte gerade seine Rose, die eigentlich für Kati gedacht war, die er aber in Anwesenheit vom Löbl auf keinen Fall überreichen wollte, hinter dem Rücken verstecken, aber Kati achtete gar nicht darauf. Sie sah von ihrem Mann zu ihrem Jugendfreund: „Sie haben den Bernhard verhaftet. Sie sagen, er hat den Schindler umgebracht."

*

Eigentlich war es noch zu früh fürs Wirtshaus, aber irgendwo musste Reitinger ja Arsch und Friedrich treffen, um ihnen die Neuigkeit mitzuteilen. Doch sie waren nicht da. Am Stammtisch saß Fritz Löbl, der ging nur zum Schlafen heim. Bei ihm lediglich der Wirt, der auf die beiden Journalisten, nach denen der Thomas sich erkundigte, nicht besonders gut zu sprechen war.

„Denen war's net fein genug bei mir, die fahren jetzt zum Schlafen wieder heim nach Regensburg."

Das wunderte den Reitinger gar nicht.

„Einmal muss der eine nüchtern bleiben zum Heimfahren, und einmal der andere", legte der Hitzlkofer nach und grinste.

Reitinger ging hinaus, lehnte sich an sein Auto und rief in der Redaktion an. Warum sollte er dem Arsch die Geschichte geben und nicht gleich dem Chef selbst sagen, was er recherchiert oder vielmehr zufällig erfahren hatte? Vielleicht gab es ja Pluspunkte. Denn wenn Reitinger noch eines in seinem Leben wollte, dann war es das: Nicht mehr über Bezirksliga und Bezirksoberliga schreiben, nicht mehr die mäßigen Berichte der selbsternannten Vereinsberichterstatter redigieren, sondern zu den Spielen vom Jahn Regensburg gehen. Den Aufstieg in die zweite Bundesliga journalistisch begleiten, mit ins Trainingslager, bei den Großkopferten sitzen, sich mit dem Trainer und dem Manager duzen, sich bei den Spielern Hintergrundinformationen holen, die er dann doch nie schrieb, weil er es sonst bei ihnen verschissen hätte. Er wollte sein wie Rubi und Waldi im Fernsehen, er wollte dazugehören. Das hätte er nie zugegeben, denn wie alle anderen in der zweiten und dritten Reihe schimpfte er auf diejenigen, die sich nach vorne durchgekämpft oder durchgeschleimt hatten, die richtig „connected" waren, die immer gut „committed" hatten, die keine „opportunity" ausließen, sich eine „pole position" zu sichern.

Auf jeden Fall konnte es nicht schaden, sich jetzt mit dieser Geschichte beim Chef beliebt zu machen, der ja neuerdings den Reitinger sogar zu Gesprächen empfing. „Ich kann den Aschenbrenner nicht erreichen", log Reitinger, als ihn die Sekretärin gleich mit dem Chef verbunden hatte. „Aber es gibt was Neues: Sie haben einen verhaftet."

Der Chef war begeistert und entschied spontan, dass er jetzt selbst zur Feder greifen wollte. Ob ihm Reitinger ein paar Informationen geben könnte über den Verdächtigen? Konnte er. Heimvorteil eben.

Bernhard Neubauer, 30 Jahre alt, Ingenieur bei BMW in Regensburg. Sohn des Vereinsvorsitzenden Hans Neubauer. Spieler in der ersten Mannschaft des TSV Helmering. Ein sehr guter Mittelfeldspieler, trotz des fortgeschrittenen Alters. Fit, durchtrainiert, diszipliniert, das wusste Reitinger noch von früher und von den wenigen Malen, als er den Kickern des TSV Helmering zugeschaut hatte. Einer, der wirklich denkt beim Fußballspielen, der Bälle verteilt, Räume öffnet ...

„Geraten Sie mir nur nicht ins Schwärmen, Reitinger. Ich schreibe nicht für den Sport, ich brauche einen Aufmacher."

Ich muss denken wie ein Krawallschreiber, nahm sich der Reitinger vor. „Er und der Schindler mochten sich nicht besonders. Die Methoden vom Schindler haben ihm nicht gepasst. Mehr weiß ich auch nicht."

„Aber Sie können mehr herausfinden."

„Sie meinen, ich soll die Kripo anrufen?"

„Nein, nein, das mache ich selbst, da habe ich so meine Connections."

Der Chef war auch gut „connected". Deshalb ist er Chef und ich Depp, dachte Reitinger. „Die Verwandten kann ich im Moment schlecht fragen, die sind völlig entsetzt."

„Also gut. Heute bringen wir die nackte Story: Verhaftung, was die Kripo sagt, et cetera. Und morgen hätte ich gerne ein Foto des Verhafteten, dazu eine schöne, rührende Geschichte. Familie?"

„Eine Frau, zwei Kinder."

„Besser als umgekehrt", scherzte der Chef, aber der Reitinger war mit seinen Gedanken schon anderswo. Er brauchte ein Foto vom verhafteten Bernhard. Dieses Mal würde ihm der Neubauer nicht helfen. Denn schließlich ging es um seinen Sohn. Und den freien Tag, den konnte er auch vergessen.

Der Stammtisch war an diesem Abend ziemlich leer. Der Löbl Fritz saß wieder oder noch immer da, ebenso Rudi Hitzlkofer, der Wirt. Seine Frau bediente, warf ihm gelegentlich einen wütenden Blick zu, aber der Hitzlkofer hielt das Stammtischhocken für eine Art Kundenbetreuung, auf die er keinesfalls verzichten wollte. Der Neubauer war natürlich nicht gekommen, der Freisleder und der Pfarrer waren vielleicht noch in der Kirche, der Wachter quälte vermutlich seine Patienten.

Dafür saßen an einem Ecktisch mehr Leute als gewöhnlich. Aschenbrenner und Friedrich waren wieder da zum Recherchieren, bei ihnen der Bürgermeister. Hartmut Degenhardt gab sein Statement zur Verhaftung von Bernhard Neubauer ab. Dass er sich das nicht vorstellen könne, er habe immer gedacht, es sei ein Auswärtiger gewesen. Ein Mörder im Ort, das übersteige die Phantasie jedes Menschen, der hier lebe. Er hörte gar nicht mehr auf zu reden, Arsch nickte und ließ ein Tonband mitlaufen, Friedrich machte währenddessen Portraitaufnahmen vom Bürgermeister und bedauerte, dass er nicht schon bei Tageslicht daran gedacht hatte, draußen vor dem Rathaus oder auf dem Wertstoffhof, wo der Ermordete gefunden worden war, die wären vielleicht schöner geworden. Der Bürgermeister war bereit, dafür am nächsten Morgen zur Verfügung zu stehen, gleich um neun Uhr. Arsch und Friedrich wechselten einen Blick, denn so früh wollten sie nicht in Helmering sein. Sie drückten die Zeit auf elf Uhr hoch.

Reitinger grüßte zwar herzlich am Stammtisch, ging aber dann weiter an den Ecktisch, weil er die Kollegen sprechen musste. Von ihnen erfuhr er auch, was er bisher noch nicht gewusst hatte. Bernhard Neubauer hatte den Alois Schindler in der Mordnacht noch getroffen. Der Schindler war vom Wirtshaus heimgegangen, allein, ohne Begleitung. Der Bernhard hatte den Hund noch rausgeführt, das hatte seine Frau bestätigt. Dabei ist ihm sein Trainer über den Weg gelaufen. Wahrscheinlich sind sie ein Stück zusammen gegangen und ins Streiten gekommen, da hat ihn der Bernhard in seiner Wut niedergestochen und ist weggelaufen. Das verstand der Reitinger nicht so ganz.

„Die beiden haben sich nicht gemocht, aber warum sollte der Bernhard ihn ausgerechnet jetzt abgestochen haben? Ich bring ja auch nicht jeden um, der mir über den Weg läuft."

„Es muss die letzte Zeit größere Auseinandersetzungen im Verein gegeben haben", erklärte der Bürgermeister. „Ich habe ja davon nichts mitbekommen, und dass der Vereinsvorsitzende Hans Neubauer als Vater des Verdächtigen das alles unterm Deckel hält, ist ja klar. Angeblich hat er schon einen Nachfolger für den Schindler als Trainer gesucht."

„Das ist auch verständlich. Der Schindler hat die Spieler gequält, und die meisten wollten sich das nicht mehr gefallen lassen", antwortete Thomas.

Degenhardt sah den Reitinger mit hochgezogenen Augenbrauen an: „Da wissen Sie aber mehr als ich."

„Sie werden doch mitgekriegt haben, dass der Trainer in Helmering ein Sadist war!", beharrte der Reitinger.

„Das sind Vereinsinterna", winkte der Bürgermeister ab.

„Wollen Sie Ihr Statement noch ergänzen?", fragte Arsch den Bürgermeister, und der erinnerte sich wieder an seine Amtspflichten, setzte sich aufrecht hin, linste auf das Tonbandgerät und sprach laut und deutlich: „Ich kann mir nicht vorstellen, dass Bernhard Neubauer ein Mörder ist. Aber ich wäre froh, wenn die Sache endlich geklärt wäre. Es soll wieder Ruhe einkehren in unserem schönen Ort Neukirchen, zu dem Helmering gehört."

Er nickte, Arsch drückte auf die Taste, das Gespräch war beendet. Der Bürgermeister erhob sich und wollte zum Stammtisch wechseln, um auch mit potenziellen Wählern ein bisschen zu plaudern, da hielt ihn Reitinger noch einmal auf.

„Der Schindler ist doch mit einem Küchenmesser erstochen worden. Wer nimmt denn ein Küchenmesser mit, wenn er mit dem Hund nachts noch einmal rausgeht?"

Hartmut Degenhardt lächelte, als ob er mehr wüsste: „Wenn einer Übles im Sinn hat ... Außerdem haben sie Spuren von Bernhards Hund am toten Schindler."

„Woher wissen Sie das?", mischte sich Arsch sofort ein.

„Von der Polizei."

„Schön, dass die das Ihnen sagen und uns nicht", maulte Friedrich. Der Bürgermeister lächelte, als wäre auch er besonders gut „connected", wie der Chef bei der Zeitung.

„Wenn ich jetzt so neben Ihnen sitz oder steh, Herr Bürgermeister, dann fliegen vielleicht auch ein paar Fasern von Ihnen zu mir oder umgekehrt. Wenn nun morgen einer von uns zweien tot ist, war's dann der andere?", wandte Reitinger ein.

„Wer weiß?", sagte Degenhardt nur, nahm sein Bier und wechselte zum Stammtisch.

Er mag mich nicht, dachte Thomas, aber es war ihm egal.

Aschenbrenner löschte in aller Seelenruhe das Tonband. „Was der gesagt hat, das kann ich mir so auch merken. Der übliche Schmäh." Dann sah er mit zusammengezwickten Augen auf den Reitinger. „Warum hast mich nicht angerufen?"

„Ja, also, ich hab's ja versucht, aber dein Handy ..."

„Des war den ganzen Tag an." Wie zum Beweis legte Arsch sein Handy auf den Tisch. Was natürlich kein Beweis war.

„Und meins war auch an", ergänzte Friedrich und legte seins dazu.

„Auf jeden Fall hab ich euch nicht erreicht", log Reitinger, „und da hat der Chef sowieso grad angerufen ..."

„Ah geh, er sagt, du hast dich gemeldet. Das hat ihm besonders gut gefallen. Wegen der Initiative."

Dem Reitinger war ganz unbehaglich. Als Kollegenschwein wollte er nicht dastehen.

„Der Chef sagt, du besorgst ein Foto vom Verdächtigen", grinste Arsch. „Und Background, Familie, Gefühle und so weiter. Viel Glück. Wir fahren jetzt heim. Den großen Artikel morgen, den schreibst ja du." Damit standen sie auf und gingen.

Die Hitzlkoferin kam an den Tisch, nahm die leeren Biergläser mit und legte die Deckel dem Reitinger vor. „Die Kollegen haben gesagt, du zahlst mit."

Thomas überlegte ernsthaft, ob er ihnen die Polizei auf den Hals hetzen sollte. Denn weder Arsch noch Friedrich konnten nach dem, was auf dem Bierdeckel stand, noch als nüchtern bezeichnet werden. Dann ließ er es. Sie hätten gleich gewusst, dass das von ihm kommt. Er würde sehr viel Ärger kriegen. Es blieb ja die Hoffnung, dass sie sich selbst in irgendeinem Graben am Straßenrand versenkten oder an einem Baum Halt machten. Er hoffte nur, dass keine anderen Menschen zu Schaden kamen. Bist auch nicht besser als andere Leut, dachte er. Wünschst auch anderen den Tod. Dann grüßte er und ging. Morgen war ein harter Tag.

4.

Thomas wälzte sich die ganze Nacht im Bett. Der nächste Tag hing wie eine Drohung über ihm. Zwar schlief er mittendrin wieder ein, doch dann schreckte er hoch, weil er gerade im Halbschlaf geträumt oder phantasiert hatte. Er fragte Kati nach einem Foto von ihrem verhafteten Bruder, und sie stach wie wild mit einem Messer auf ihn ein und schrie: „Du Charaktersau, meinst net, ich hab jetzt andere Sorgen?"

Reitinger saß im Bett, wischte sich den Schweiß von der Stirn und gab Kati insgeheim Recht. Wer so was machte, war eine Charaktersau. So wollte er nie werden. Ein Interesse der Öffentlichkeit vorschützen und dann die Verwandten austricksen.

Wen könnte er sonst nach einem Bild von Bernhard fragen? Hatte irgendjemand Zugang zum Vereinsheim, sodass er sich ein Foto aus den Alben holen konnte? So wie er eines vom Schindler gekriegt hatte über den Neubauer?

Reitinger legte sich wieder hin. Er würde darüber beim Frühstück nachdenken, vielleicht auch die Mutter fragen, ob die eine Idee hatte. Aber jetzt musste er schlafen. Doch es wollte ihm nicht gelingen. Er träumte wieder, dass der Neubauer ihn am Stammtisch niederschrie, weil er an allem schuld sei. Reitinger konnte sich zwar im Halbschlaf nicht erklären, warum jetzt er den Sündenbock spielen sollte, aber Neubauer zählte ihm alle seine Fehler auf: Dass er mit der Kati gegangen sei, aber sie habe fallenlassen, gleich nach dem Abitur, als er zum Studieren in die Stadt gezogen war. Dass er jetzt hier rumschnüffle und alle unglücklich mache, auch die Kati und den Bernhard, über den er jetzt in der Zeitung Lügen verbreiten wolle. Die ganze Familie habe er auf dem Gewissen, seine Frau, die Luise, habe sich vom Doktor Wachter schon Tabletten gegen Depressionen verschreiben lassen.

Wieder setzte sich Reitinger auf. Der Wachter! Der war auch im Sportverein. Der konnte ihm vielleicht helfen. Der war nicht betroffen von der ganzen Geschichte, weder verwandt mit der Leiche noch mit dem mutmaßlichen Täter, der kannte alle, war aber niemandem wirklich nahe, der ist mit ihm zur Schule gegangen – der würde ihm helfen.

Beruhigt legte sich Thomas wieder hin. So werd ich's machen, dachte er und schlief gleich ein. Er träumte endlich von etwas anderem als Mord und Totschlag und seinen eigenen kleineren und größeren Sünden.

Die Mutter war nicht da, als er am Morgen aufstand. Reitinger sah auf die Uhr: Neun Uhr vorbei, also konnte sie auch nicht in der Frühmesse sein. Wenn überhaupt eine gewesen war, so war sie längst vorbei. Ob sie noch Einkäufe machte? Der Frühstückstisch war jedenfalls noch für ihn gedeckt, und so allmählich fand er das auch recht nett, dass morgens schon alles für ihn bereitstand, wenn er aufwachte.

Lisa hatte sich um so was nie gekümmert, die frühstückte nicht, wegen ihrer Figur. So hatte auch er es sich abgewöhnt, morgens viel zu essen. Denn er hätte dann einkaufen müssen, den Tisch decken, abräumen, abspülen ... Dazu hatte er keine Lust. Er stand spät auf, schnell duschen, ab ins Büro, unterwegs ein oder zwei Semmeln oder Gebäckstücke kaufen, die Sekretärin hatte hoffentlich schon den Kaffee gekocht. Alle Kollegen machten es so, zwischen zehn und elf Uhr hatten sie alle den Mund voll, konnten nicht ans Telefon gehen, sich nicht unterhalten, geschweige denn eine Redaktionskonferenz abhalten.

Der Chef hatte das immer wieder unterbinden wollen, aber dann aßen die Redakteure heimlich während der Sitzung, wenn er sich gerade abwandte, und das kam ihm dann doch kindisch vor. Es war wie in der Schule, wo sie das Pausenbrot in sich hineinpressten, während der Lehrer an die Tafel schrieb. Unwürdig sei das, konstatierte der Chef, legte die Konferenz auf elf Uhr fest und nannte die Spielregeln: Gewaschen, bekleidet, mit Frühstück im Magen und einer Menge Ideen, möglichst schon auf einem Stück Papier notiert.

Das forderte die Mutter nicht, die deckte einfach den Tisch, stellte die Marmelade hin, von der sie wusste, dass Thomas sie mochte, auch ein Stück übel riechenden Camembert, den sie selbst sicherlich verschmäht hätte, den aber der Thomas liebte, wie auch sein Vater so einen Käse gerne gemocht hatte. Womit nicht gesagt sein soll, dass die Reitingerin einen Stinkkäse auch für ihren Mann - Gott hab ihn selig - auf den Tisch gestellt hätte. Aber für den Buben ...

Während Reitinger sich das Brot schmierte, überlegte er, ob er nicht länger hier bei der Mutter wohnen sollte. Es war bequem, es war gemütlich, sie machte Haushalt und Wäsche, sie mochte ihn - alles war schöner, als mit Lisa um die hübsche Wohnung zu kämpfen oder sich ein Ein-Zimmer-Appartement in der Nähe der Redaktion zu suchen. Freilich wusste er, dass das wieder typisch war, diese Bequemlichkeit, diese Lethargie, würde Lisa sagen. Aber ihm gefiel das, dass sich jemand um ihn kümmerte. Vielleicht war er ja doch ein Mamabubi. Der Einzige, der Stammhalter, der Stolz.

„Mei, du bist ja schon wach“, rief die Reitingerin, als sie in die Küche kam. „Hättest noch ein bisserl geschlafen, ich hab Semmeln mitgebracht.“

„Kann ich schon noch brauchen“, brummte Reitinger, schob den Rest des Brotes in den Mund und griff nach einem Brötchen. Zunehmen würde er hier bei der Mutter, das war wohl klar. Er sollte wenigstens morgens wieder joggen, wenn er schon aß wie einer, der den ganzen Tag Holz hackte. „Wo warst denn?“

„In der Kirch, beim Doktor und beim Einkaufen“, zählte die Reitingerin auf.

Thomas horchte auf. „Der Wachter hat Sprechstunde?“

„Freilich.“

„Jetzt auch noch?“ Er sah auf die Uhr.

„Bis um zwölf“, nickte seine Mutter.

Reitinger beruhigte sich. Da hatte er noch Zeit.

„Magst net wissen, was mir fehlt?“

Ertappt zuckte Thomas zusammen. Er musste sich eingestehen, dass es ihn einfach nicht interessiert hatte, warum die Mutter beim Arzt war. „Es ist doch nichts Ernstes?“, fragte er ganz unsicher, und die Mutter schüttelte den Kopf.

„Es ist das Kreuz, wie immer.“ Dann erhob sie sich ächzend, eine Hand kurz überm Steißbein in den Rücken als Stütze geschoben.

Warum muss ich fragen, wenn es doch „wie immer“ ist, dachte Reitinger, aber dann beschloss er, das Thema zu wechseln. „Was sagst zum Bernhard?“

„Der Bernhard war des nie“, kam als Antwort von der Spüle. „Der ist ein netter, sauberer Kerl. Ganz ein anständiger. Jeden Sonntag in der Kirch, am Nachmittag geht er dann mit seiner Frau und den Kindern spazieren.“ Die Mutter geriet richtig ins Schwärmen. So ein Mann war ihr versagt geblieben, als Ehemann wie als Sohn. Sie hatte es immer mit zwei Stoffeln zu tun.

Reitinger seufzte. Er nahm die Zeitung, schlug sie auf, las den Artikel seines Chefs über die Verhaftung. Streit. Messer. Vorsatz. Er konnte das nicht glauben. Vielleicht sollte er selbst mal mit dem Kriminalkommissar reden. Oder ihn anrufen.

Der Anruf brachte gar nichts. Er wurde gleich an die Pressestelle verwiesen, und die erzählten ihm das, was sowieso schon in der Zeitung stand. Er fragte dann, ob der Kommissar Abramovic zu erreichen sei, aber der war in einer Sitzung. Später vielleicht. Wenn ich ihn persönlich sprechen könnte, dachte Reitinger, dann krieg ich auch mehr aus ihm raus. Und wenn nicht, dann mach ich eine Herz-Schmerz-Geschichte. Der ganz nette, anständige Kerl Bernhard Neubauer, der jetzt verhaftet worden ist.

Mit diesen Gedanken ging er durch den Ort in Richtung Arzt. Er hatte beschlossen, hier kein Auto mehr zu nehmen. Auf jedem Fußweg traf man mindestens drei bis vier Leute, die einem was Neues erzählen konnten. Das war jetzt das Allerwichtigste. Dazugehören, mitreden, aushorchen. Ein Umweg, und er kam an dem Neubau vorbei, den Bernhard für sich und seine Familie hingestellt hatte. Ein schönes Haus, groß die Auffahrt, zwei Garagen, wie es eben hier so üblich war. Gepflegter Garten, und trotz schönen Wetters niemand zu sehen. Die Jalousien waren halb herabgelassen. Reitinger blieb kurz stehen, aber zu klingeln traute er sich nicht.

„Die junge Neubauerin lässt sich heut net blicken", sagte jemand hinter ihm.

Der Thomas drehte sich um und sah den Pfarrer hinter sich. „Gelobt sei Jesus Christus", murmelte er schnell, wie er es als Bub gelernt hatte.

„In Ewigkeit Amen", antwortete der Pfarrer und sah ihn dann skeptisch an.

„Bist doch bestimmt sonst kein großer Kirchgänger."

„Das hab ich aber noch gewusst."

„Ein einfaches *Grüß Gott* hätte es auch getan." Der Pfarrer ging auf das Haus zu.

„Hat die Frau vom Bernhard Sie angerufen?", fragte Reitinger neugierig.

Der Pfarrer wandte sich noch einmal um. „Sie möchte in Ruhe gelassen werden, aber mit jemandem reden. Ist das denn so schwer zu verstehen?"

Reitinger ging ein paar Schritte weiter. Dann aber wartete er, was passierte. Der Pfarrer klingelte, die junge Neubauerin machte auf, er hörte Kindergeschrei, der Pfarrer ging hinein, die Tür schloss sich.

Er ging weiter, am Haus der alten Neubauers vorbei. Da stand der Geländewagen vom Bauern Löbl, wahrscheinlich war Kati bei ihren Eltern, um ihnen in dieser schweren Zeit beizustehen. Die Kati hätte er gern gesehen, aber er wollte auf keinen Fall den Eindruck erwecken, dass er scharf auf Neuigkeiten für seine Zeitung war. Außerdem erinnerte er sich noch lebhaft an den Traum der vergangenen Nacht, als ihm der Neubauer so heftige Vorwürfe gemacht hatte, weil er an allem schuld sei.

Es blieb ihm doch nur der Wachter. Brav setzte er sich ins Wartezimmer und blieb so lange, bis der Herr Doktor für ihn Zeit hatte. Der Wachter sah ihn da sitzen und grinste. „Fehlt dir was?"

Reitinger schüttelte den Kopf.

„Wir können aber die Leber mal anschauen. Lohnt sich bestimmt."

„Ich bin kein so großer Säufer, wie du denkst."

„Hast aber schon ein recht gut durchblutetes Gesicht, wie's die Trinker manchmal haben."

„Das ist ererbt, da kann ich nichts dafür."

Der Wachter lachte und winkte ihn ins Behandlungszimmer. „Was ist denn los?"

„Es ist wegen dem Bernhard."

„Ich weiß nicht viel über ihn. Ich kenn ihn auch bloß vom Verein."

„Hast vielleicht zufällig ein Foto von ihm?"

Der Wachter stutzte. „Wie kommst denn auf so was?"

Reitinger erzählte seine Geschichte. Dass er dringend ein Foto brauche, dass er niemand von der Familie fragen wolle, dass doch im Vereinsheim bestimmt irgendwo was rumliege, ob der Wachter nicht einen Schlüssel habe oder vielleicht selber von irgendeiner Weihnachtsfeier ein Bild, dass es ihm ganz furchtbar peinlich sei, aber er habe nicht gewusst, wen er sonst im Dorf fragen solle, ohne dass ihn alle für ein Arschloch hielten, das aus dem Unglück anderer Leute Kapital schlage ...

Da unterbrach ihn der Wachter: „Die Krankheit anderer Leute ist mein Kapital – und bei dir ist es das Unglück."

„Normalerweise nicht", verteidigte sich Reitinger. „Denn ich bin ja eigentlich nur der Sportreporter."

Der Wachter grinste. „Vielleicht hätt ich eine Röntgenaufnahme vom Bernhard irgendwo rumliegen, aber ein Foto ..."

Einen Moment waren beide still, der Wachter dachte nach, der Reitinger wollte ihn dabei nicht stören.

„Weihnachtsfeier", murmelte der Wachter. „Komm einmal mit."

Er ging mit ihm rüber ins Privathaus, stellte den alten Schulfreund seiner Frau vor und wühlte dann in ein paar Schubladen. „Da ist es", sagte er und zog aus einem Berg ungeordneter Fotos eines heraus. Es war ein Mannschaftsfoto.

„Das ist doch keine Weihnachtsfeier", brummte Reitinger.

„Aber der Bernhard ist drauf."

Der Wachter stellte sich neben den Reitinger und sah gemeinsam mit ihm das Gruppenbild an. „Schau, da ist sogar der Schindler. Und den Bernhard da, den könnt ihr doch sicher mit eurer Technik rausziehen, sodass ihr ein großes Foto habt."

Thomas mochte es immer besonders gern, wenn ihm andere erklärten, was man als Journalist und Fotograf heute alles mit der Technik machen konnte. Er sagte doch dem Wachter auch nichts, was die medizinischen Fortschritte anging! Aber der Wachter hatte es ja nur gut gemeint, ihm geholfen und ihn nicht zum Drecksack erklärt, nur weil er ein Foto vom Bernhard wollte.

Also bedankte er sich artig und ging wieder. Die Einladung der Frau Wachter zum Mittagessen lehnte er ab. Erstens hatte die Mutter ihn schon eingeplant und wollte extra einen Apfelstrudel für ihn machen, zweitens erwähnte Frau Wachter, dass ihr Bruder auch zum Essen käme, weil er in Helmering zu tun habe. Und Bürgermeister Degenhardt wollte er nicht treffen. Den hatte er ja gestern im Wirtshaus schon gesehen, das reichte wieder für einige Zeit.

Draußen vor der Tür sah sich der Reitinger das Foto noch einmal an, dann seufzte er. Es war genau dasselbe, das ihm der Neubauer vor zwei Tagen gegeben hatte, als es um ein Foto vom Schindler ging. Er hatte es gleich gesehen, aber er wollte den Wachter nicht frustrieren. Der hatte ihm wenigstens geholfen.

Aber es kam noch schlimmer. Zu Hause lag ein Briefumschlag für ihn auf dem Tisch. „Der Neubauer war da", sagte seine Mutter. „Er ist schnell mit dem Auto hergefahren, ausgestiegen, hat's abgegeben und ist wieder weg. Er will eigentlich mit niemandem reden, hat er gesagt, aber das wollte er doch erledigen."

Thomas öffnete den Umschlag und sah mehrere aktuelle Fotos vom Bernhard. Fragend sah er seine Mutter an. „Hat er nichts dazu gesagt?"

Die Reitingerin sah ganz verlegen aus. „Er hat gesagt, lieber bringt er sie dir, bevor du noch öfter bei ihm oder seiner Schwiegertochter vor dem Haus rumlungerst."

Dem Thomas war der Appetit vergangen. Selbst auf Apfelstrudel.

„Der Schinder von Helmering – viele trachteten ihm nach dem Leben." So hatte Aschenbrenner herumfabuliert, als er über den toten Alois Schindler schreiben sollte, aber keine Fakten hatte. Da der Ermordete weder Verwandte noch Freunde hatte, würde sich auch keiner beschweren, hatte der Arsch nur gesagt. Thomas wollte es besser machen und erst einmal mit dem Kommissar reden. Da er ihn am Telefon wieder nicht erwischte, fuhr er nach Regensburg.

Lukas Abramovic aber hatte keine Zeit für den Journalisten. Er hatte Besseres zu tun, fand er jedenfalls. Denn Bernhard Neubauer wollte partout kein Geständnis ablegen. Er schickte seine Kollegin Jana Meyerbeer zum Hintergrundgespräch mit Thomas Reitinger. Er hätte es auch der Presseabteilung überlassen können, aber der Reitinger war hartnäckig geblieben. Abramovic dachte, dass man sich bei Journalisten sehr unbeliebt mache, wenn man nicht ab und zu mal persönlich ein paar Informationen rausgäbe, oder durch die Mitarbeiterin rausgeben ließe.

„Nein, gestanden hat er noch nicht", gab Jana Meyerbeer unwillig zu, als Reitinger gleich auf die entscheidende Frage kam.

Das hab ich nicht schlau angefangen, dachte Thomas. Wir hätten erst ein bisschen warm miteinander werden müssen. Sie kennt mich nicht, und ich kenn sie nicht, da wird sie mir nicht viel Schlaues erzählen. Er sah sich um im Büro der Kripo und dann lächelte er, so charmant er konnte. „Schönes Wetter heute. Wir könnten doch auch an der Donau spazieren gehen, und Sie erzählen mir dort etwas über den Fall."

Jana Meyerbeer zögerte. Doch dann gab die Sonne den Ausschlag. Noch eine Stunde bis zum Feierabend. Sie sagte der Sekretärin Bescheid, nahm ihre Jacke, und sie gingen.

Wie fang ich bloß an, überlegte der Reitinger, als sie den Minoritenweg entlanggingen. Die Kommissarin schlug ein schnelles Gehtempo an, und für einen Moment dachte der Journalist, dass es vielleicht klüger sei, gleich ins Museumscafé zu gehen, das hier ums Eck lag. Man könnte im Garten sitzen, zwischen Museumsgebäude und der säkularisierten Minoritenkirche, an einem der Tischchen Milchcafé trinken ...

Doch Jana Meyerbeer machte seine gemütlichen Träume gleich zunichte: „Was bin ich froh, dass ich mich endlich mal wieder bewegen kann. Das ewige Sitzen macht mich wahnsinnig." Damit lächelte sie den Reitinger an und bog forsch in Richtung Eiserne Brücke.

Reitinger versuchte, Schritt zu halten. Unten an der Donau blieb er stehen und sah hinüber Richtung Unterer Wöhrd, atmete tief durch, als würde er den Ausblick genießen.

„Rechts oder links?", fragte die Kommissarin, und der Reitinger entschied sich für links, weil er nicht zur vielbefahrenen Nibelungenbrücke wollte, sondern vielmehr die Steinerne Brücke anstrebte, über die es Richtung Stadtamhof ging, in sein Wohnviertel.

Die Kommissarin sah in Richtung Dom, dann wanderte ihr Blick die gotischen Türme hinauf. „Kann man da eigentlich rauf?", fragte sie.

„Ich war noch nie oben", brummte der Reitinger, dem wieder einmal auffiel, dass er in Regensburg zwar viele Kneipen kannte, aber über die Geschichte der Stadt und ihre Sehenswürdigkeiten herzlich wenig wusste.

Und um endlich seine Fragen anbringen zu können, wechselte er mehr oder minder geschickt das Thema. „Ich bin ja eigentlich nur Sportjournalist und in die Sache mit dem Mord reingeraten, weil ich aus Helmering stamme."

Jana Meyerbeer sagte, sie habe sich schon gewundert: „Ich dachte eigentlich, Aschenbrenner berichtet, und Friedrich macht wie immer die Fotos. Aber gestern hat sich ihr Chefredakteur eingemischt, und jetzt Sie ..."

„Ich bin mehr in Helmering unterwegs, ich recherchiere im Wirtshaus, bei Bekannten ..."

Jana Meyerbeer verstand: „Sie haben auch das Foto vom Opfer besorgt. Werden Sie auch eines vom Täter bekommen?"

„Mutmaßlichen Täter", korrigierte Reitinger. „Ich glaub nicht, dass er's war."

Jana Meyerbeer bog auf die Steinerne Brücke ab und warf einen Blick in Richtung Stadtamhof. „Muss schön sein, dort zu leben", meinte sie, und Reitinger nickte.

„Wo wohnen denn Sie?"

„Ich bin noch nicht so lange hier", erzählte die Kommissarin. „Deshalb hab ich mir erst einmal eine kleine Wohnung genommen, gleich neben dem Kino am Ostentor."

„Gehen Sie gern ins Kino?"

Jana Meyerbeer lächelte spöttisch: „Wollten Sie nicht etwas über Bernhard Neubauer wissen?"

Reitinger wurde rot. Die Kommissarin musterte ihn amüsiert, dann fing sie an. „Es spricht vieles für ihn als Täter. Bernhard Neubauer hat Alois Schindler abgrundtief gehasst. Er hat nur deshalb den Verein nicht gewechselt, weil er wirklich schon von Kindesbeinen dort spielt und sein Vater Vereinsvorsitzender ist. Was Sie ja sicherlich wissen."

„Ich bin selber noch Mitglied im Verein."

Die Kripo-Beamtin schmunzelte: „Ablösungsprobleme?"

„Ich hab vergessen auszutreten, als ich vor fünfzehn Jahren weggezogen bin. Und die Mutter zahlt immer noch den Beitrag."

Jana Meyerbeer konnte nicht aufhören mit ihrem süffisanten Lächeln. Reitinger wusste, dass sie ihn für ein Muttersöhnchen halten musste. Aber das war ihm jetzt egal. Wenn sie ihn unterschätzte, das war vielleicht gar nicht so schlecht.

„Der Bernhard ist doch kein Mörder", fing er wieder an.

„Er war in der Nacht, in der der Mord geschah, noch einmal draußen", erklärte die Kommissarin. „Der Hund musste noch mal, sagt er. Er hat den Schindler getroffen, das gibt er auch zu. Der war besoffen, sagt er, kam aus dem Wirtshaus, war auf dem Weg zu seinem Haus. Er ist ein Stück mit ihm gegangen, sie haben sich gestritten."

„Ich streite auch öfter mit anderen Leuten", unterbrach sie Reitinger und dachte dabei an seine Frau, der er heute wohl noch einen Besuch abstatten musste.

„Dann sorgen Sie dafür, dass Sie kein Messer dabeihaben", scherzte die Kommissarin.

„Aber das ist doch der Haken: Es nimmt doch keiner ein Küchenmesser mit, wenn er mit dem Hund Gassi geht."

„Es sei denn, er plant einen Mord."

„Was sagt denn die Frau vom Bernhard? Hat er ein Messer mitgenommen?"

„Glauben Sie wirklich, dass sie uns das erzählen würde?"

Reitinger überlegte einen Moment. „Wo ist denn der Schindler genau umgebracht worden – und wie ist er dann auf den Wertstoffhof gekommen?"

„Erzählen sich das die Helmeringer nicht im Wirtshaus?"

„Ich würde es lieber von Ihnen wissen."

„Das stand auch schon alles im Artikel Ihres Chefs."

Das war dem Reitinger peinlich, aber noch fiel ihm eine Ausrede ein: „Weiß ich, ob das auch stimmt, was der schreibt? Vielleicht haben Sie sich geeinigt, dass er nicht alle Details veröffentlicht. Oder es gibt neue Erkenntnisse."

Die Kommissarin nickte anerkennend: Gut pariert. „Er ist direkt vor der Haustüre erstochen worden. Von hinten. Als er die Tür öffnen wollte. Das heißt: Er stand ziemlich ruhig. Da hat der Bernhard Neubauer ..."

Reitinger wollte schon wieder Einspruch erheben, aber sie korrigierte sich selbst: „... der Mörder ihn von hinten niedergestochen."

„Das kann doch nicht stimmen", ereiferte sich Reitinger jetzt. „Wenn die beiden ein Stück miteinander gehen, wenn sie streiten, dann öffnet der Schindler doch nicht in aller Seelenruhe seine Haustür, kehrt dem Neubauer den Rücken zu und lässt sich erstechen. Die haben sich getrennt, er ist allein weitergegangen – und da stand einer im Busch vor seinem Haus."

Die Kommissarin kniff die Augen zusammen: „Woher wissen Sie, dass da ein Busch ist?"

„Ich kenn doch das Haus vom Schindler, das kennt jeder. Es ist klein, es liegt am Dorfrand, da stehen Büsche davor."

„Vielleicht sollten Sie uns manchmal als Helmering-Experte zur Verfügung stehen."

„Wenn Sie Ihren Mörder angeblich schon haben, dann brauchen Sie mich ja nicht mehr", konterte Reitinger patzig und ärgerte sich zuerst über den süffisanten Ton der Kommissarin und dann über seine uncoole Art, ihr zu antworten.

„Was ganz entscheidend gegen den Neubauer spricht", sagte sie leise, „und das dürfen Sie bitte noch nicht schreiben: Der Schindler ist von einem Linkshänder erstochen worden – und der Neubauer ist Linkshänder."

„Und warum ist das noch geheim?"

„Wenn der Mörder wirklich frei rumläuft, dann wollen wir ihm keine Warnung zukommen lassen. Der Mörder", so fuhr sie fort, „hat die Leiche in den Fahrradanhänger vom Schindler gelegt und ist mit dem Rad zum Wertstoffhof gefahren. Dort hat er die Leiche auf einem der Container deponiert, Rad und Anhänger stehen gelassen und ist zu Fuß nach Hause gegangen."

„Dann muss der Neubauer ja Stunden unterwegs gewesen sein, wenn er vom Wertstoffhof noch zu Fuß heimgegangen ist."

„Kann ja sein."

„Was sagt seine Frau?"

„Auch in diesem Punkt nichts, was ihm schadet."

„Was ist eigentlich mit Spuren? Vor dem Haus? An dem Rad? An der Leiche? An der Tatwaffe?"

„Wir haben Faserspuren. Hund und Neubauer sind mit dem Ermordeten in Kontakt gekommen."

Sie sagte es nicht sehr zufrieden. Reitinger witterte, dass etwas nicht stimmte. „Aber?"

„Wir haben auch noch andere Faserspuren. Viele sogar."

„Die Sie nicht zuordnen können."

Jana Meyerbeer reagierte nicht auf diese als Feststellung getarnte Frage des Journalisten. „Außerdem", ergänzte sie, „hat er kein bisschen Blut an der Kleidung – das kann eigentlich nicht sein."

„Dann kommt er ja bald raus."

Sie nickte.

„Wann wird die Leiche freigegeben?"

„Bald."

„So genau?"

„Sie werden schon von Ihrer Mama erfahren, wann die Beerdigung ist."

Jetzt wurde sie aber frech. Reitinger ärgerte sich, aber dann versuchte er, ruhig zu bleiben. „Wie wär's mit einem Speicheltest von allen Männern im Dorf?"

„Wieso nicht die Frauen?", fragte die Kommissarin.

„Es müssten schon starke Frauen sein", meinte Reitinger. „Die den Schindler erstechen, auf einen Wagen heben, zum Wertstoffhof fahren, dort abladen und zu Fuß heimgehen."

„Ich könnte es."

Reitinger musterte die kleine, zierliche Kommissarin mit den blond gefärbten Haaren, die ein bisschen blass und ein bisschen krank aussah. Sie grinste. Packte ihn am Gürtel und hob ihn kurz hoch. Reitinger taumelte, als sie ihn wieder absetzte. Es zog an einer wichtigen Stelle im Schritt. Das war jetzt keine angenehme Erfahrung mit dieser Frau gewesen.

„Eine linkshändige, starke Frau", feixte er, um seine Verlegenheit zu überspielen.

„Ich bin zwar Linkshänderin, aber ich war's nicht."

„Ich glaub's Ihnen."

Gemeinsam blieben sie auf der Steinernen Brücke stehen, sahen in die Donau, beobachteten ein Motorboot, das durchs Wasser pflügte. An der Donaulände legte ein Ausflugsschiff an. Donaudampfschifffahrtsgesellschaftskapitän, dachte Reitinger. Das Wort hatte er in der Schule gelernt. In keiner Sprache macht man so lange Wörter wie im Deutschen, das hatte er auch gelernt. Und damals schrieb man Schifffahrt noch mit zwei F. Das wusste er auch noch. Er schüttelte den Kopf, als wollte er die seltsamen Abschweifungen seiner Gedanken eindämmen, er musste sich wieder aufs Thema konzentrieren.

„Wer hat Ihnen eigentlich erzählt, dass sich der Schindler und der Neubauer nachts noch gesehen und dann gestritten haben?"

„Der Pfarrer", erklärte die Kommissarin. „Sie sind am Pfarrhaus vorbeigegangen und waren so laut, dass er aufgewacht ist. Der Bernhard Neubauer sagt auch, dass der Pfarrer noch ein paar grobe Worte aus dem Fenster gerufen habe. Kurz danach will er abgebogen sein, und der Schindler ist angeblich allein weitergegangen."

„Was Sie ihm nicht glauben."

„Mhm."

„Aber das Gegenteil können Sie nicht beweisen."

„Noch nicht."

Reitinger zog einen Zettel heraus, machte sich Notizen. Das wirkte zwar nicht lässig, aber er hatte Sorge, er könnte ein paar wichtige Details vergessen. Die Kommissarin sah nervös auf die Uhr.

„Ich würde jetzt gerne gehen", meinte sie. „Ich hab Feierabend und will noch trainieren."

„Was denn?", fragte er neugierig.

„Radfahren. Vielleicht komm ich heut noch nach Nürnberg und zurück."

Er hielt das für einen guten Witz. Aber als er in das ernste Gesicht von Jana Meyerbeer sah, war er sich nicht mehr so sicher. „Schade", sagte er noch. „Ich wollte Sie auf ein Bier einladen. Zum Dank für die Auskunft." Er zeigte über den Donauarm in Richtung Spitalgarten. Er hätte jetzt große Lust gehabt, sich noch unter einen Baum zu setzen, etwas zu trinken, Brotzeit zu machen, auf die Donau und die Stadt zu sehen, Leute zu beobachten, ihren

Gesprächen zuzuhören und mit der Kommissarin über etwas anderes als seinen Heimatort zu reden.

Jana Meyerbeer lächelte und schüttelte den Kopf. „Aber wenn ich noch einmal nach Helmering muss und die Einheimischen nicht verstehe, dann könnten Sie mir den Dolmetscher machen."

Damit ging sie. Reitinger blinzelte in die Sonne. Verlockend lag der Biergarten da. Einen Moment zögerte er noch. Dann seufzte er und ging zurück in Richtung Redaktion. Er musste seinen Artikel schreiben. Hundertzwanzig Zeilen hatten sie ihm vorher gesagt. Es wurde Zeit, dass er anfing.

Nie in seinem Leben ist Bernhard Neubauer so gelobt worden wie in diesem Artikel. Zwar war er Verdächtiger in einem Mordfall, aber wenn es nach dem Thomas gegangen wäre, dann hätte er eigentlich gleich zu Lebzeiten seliggesprochen werden müssen. Er war ein liebenswürdiger Mensch, ein wunderbarer Sohn und Bruder, ein traumhafter Familienvater, ein toller Sportsmann, ein hervorragender Ingenieur. Erst als sich der Reitinger ganz am Schluss den Artikel noch einmal durchlas, merkte er, dass es eher wie eine Todesanzeige als wie ein Hintergrundbericht klang. Egal. Die Helmeringer würden ihren Bernhard schon wiedererkennen.

Er hingegen dachte an die „Schere im Kopf", die man den Journalisten immer nachsagt: Von vorneherein vermeiden sie schon alles, was irgendwie Ärger ergeben könnte. Reitingers Schere im Kopf hieß Kati. Er las den Artikel mit ihren Augen, er strich alles, was die Schwester des Verhafteten stören könnte.

Dabei hatte er selbst den Bernhard nie so gemocht. Mehr als einmal hatte der ihn und Kati früher beim alten Neubauer verpfiffen. Oder hatte sich vom Thomas mit fünf Mark sein Schweigen erkauft. Ansonsten wäre Schluss mit den heimlichen Treffen am Dorfweiher gewesen, weil Kati Hausarrest bekam. Bernhard war ein bisschen berechnend, fand der Reitinger, zumindest war er es damals gewesen als junger Bursch. Er mochte das Geld sehr, als Ingenieur verdiente er wahrscheinlich ganz gut und arm geheiratet hatte er auch nicht.

Vernünftig und berechnend – bringt man dann seinen Trainer um? Steckt einer dann ein Messer ein, noch dazu das Küchenmesser, und geht raus auf die Straße, ersticht einen besoffenen Choleriker und fährt ihn mit dem Fahrrad samt Anhänger zum Wertstoffhof? Das kam ihm alles ganz komisch vor. Jeder klar denkende Mensch hätte sich anders verhalten. So groß konnte der Hass vom Bernhard auf den Schindler gar nicht sein, dass er ihn gleich umbringen würde. Oder etwa doch? Gab es da etwas, was er nicht wusste und die Polizei auch nicht?

Reitinger notierte sich seine Fragen, denn heute konnte er das nicht mehr klären. Jetzt musste er sich um sein Privatleben kümmern, oder vielmehr um das, was davon noch übrig war. Er machte den Artikel fertig, dann fuhr er zu seiner Wohnung, an deren Tür der Schlüssel nicht mehr passte. Er klingelte. Tatsächlich war Lisa zu Hause und ganz offensichtlich hatte sie nicht mit ihm gerechnet.

„Ich hab Besuch", sagte sie, als sie die Tür aufmachte.

Reitinger nickte, aber es beeindruckte ihn nicht. Er drückte sich an Lisa vorbei in den Flur.

„Ich hab meinen Schlüssel vergessen", log er, als ob er nicht längst wüsste, dass er diese Tür ohne Gewalt gar nicht mehr öffnen könnte.

Im Wohnzimmer hatte sich einer vom Sofa erhoben und sein Sakko wieder angezogen.

„Ah, der Herr Abramovic", sagte Reitinger zu dem Kommissar, den er zwar noch nie persönlich gesehen hatte, der aber schon einmal bei einem anderen Fall in der Zeitung abgebildet gewesen war.

Reitinger gab sich redlich Mühe, seine Überraschung zu verbergen. Er sah auf die geöffnete Rotweinflasche, auf die beiden Gläser, ein paar Häppchen lagen auch noch rum, aber offenbar war man gerade dabei gewesen, zum gemütlichen Teil überzugehen. Reitinger hatte schon lange nichts mehr gegessen, er bediente sich bei den Häppchen, mit vollem Mund konnte er am besten verbergen, dass es ihm eigentlich die Sprache verschlagen hatte. Wenn er den Kripo-Kommissar jetzt in einem Anfall von Eifersucht niederschlug, war das dann Affekt oder Beamtenbeleidigung oder durfte man das als gekränkter Ehemann? Reitinger ließ es lieber bleiben, Abramovic sah durchtrainiert aus, und nach der Erfahrung mit seiner Kollegin war Thomas lieber vorsichtig.

„Gut, dass ich Sie hier treffe“, sagte Abramovic. „Ich wollte mit Ihnen mal über Helmering reden.“

„Ich hab Sie mehrfach angerufen. In Ihrem Büro war ich auch. Da hatten Sie keine Zeit.“

„Jetzt hab ich Zeit.“

„Sie haben doch Ihren Mörder.“

„Frau Meyerbeer hat Ihnen bestimmt gesagt, dass die Beweislage nicht gerade erdrückend ist.“

Lisa Reitinger stand in der Tür und beobachtete die beiden Männer, die ihren Revierkampf bisher so zivilisiert austrugen. Dennoch tat Reitinger alles, um zu zeigen, dass er hier zu Hause war und nicht der andere. Er nahm die CD mit Kuschelrock raus und legte eine andere ein: Free Jazz, ein Geburtstagsgeschenk eines Menschen, der seinen Musikgeschmack offenbar nicht kannte. Aber für diesen Anlass ideal, er war sicher, dass Abramovic spätestens beim ersten Posaunensolo gehen würde. Dann holte er sich ein Rotweinglas, schenkte sich ein und aß auch noch den Rest der Häppchen.

Abramovic stand etwas hilflos herum, was nicht zu seinem sonst sehr professionellen Auftreten passte und auch nicht zu seinem gepflegten Outfit. Er sah zu Lisa, doch die war ihm keine Hilfe. Sie beobachtete ihren Noch-Mann, der sich in den Sessel fläzte, den Fernseher einschaltete, allerdings ohne Ton, denn das Free-Jazz-Solo war gerade besonders schön. Er zappte sich durch die Programme und bedachte den Kommissar nur noch mit einem kurzen Seitenblick.

„Nehmen Sie's mir nicht übel, Herr Kommissar. Aber ich würde gerne meinen kurzen Feierabend genießen. Morgen ist wieder ein harter Tag.“

Abramovic nickte nur, dann ging er. Lisa brachte ihn zur Tür. Reitinger hörte sie noch tuscheln. Beinahe war er versucht, die Musik leiser zu drehen, um die beiden zu verstehen, doch dann ließ er es bleiben. Sie würden sich wieder verabreden – musste er das wirklich wissen?

Lisa war weiß vor Wut, als sie wieder ins Wohnzimmer kam. „Was erlaubst du dir, meinen Besuch rauszuwerfen?"

Reitinger vermutete, dass sie darauf keine Antwort erwartete. Er hatte Recht.

„Du benimmst dich hier wie ... wie ... wie ..."

„Wie wenn ich hier zu Hause wär", ergänzte Reitinger und musterte seine Frau von oben bis unten. „Das bin ich noch, Lisa. Auch wenn's dir nicht passt."

Reitinger stand auf und ging auf sie zu. Unwillkürlich machte seine Frau einen Schritt zur Seite, um ihm auszuweichen, das stellte er fest, und es tat ihm weh. Er hatte ihr nie etwas getan, ein bisschen Gleichgültigkeit, zu viel Alltag und die Kinderlosigkeit, unter der sie viel mehr litt als er – und schon war es mit ihrer Ehe bergab gegangen. Er wusste nicht, ob da noch was zu retten war – zumal Lisa offenbar schon auf der Suche nach einem neuen Partner war, ja vielleicht sogar schon einen gefunden hatte im Abramovic.

„Ich möchte vernünftig mit dir reden, Lisa", sagte er. „Aber vielleicht ist heut nicht ganz der richtige Tag."

„Warum willst du jetzt zu reden anfangen? Die letzten Jahre warst du ja auch nicht besonders erpicht darauf."

„Wenn du mich loshaben willst, dann sag's mir. Aber sperr mich nicht einfach aus."

Lisa Reitinger sagte gar nichts. Sie wusste, dass sie im Unrecht war, aber es wäre eine so praktische Lösung gewesen, wenn Thomas sich so einfach fortschicken lassen hätte.

„Ich bleib nicht in Helmering bei der Mutter", sagte Reitinger. „Ich bin hier zu Hause – morgen komm ich wieder – und dann passt mein Schlüssel."

Gerne hätte er sie in den Arm genommen, aber Lisas versteinertes Gesicht sagte ihm, dass er sich ebenso gut an den Türstock kuscheln könnte. „Ausgerechnet der Kommissar", brummte Reitinger noch im Gehen.

Norbert Weinmann war ziemlich überrascht, als Reitinger spät abends bei ihm klingelte. Natürlich war er noch wach, vor ein Uhr ging er nie ins Bett, dass wusste Thomas auch. Die beiden hatten sich im Tennisclub kennengelernt, schon vor Jahren, als Reitinger noch den sportlichen Ehrgeiz zum Spielen hatte und Weinmann mehr Zeit. Jetzt aber war der Anwalt mit seiner Karriere befasst und Reitinger mit allem Möglichen, nur nicht mit Sport oder Karriere. Dennoch hatte die Freundschaft einigermaßen gehalten. Manchmal gingen sie zusammen etwas trinken. Wenn Weinmann eine Auskunft von der Zeitung brauchte, rief er den Reitinger an. Wenn Reitinger juristische Fragen hatte, meldete er sich beim Anwalt. Die Ehefrauen waren auch befreundet, sie gingen übrigens noch miteinander zum Tennis.

„Bist spät dran", sagte Weinmann, als der die Tür seines Hauses öffnete, das er sich in Großprüfening gekauft hatte. Schöne Gegend, dachte der Reitinger, wo die Großkopferten gerne wohnen, im Westen der Stadt, an der Donau, ruhig, ein hübscher alter Dorfkern, die Fähre, ein bisschen Gemütlichkeit, wenn man aus der Stadt nach Hause kam. Er lächelte seinen Freund verbindlich an.

„Es ist was Dringendes", entschuldigte sich Reitinger.

Privat waren sie beide keine großen Plaudertaschen, besonders dann nicht, wenn sie aufeinandertrafen. Vielmehr hatten sie dasselbe Problem, dass sich ihre Frauen über das Schweigen der Männer beklagten. Hinzu kam, dass zumindest Weinmann beruflich relativ viel reden musste – und Reitinger manchmal auch. So genossen sie miteinander die Stille, das Schweigen, die kargen, kurzen Sätze. Doch heute musste Reitinger reden, er hatte was auf dem Herzen.

„Ich glaub, die Lisa will sich scheiden lassen", begann Reitinger, als sie das Wohnzimmer betraten. Von Tanja, Norberts Frau, keine Spur. Entweder war sie schon im Bett oder noch unterwegs. Dem Thomas war es egal.

„Darüber wollte ich sowieso mit dir reden", war Weinmanns Antwort, und aus irgendeinem Grund kam sie dem Reitinger komisch vor. Er setzte sich und beobachtete den Norbert, der irgendwie nervös wirkte.

„Magst ein Bier? Oder lieber einen Wein?"

Reitinger hatte sich gerade gesetzt, er überhörte die Frage, weil er wissen wollte, warum Weinmann mit ihm über etwas reden wollte, wovon er eigentlich noch nichts wissen konnte. Er versuchte es mit einem Schuss ins Blaue: „Sie war bei dir?"

Weinmann nickte.

Allmählich dämmerte es dem Thomas. „Sie will sich scheiden lassen, und du wirst sie vertreten?"

„So weit ist es doch noch lange nicht. Sie wollte eben meinen Rat."

Reitinger stand wieder auf, ging schweigend, mit vorwurfsvollem Blick am Weinmann vorbei zur Tür.

„Ich dachte, ihr wolltet vielleicht einvernehmlich ..."

„Sag ihr, sie soll das alte Türschloss wieder einbauen lassen", sagte Reitinger und ging ohne Gruß.

Reitinger stellte sein Auto irgendwo im Parkverbot in der Innenstadt ab. Egal, wenn er einen Strafzettel bekam. Heute war ihm alles egal.

Er streifte ziellos durch die Straßen. In der Gesandtenstraße waren noch so viele Menschen unterwegs, sie saßen vor den Cafés, sie redeten und lachten. Er sah im „Gaffel" vorbei, wo gerade eine Fußballübertragung im Fernsehen lief. Der Wirt der Sportkneipe kannte ihn natürlich, nickte ihm kurz zu. Reitinger hatte aber nicht einmal Lust, ein Fußballspiel zu sehen, so sehr ging ihm die Sache mit seiner Frau an die Nieren. Er bestellte zwar ein Bier, trank aber nur einen Schluck, dann ging er raus, hinüber ins „Paletti". Eigentlich war das eines der Lieblingslokale seiner Frau. Hier stand sie manchmal mittags mit einer Kollegin an der Theke, auf einen schnellen Kaffee, bevor sie ins Büro zurückging.

Als sie noch nicht so lange verheiratet waren, hatten sie sich manchmal hier mittags getroffen und geredet. Über die Arbeit, über ihren Ärger mit dem Chef oder mit Kollegen, was sich eben in den vier Stunden ereignet hatte, seit sie sich nicht mehr gesehen hatten. Irgendwann hatte das aufgehört. Sie konnten leicht den Abend erwarten, um sich über ihren Tag auszutauschen. Und dann wollten sie nicht einmal mehr abends darüber sprechen, was sie erlebt hatten und was sie beschäftigte.

Reitinger trank einen Espresso und ging dann weiter. Er sah sich die Bücher im Schaufenster eines Buchladens an, dann steuerte er den Arnulfsplatz an. Vielleicht doch noch ein Bier im „Kneitinger"? Oder er ging runter an die Donau, ins „Orkan", eine Kleinigkeit essen. Könnte auch nicht schaden. Er hatte nach dem Frühstück kaum noch etwas zu sich genommen.

Je mehr er rumstreunte, desto weniger Freude hatte er daran, sich unter den Menschen zu bewegen. Sie gingen ihm auf die Nerven, wie sie ihn in den engen Gassen anrempelten, wie sie sich unterhielten und laut lachten. Er sehnte sich nach der Ruhe der eigenen vier Wände, aber dort war es ja nicht ruhig. Entschlossen ging er zurück zu seinem Auto, steckte den Strafzettel ein und fuhr zurück nach Helmering.

Um ein Uhr früh kam er dort an. Er schloss leise auf, holte sich ein Bier aus dem Kühlschrank, Wurst, Käse und Brot und setzte sich an den Küchentisch. Die alte Wanduhr tickte, die Kirchturmuhr schlug. Müde war er und frustriert, ein Loser, der bei seiner Mama saß und sich von ihr versorgen ließ. Irgendetwas lief hier falsch. Reitinger dachte lange nach, noch ein Bier brauchte er, bis er um drei Uhr glaubte, eine neue Erkenntnis gewonnen zu haben.

Die Dinge waren immer schon passiert, wenn er dazukam. Beruflich wie privat. Die anderen spielten, er schaute zu, manchmal schrieb er noch was drüber. Er sollte selbst was tun. Er war ein Spielfeldrand-Typ geworden. Im Job sowieso. Jetzt auch privat. Er musste etwas ändern.

Aber wo anfangen? Sollte er um seine Frau kämpfen? Mit dem Kommissar? Er wusste doch gar nicht, wie er das anstellen sollte. Wie und wo sollte er gegen ihn antreten? Abramovic würde vermutlich den Mordfall in seinem Heimatort lösen, vor Lisa stand der dann wie ein Held da, während Reitinger vielleicht nicht einmal den Bericht über die Lösung des Falles schreiben durfte und damit wieder mal der Versager war. Nein, so sollte die Sache nicht enden.

So traurig der Mord in Helmering war, er bot ihm doch eine Chance. Er, Reitinger, hatte hier den Heimvorteil, er würde es dem Kommissar schon zeigen. Ab sofort wollte er nicht mehr nur beobachten, sondern sich aktiv in die Aufklärung des Falles einmischen. Sollten doch alle denken, er sei nur ein kleiner, dummer Sportreporter. Er kannte seine Helmeringer, und was er nicht wusste, das konnte er immer noch seine Mutter fragen. Tja, wenn er seine Mama nicht hätte. War er deshalb ein Weichei? Dankte nicht selbst Arnold Schwarzenegger immer wieder seiner Mutter bei öffentlichen Veranstaltungen für alles, was sie für ihn getan hat? Reitinger träumte schon davon, wie er den Mörder stellen und an Jana Meyerbeer übergeben würde, wie dumm Abramovic aus der Wäsche schauen würde, und natürlich wäre Lisa stolz auf ihn. Vermutlich zum ersten Mal seit vielen, vielen Jahren.

Als er das zweite Bier ausgetrunken hatte, hörte er, wie seine Mutter die Treppe herunterkam und in die Küche linste. „Kannst net schlafen, Bub?"

„Ich geh gleich ins Bett, ich war noch net müd. Und du?"

Die Reitingerin seufzte: „Aufs Klo muss ich halt. Hab noch einen Tee getrunken, der muss raus."

„Gute Nacht, Mutter."

„Gute Nacht, Bub."

Auf dem Weg nach oben in sein Zimmer fiel ihm noch etwas ein. Er hörte, wie die Mutter wieder die Treppe hochkam, und wartete auf sie. „Gehst morgen in die Frühmesse?"

Die Reitingerin sah ihren Sohn an, als wäre er nicht ganz gesund. „Vielleicht."

„Ich würd gern mitkommen. Weckst mich?"

Noch eine halbe Stunde später überlegte die Reitingerin, ob ein Wunder geschehen war oder welche übersinnliche Erscheinung ihren Thomas so verändert hatte.

5.

Drei Stunden Schlaf und Reitinger stand wieder auf. Er hätte es auf seine vielen guten Vorsätze schieben können, die er in der Nacht gefasst hatte, aber die Wahrheit war, dass er nicht gut geschlafen hatte. Zu viele Dinge gingen ihm durch den Kopf, der Mord, der Kommissar im Wohnzimmer seiner Frau, die so abrupt zerbrochene Freundschaft mit Norbert, sein Wunsch, ein neues Leben zu beginnen, und auch seine Angst davor. Mit dem vorletzten Gedanken begann er den neuen Morgen um sechs Uhr früh. Er zog sich eine alte Hose und ein T-Shirt an sowie alte Turnschuhe, die noch von früher bei der Mutter herumstanden.

Reitinger lief langsam den Tulpenweg hinunter bis zur Wiese, er nahm den ersten Weg nach rechts, trabte gemächlich den Wassergraben entlang, bog dann nach links in Richtung Waldrand und überlegte, wie lange er wohl durchhalten würde. Es war schon einigermaßen hell, aber natürlich war um sechs Uhr früh niemand unterwegs. Thomas drosselte sein Tempo, um nicht vorzeitig außer Atem zu sein. Einen Herzinfarkt wollte er sich zusätzlich zu seinen sonstigen Problemen nicht leisten. Der Sportreporter, der beim Sporteln zusammenklappt, das hätte sich so mancher in seiner Redaktion gewünscht - und Lisa vielleicht auch. Keinem von ihnen allen würde er diesen Gefallen tun.

Während des Laufens spürte der Reitinger, wie viel Wut sich in ihm angestaut hatte. Wut auf seine Frau, auf diese blöde Situation, auf seine Arbeit und vor allem auf sich selbst, der sich das alles eingebrockt hatte. Er bekam nur noch schwer Luft, lief etwas langsamer und hatte allmählich den Eindruck, selbst beim Spazierengehen würde er sich überholen. Nach einer guten Viertelstunde stand er endlich am Waldrand. Auf der Wiese fuhr bereits ein Traktor. Drei bis vier Kilometer entfernt sah er den Bockshof liegen. Vielleicht war es Stefan, der Mann seiner Jugendliebe, der Futter für die Kühe holte. An dieser Wiese wollte er auf keinen Fall vorbeilaufen, also machte Thomas kehrt und trat den Heimweg an.

Die Mutter starrte ihn sehr verwirrt an, als er kurz vor sieben Uhr in den Flur kam. Sie war gerade erst aufgestanden und konnte nicht begreifen, wo ihr Junior herkam.

„Ich mach gleich Frühstück", versprach sie.

„Ich geh erst duschen."

Die Reitingerin nickte. Das erschien ihr auch das Beste.

„Wann ist die Frühmesse?"

„Um acht. Hast noch genug Zeit."

„Gehst mit?"

Eigentlich hatte die Reitingerin nicht vorgehabt, schon wieder werktags in die Messe zu gehen. Aber wenn der eigene Bub auf einmal so fromm wird ... „Wenn du willst."

Während Reitinger sich das kalte Wasser über den Kopf laufen ließ und dabei dachte, dass es doch sehr schön war, sich morgens so frisch zu fühlen, überlegte seine Mutter, was wohl in ihren Sohn gefahren war. Warum wollte er in die Kirche? Da sie an ein Wunder nicht so recht glaubte, tippte sie auf ein Problem, das ihn umtrieb.

Am meisten Freude hatte der Freisleder an diesen unerwarteten Gottesdienstbesuchern. Als er vor der Messe die Kerzen anzündete, begrüßte er den Thomas und seine Mutter per Handschlag. Natürlich war dem Reitinger klar, dass er nicht so sehr scharf darauf war, ihm die Hand zu drücken. Die der Mutter hielt er ein kleines bisschen zu lange, und die Reitingerin zog schon energisch ihre Rechte zurück, da lächelte sie der Freisleder immer noch selig an. Noch acht weitere Menschen besuchten die Morgenmesse, sieben Frauen über siebzig und ein junger Mann, der, das flüsterte die Mutter dem Thomas zu, angeblich Pfarrer werden wollte, aber Probleme hatte, das Abitur zu schaffen.

„Der ist vom Lindinger, die wohnen in Simsdorf."

Simsdorf lag zwei Kilometer südlich von Helmering und gehörte ebenfalls zur Gemeinde Neukirchen.

„Den kennst doch, von denen ist einer mit dir in die Volksschule gegangen." Die Mutter flüsterte weiter, obwohl es sonst sehr still in der Kirche war und auch der fromme junge Mann schon etwas irritiert rüberblickte, weil sie ihn so sehr beim Beten störten.

„Der Lindinger, der hatte doch noch einen zweiten, weißt schon, der damals den schweren Radunfall gehabt hat und dann so lange im Krankenhaus war."

„Und welcher ist jetzt der da?", fragte der Thomas nach, weil er nicht so ganz durchblickte.

„Pst", machte das Gesprächsthema jetzt und blickte streng.

„Das ist der Sohn vom älteren Cousin, den kennst du bestimmt auch, die haben eine Spenglerei weiter drüben, so Richtung Loberdorf, weißt schon."

Reitinger wusste gar nichts mehr, Lindinger, der ältere und jüngere, samt Cousin und Nachwuchs, das war dann doch zu viel für ihn. Seit fünfzehn Jahren kam er nur noch gelegentlich hier vorbei, da kannte er nicht mehr alle Leute. Aber die Mutter dachte immer, er sei nur gestern für ein paar Stunden fort gewesen und sei mit allen Dorfgeschichten so gut vertraut wie sie, die seit fast vierzig Jahren hier lebte. Vielleicht war sein Heimvorteil bei der Aufklärung des Mordes doch nicht so groß, wie er sich erhofft hatte?

Der Hintermayer und der Freisleder erlösten ihn. Der Mesner zog die Glocke, der Pfarrer betrat den Altarraum, die spärliche Gemeinde erhob sich, die Messe begann.

Nach dem Gottesdienst wurde der Reitingerin klar, dass es ihrem Sohn doch nicht in erster Linie um die Frömmigkeit gegangen war. Denn eigentlich hatte sie gehofft, sie könnten nun gemeinsam einkaufen gehen und Thomas würde die schweren Sachen nach Hause tragen. Aber Thomas kündigte an, dass er noch mit dem Pfarrer sprechen wolle und ließ sie alleine gehen. Die Reitingerin tröstete sich damit, dass ein Messbesuch auch dann etwas Gutes war, wenn der Sohn das nur in der Absicht getan hatte, den Pfarrer für das bevorstehende Gespräch milde zu stimmen.

Thomas suchte den diplomatischen Weg. Als Sepp Freisleder nach der Messe die Kerzen löschte, war er als Einziger noch in der Kirche. Er winkte dem Mesner und sah ihn bittend an. „Ich würd gern mit dem Hochwürden reden. Geht das?"

Freisleder überlegte kurz, dann nickte er.

Reitinger wollte schon in die Sakristei gehen, aber Freisleder hielt ihn auf. Er rollte einen Teppich vor dem Altar zusammen und drückte ihn dem Reitinger in die Hand. Der musste husten, denn das alte Teil gab eine Menge Staub und Dreck ab.

„Wenn du dich nützlich machst, dann ist er vielleicht gnädiger mit dir“, meinte Freisleder. „Ich werde sagen, dass du mir ein bisschen hilfst.“

Der Pfarrer nahm den Eifer des Thomas zwar zur Kenntnis, aber er schien nicht sehr gewillt, ein ausführlicheres Gespräch mit ihm zu führen. Da konnte der Freisleder ihn so sehr loben, wie er wollte.

Reitinger hatte sich schon beim Joggen überlegt, wie er beim Pfarrer ins Gespräch einsteigen könne, aber eine zündende Idee war ihm nicht gekommen. Er wollte es mal über den Bernhard versuchen, schließlich hatte er eine gute Nachricht zu verkünden.

„Ich hab gestern die junge Kommissarin getroffen“, erzählte er fast beiläufig, als er mit dem Freisleder den Teppich durch die Sakristei schleifte. „Die sagt, der Bernhard kommt bald wieder frei. Sie haben nicht viel gegen ihn in der Hand.“

Reitinger sah nicht, wie der Freisleder und der Pfarrer einen überraschten Blick wechselten.

„Sie kennen den Bernhard doch recht gut, Herr Pfarrer“, fuhr Reitinger fort. „Das freut Sie bestimmt, oder? Sie halten ihn sicher auch für unschuldig.“

„Man kann in die Seele eines Menschen nicht hineinsehen“, murmelte der Pfarrer ausweichend und machte sich eifrig am Tisch seiner Sakristei zu schaffen, als müsse er dort unglaublich viel aufräumen. Dabei lag gar nichts rum, nur der Kelch stand drauf.

„Aber er ist doch ein Kirchgänger und ein guter Familienvater ...“

„Sicher, aber was er mit dem Schindler zu schaffen hatte, woher soll ich das wissen?“

Reitinger wollte nicht nachlassen. „Sie haben ihn doch bestimmt öfter auf dem Bockshof getroffen, wenn er seine Schwester besucht hat. Die Kati sagt, ihre Kinder und die vom Bernhard, die spielen oft zusammen draußen auf dem Hof, und der Bernhard hilft dann seinem Schwager im Holz oder ...“

Der Pfarrer war schon beim ersten Satz herumgefahren und hatte den Reitinger verärgert angestarrt. Thomas redete nur noch weiter, weil er hoffte, der Pfarrer würde sich beruhigen. Offenbar war er in einen Fettnapf gestiegen, und er wusste noch nicht einmal, wie der aussah.

Tatsächlich hatte sich der Pfarrer wieder im Griff und fand seinen halb salbungsvollen, halb abweisenden Ton wieder. „Warum sollte ich ihn auf dem Bockshof treffen? Er wohnt hier im Ort und ich auch."

„Aber Sie besuchen öfter die alte Löblin und ..."

„Wer hat Ihnen denn das erzählt?"

Der Pfarrer stellte die Frage mit einer Schärfe, die den Reitinger sehr verwunderte. Auf jeden Fall beschloss er, keine Namen zu nennen, schon gar nicht den von der Kati.

Der Pfarrer hingegen hatte offenbar einen anderen Verdacht und blickte streng zu seinem Mesner hinüber. Der schüttelte nur fast unmerklich den Kopf und sah flehentlich zu seinem Dienstherrn.

Einen Versuch wollte der Reitinger noch wagen. „Sie waren doch mit dem Vater vom Stefan Löbl eng befreundet und haben früher Ihre Ferien auf dem Hof verbracht."

„Was hat das alles jetzt mit dem Tod vom Schindler zu tun?", unterbrach ihn der Pfarrer.

So genau wusste der Reitinger das auch noch nicht, deshalb fragte er ja.

„Ich kann Ihnen zu dem Mord gar nichts sagen, denn der Schindler kam nie zu mir, weder in die Kirche noch privat, geschweige denn zur Beichte", ergänzte der Pfarrer.

„Sie haben ihn und den Bernhard in der Nacht streiten hören und ..."

Wieder kam der Thomas nicht weit, jetzt, wo er endlich bei der wirklich entscheidenden Frage angelangt war.

„Woher wissen Sie das schon wieder?", fuhr der Pfarrer ihn an, und erneut galt sein scharfer Blick dem Freisleder, der sich so gut wie möglich hinter dem zusammengerollten Teppich zu verstecken versuchte.

„Die Kommissarin", antwortete Reitinger. Die Meyerbeer würde es schon vertragen, wenn sie der Pfarrer anfauchte, jedenfalls mehr als der Freisleder, der jetzt schon einer Ohnmacht nahe war.

„Wenn die Polizei noch etwas von mir wissen möchte, soll sie selbst vorbeikommen", raunzte der Hintermayer. „Mit einem Zeitungsschmierer mache ich keine gemeinsame Sache. Gelobt sei Jesus Christus."

Das war wohl ein als Abschiedsgruß getarnter Rauswurf. Reitinger grüßte und ging.

Es war sein letzter Tag in Helmering, das wurde dem Thomas bewusst, als er durch den Ort ging. Er machte noch einmal kehrt, nicht zur Mutter nach Hause ging er, sondern ins Wirtshaus. Denn wenn er wirklich etwas zur Lösung des Mordfalls beitragen und damit dem Kommissar eins auswischen wollte, musste er sich beeilen. Die Mutter konnte ihm im Augenblick nichts Neues erzählen, die Aufklärungsmethoden der Polizei standen ihm nicht zur Verfügung, also recherchierte er dort, wo er sich auskannte, im Zentrum des Dorfes, am Stammtisch. Außerdem sollte er sich beim Aschenbrenner melden und ihm von seinem Gespräch mit dem Pfarrer erzählen – damit der seinen guten Willen sah, ihm hilfreich in dieser Angelegenheit zur Seite zu stehen – und vielleicht, wer weiß, hatte der auch was für ihn.

Aber Arsch und Friedrich waren wieder nicht im Wirtshaus. Sie kamen gar nicht mehr, sagte der Hitzlkofer ihm. Gestern hatte er sie auch nicht im Dorf gesehen. Reitinger verstand: Der Mord war abgefrühstückt, die erste Verhaftung war noch eine Geschichte gewesen, aber jetzt passierte nichts mehr. Doch er würde am Ball bleiben.

Fritz Löbl saß am Stammtisch, Hitzlkofer leistete ihm Gesellschaft, der Wachter war zum Mittagessen gekommen, denn seine Frau war mit den Kindern für ein paar Tage weggefahren. Der Freisleder kam kurz darauf dazu. Er sah den Thomas leidend an.

„Entschuldige, Sepp", sagte der Reitinger. „Ich hätt nicht gedacht, dass sich der Pfarrer so aufregt."

„Die ganze Sache nimmt ihn halt sehr mit."

„Ich hab gedacht, er hat den Schindler nicht mögen."

„Trotzdem: Es gibt einen Mörder im Ort, das muss doch dem Pfarrer zu schaffen machen."

„Meinst, er weiß was?"

Freisleder schüttelte den Kopf.

„Deine Zeche zahl ich, Sepp", schlug Thomas Reitinger vor. „Hast mir ja auch geholfen, mit dem Pfarrer zu reden."

Freisleder nahm das Angebot dankbar an und ließ sich die Speisekarte kommen.

Der Wachter hatte interessiert zugehört und sah den Thomas neugierig an. „Was hast denn mit dem Hintermayer zu reden?"

Reitinger lachte, wie man eben so lacht, wenn man ratlos ist. „Du, ich wollte eigentlich was über die Mordnacht wissen, weil der Pfarrer doch den Bernhard und den Schindler hat streiten hören."

„Ja - und?"

„Ich denk, ich komm so ganz allmählich aufs Thema, nicht mit der Tür ins Haus fallen und so. Da sag ich, dass er den Bernhard doch besser kennt, weil der ja auch der Bruder von der Kati ist und die hat in den Bockshof eingeheiratet, wo der Pfarrer oft ist ..."

Der Wachter horchte interessiert und tat keinen Mucks, aber an dieser Stelle lachte Fritz Löbl. „War er recht grantig, der Herr Hochwürden?"

„Was weißt denn du darüber, Fritz", fragte Reitinger gleich. Löbl sah auf sein leeres Bierglas, und der Reitinger nickte dem Wirt schweigend zu. Der stand auf, nahm das Glas vom Löbl und ging zur Theke.

„Weißwürst hätt ich auch gern, bevor's noch zwölfe wird", rief Fritz ihm nach. Der Hitzlkofer sah zum Thomas, und der nickte wieder, wenn auch schon resignierter.

„Der Pfarrer war immer gern auf dem Bockshof", fing der Fritz an, aber das wusste der Reitinger ja schon.

„Wie ich noch ein Bub war", erzählte der Fritz, „da kam der Herr Student oft vorbei. Ein bisschen arbeiten und viel essen. Die Mutter hat gedacht, sie kommt in den Himmel, wenn sie einen Theologiestudenten durchfüttert. Gedankt hat er es uns nicht."

Hitzlkofer stellte dem Löbl sein Bier hin, Reitinger bestellte sich noch eine Apfelschorle. Er sah auf die Uhr. Ob die Mutter schon mit dem Kochen angefangen hatte? Er hätte ihr wenigstens Bescheid geben sollen.

„Auf jeden Fall sehen sie den Hochwürden auf dem Hof von deinem Bruder lieber als dich", stichelte der Doktor, und der Löbl, statt aufzubrausen, nickte nur.

„Am liebsten hätten sie mich eingetauscht gegen den geistlichen Herrn, der mit allen Wassern gewaschen war, bloß net mit dem Weihwasser."

Die anderen am Tisch sahen sich fragend an.

„Wie meinst des?", fragte Reitinger nach.

Löbl sagte nichts, sondern sah erfreut auf Weißwürste, Brezen und Senf, die die Wirtin ihm hinstellte. Freisleder bestellte sich einen Zwiebelrostbraten mit Spätzle und Salat und außerdem noch eine Suppe vorneweg.

Der Wachter grinste den Reitinger an: „Magst meine Zech auch noch übernehmen?"

„Verdienst net genug?"

Der Wachter zuckte die Schultern und widmete sich seinem Schnitzel mit Pommes, das die Hitzlkoferin ihm servierte. Er sah den erstaunten Blick vom Reitinger und lächelte: „So was Ungesundes krieg ich nie, wenn meine Frau da ist. Das muss ich ausnutzen. Mahlzeit." Er begann zu essen. Der Löbl war auch beschäftigt mit seinen Würsten.

„Vielleicht hättest den Pfarrer auch zum Essen einladen sollen, dann wär er gesprächiger gewesen", mutmaßte der Wachter.

„So ist unser Hochwürden net!", verteidigte ihn der Freisleder.

„Dem ging's net bloß ums Essen", murmelte der Löbl. „Der war bei uns auf dem Hof bald auf was anderes aus."

Ganz still war es am Tisch, selbst der Wachter hörte zu kauen auf. Bevor noch Reitinger nachfragen konnte, schlug Freisleder mit der Faust auf den Tisch. „Des sind doch alles böse Gerüchte."

„Des weiß ich besser, weil ich auf dem Hof gewohnt hab."

„Nie und nimmer würd der Pfarrer ..."

„So oft wie's nur geht."

Freisleder sprang auf und rief: „Keinen Zwiebelrostbraten, mir ist der Appetit vergangen!“ Damit verließ er das Wirtshaus.

Die Hitzlkoferin sah kopfschüttelnd durch die Durchreiche. „Was hat er denn bloß?“

„Seinen Dienstherrn haben wir derbleckt!“, rief der Wachter und lachte.

„Nimmst sein Essen, Thomas?“

Reitinger nickte. Das war jetzt auch schon egal. Aber er rief mit dem Handy die Mutter an, dass sie mit dem Essen nicht warten solle. Dazu ging er hinaus, die anderen mussten es ja nicht unbedingt mitkriegen, dass er sich bei der Mama abmeldete. Als er zurückkam, stand sein Zwiebelrostbraten schon da. Während des Essens versuchte er, ein paar Informationen vom Löbl herauszukriegen. Der ließ sich zwar noch ein Bier vom Reitinger spendieren, aber zum Pfarrer sagte er nichts mehr.

So komm ich nicht weiter, dachte der Reitinger, als er frustriert vom Wirtshaus heimging. Jeder macht eine kleine Andeutung, aber keiner packt richtig aus. Alles hängt hier mit allem zusammen, weil jeder jeden kennt, aber den Mord klär ich so nicht auf. Er beschloss, sich heute Nachmittag genau zu überlegen, wie er weiter vorgehen wollte. Wenn er am Wochenende wieder als Journalist auf den Fußballplätzen unterwegs war, würde er dann überhaupt noch die Zeit finden, sich um die Helmeringer Geschichte zu kümmern? Vermutlich nicht. Und dann wäre der Kommissar doch der Sieger. Zum ersten Mal seit vielen Jahren fühlte der Reitinger sich wie ein Kämpfer. Es war kein schlechtes Gefühl.

Die Mutter regte sich schon gar nicht mehr auf. Dass der Thomas so spät erst das Mittagessen abgesagt hatte, dass er erst irgendwann am Nachmittag zurückkam, sie nahm es gelassen hin.

„Weißt“, sagte sie, „wenn einer zu Besuch kommt, dann macht man sich alle mögliche Mühe. Aber jetzt bist du schon einige Tage da. Ich kann dich gar nicht mehr wie einen Besuch behandeln. Es ist, als ob du hier wohnst.“

Das fand der Thomas ohnehin besser, weil dann die Mutter nicht immer fragte, wohin er ging und wann er wiederkam, aber andererseits wusste er: Besucher mussten im Haus nicht mitarbeiten, Mitbewohner allerdings schon.

„Ich kann nicht mehr lange bleiben, Mutter", sagte er. „Ich muss am Wochenende wieder auf den Sportplatz und nächste Woche ganz normal in die Redaktion."

Die Mutter erntete gerade im Garten die Bohnen. Jetzt richtete sie sich auf und sah ihn völlig überrascht an. Offenbar war sie davon ausgegangen, dass er mehrere Wochen bei ihr wohnen würde.

„Aber der Mord ist doch noch gar nicht geklärt!"

„Für den Chef reicht's, wenn sich die Kollegen drum kümmern."

Die Mutter pflückte weiter, aber er sah, wie es in ihr arbeitete. „Waren sie nicht zufrieden mit dir?"

„Es ist nicht so viel dabei herausgekommen, wie sie gedacht haben", gab der Reitinger ganz offen zu.

„Was haben sie denn erwartet?"

„Dass ich irgendwie ganz viele Hintergründe aufdecke und Skandale, die schon lange verborgen sind, und dass sich da ein Abgrund auftut und wir dann ganz groß und exklusiv über das Mörderdorf Helmering berichten." Reitinger übertrieb ein bisschen, aber, wie er fand, nur unwesentlich, denn so ähnlich hatte sich das sein Chef bestimmt vorgestellt.

Die Mutter drehte sich nun doch um und musterte ihn nachdenklich. „Mir ist lieber, du schreibst keinen solchen Blödsinn."

Da war Reitinger froh. Er hatte befürchtet, eine Moralpredigt darüber zu hören, dass er nichts Rechtes geworden war, dass er nichts aus sich gemacht hatte, dass andere auf der Karriereleiter viel höher gekommen waren, dass es an seiner Bescheidenheit, an seiner Faulheit, an seiner schlampigen Kleidung, an seinem zurückhaltenden Auftreten lag – je nachdem, wie die Mutter aufgelegt war, waren entweder die anderen oder war er selbst an diesem mangelnden beruflichen Fortkommen schuld. Jetzt aber war klar: Lieber kleiner Sportreporter, als vom Unglück anderer Leute profitieren.

Trotzdem: Auch wenn der Chef ihn von der Berichterstattung abzog, das Recherchieren wollte er deswegen noch lange nicht lassen. Wie er aber Zeitungsarbeit und die Klärung des Mordes in den nächsten Tagen miteinander verbinden konnte, dazu hatte er noch keine Idee.

„Soll ich dir helfen?"

So viel Sentimentalität wird immer bestraft. Die Reitingerin lächelte. „Einfach die Reihe fertigpflücken. Ich geh inzwischen rein und mach uns einen Kaffee."

Der Thomas hockte sich an den Rand des Beetes und pflückte Bohnen wie seit 20 Jahren nicht mehr.

Eigentlich wollte Reitinger keinen Kuchen essen. Sonst war ja das Joggen am Morgen ganz umsonst gewesen. So viel Plag, und mit einem Stück ist wieder alles wie vorher. Andererseits: Die Mutter hatte noch den Apfelstrudel vom Vortag, sie machte ihn ein bisschen warm, er konnte nicht widerstehen. Von einem Stück würde er nicht dicker werden, aufs Bier hatte er heute im Wirtshaus verzichtet und er wollte auch die nächsten Tage keins anrühren. Es sollte doch ein neues Leben sein, das er führen wollte. Er musste der Mutter auch noch sagen, dass er sich wahrscheinlich von Lisa trennen und bald eine neue Adresse haben würde. Er fürchtete, sie würde es sich mehr zu Herzen nehmen als nötig. Sie mochte Lisa eigentlich nicht besonders, und die beiden sahen sich auch nur ganz selten, aber wenn sich der Sohn scheiden ließ, das tat ihr bestimmt weh. Er verschob diese Information auf den nächsten Tag, er hatte ihr mit der Ankündigung seines Abschieds schon genug zugemutet.

„Ich hab gehört, der Schindler wird nächste Woche am Dienstag beerdigt", erzählte die Mutter.

„Wo hast du das her?"

„Der Freisleder hat's beim Bäcker erzählt, da hab ich ihn getroffen."

Er ist ihr nach der Frühmesse und meinem Gespräch mit dem Pfarrer dahin nachgelaufen, dachte Reitinger.

„Das heißt, die Gerichtsmedizin hat die Leiche freigegeben."

„Zeit ist es", meinte die Mutter.

„Aber warum dann erst am Dienstag?"

„Jetzt ist Wochenende", erklärte die Mutter, „und am Montag hat der Pfarrer seinen freien Tag."

„Wundert mich sowieso, wie der das noch alles packt", murmelte Reitinger und stellte sich vor, er selbst müsste mit achtzig noch arbeiten.

„Jede alte Frau führt ihren Haushalt", meinte die Mutter ungerührt, „und keiner bewundert sie dafür. Und wenn dann ein alter Mann ein Mal am Tag eine halbe Stunde Messe hält, dann ist er schon ein Held."

Thomas beobachtete die Mutter aus dem Augenwinkel. Nie zuvor hatte er sie so respektlos über den Pfarrer sprechen hören.

„Er hat jemand für den Haushalt und ist ständig zum Essen eingeladen", ergänzte die Mutter noch. „So schön möchte ich's auch mal haben."

„Was macht der Hintermayer an seinem freien Tag?", fragte er die Mutter.

„Ich hab gehört, dass ihn die Neubauerin holt und rausfährt mit ihm auf den Bockshof. Die Neubauerin besucht dann ihre Tochter und die Enkel, und der Pfarrer geht zur alten Gunda – wie eh und je."

Im Alter zwischen zwölf und vierzehn Jahren hatte sich Reitinger abgewöhnt, seiner Mutter genauer zuzuhören. Tu dies, lass das, bei der Stimme seiner Mutter hat er auf Durchzug geschaltet. Das tat er heute noch öfter, und so entging ihm der sehr süffisante Unterton bei der letzten Bemerkung. Hätte er doch nur aufgepasst. Dann wäre ihm vielleicht manches früher klar gewesen.

Doch die Mutter wechselte schon das Thema. „Alle reden darüber, wer die Leich vom Schindler bezahlt."

„Der wird doch eine Lebensversicherung haben."

„Wenn er sie nicht versoffen hat", meinte die Mutter.

„Muss dann die Gemeinde aufkommen?"

Die Reitingerin zuckte die Schultern. „Es muss sich ja auch noch jemand um alles kümmern. So eine Leich organisieren, das macht Arbeit."

Thomas überlegte. Das war ja recht interessant. Wer sprach mit dem Bestattungsinstitut? Wer kaufte das Grab?

„Gell, jetzt hab ich dir einen neuen Floh ins Ohr gesetzt“, amüsierte sich die Mutter. Dann richtete sie sich selbstbewusst auf. „Aber ich hab auch meine Beziehungen“, grinste sie und beugte sich vor, als könnte ihnen jemand zuhören. Ganz leise sprach sie weiter. „Der Löbl Fritz kümmert sich.“

Der Reitinger ließ vor Schreck seine Kuchengabel fallen. „Wer sagt das?“

„Der Freisleder. Aber bloß im Vertrauen. Ist ganz geheim. Das wissen nur der Bürgermeister, ein paar Leute auf der Gemeinde, der Pfarrer, der Mesner und wir zwei.“

Wenn's der Freisleder weiß, wissen's alle, dachte der Reitinger, aber er wollte der Mutter die Freude nicht verderben. „Das heißt, der Löbl Fritz ist doch der Vater vom Schindler“, folgerte er.

„An Gerüchten ist eben fast immer was dran.“

„Die sind zusammen am Stammtisch gesessen, als würden sie sich nicht kennen.“

„Doch der Tod macht es offenbar“, deklamierte die Mutter, als würde sie aus einem Gedicht zitieren. „Aber dafür, dass er ein Verwandter vom Bockshof war, hat er wenig gehabt, der Schindler.“

„Der Löbl Fritz hat ja auch nichts gehabt, nachdem sie ihn daheim rausgeworfen haben. Jedenfalls erzählt er das so.“

„Der Fritz gehört zu denen, die sich ihrer Lebtag benachteiligt fühlen“, korrigierte die Mutter. „Aber das hab ich ihm auch nicht gewünscht, dass er seinem Sohn ins Grab nachschauen muss.“

„Dann ist der Stefan quasi ein Cousin vom Schindler.“

„Gewesen“, ergänzte die Mutter etwas herzlos. „Ich bin ja gespannt, wer sich am Dienstag auf dieser Leich sehen lässt und ob es nachher einen Leichenschmaus gibt.“

Manchmal war dem Reitinger die Mutter doch ein bisschen zu pragmatisch.

Reitinger ging hinauf in sein Zimmer und packte. Morgen früh würde er nach Regensburg zurückfahren. Er hatte sich entschlossen, noch einige Zeit bei Lisa zu wohnen und sich in aller Ruhe eine kleine Wohnung zu suchen. Das wollte er ihr sagen. Er hoffte doch sehr, dass sie wieder das alte Schloss hatte einbauen lassen.

Er hatte ihr zwar für den Fall, dass sie ihn weiter aussperrte, Konsequenzen angedroht, aber er wusste gar nicht, wie die aussehen könnten. Anwalt einschalten sowieso. Und zwar einen, der den Norbert vor Gericht in sämtliche Einzelteile zerlegte. Es ging gar nicht so sehr darum, die Lisa zu schädigen, es ging eher darum, den früheren Freund vorzuführen.

Er überhörte das Auto, das in dem stillen Tulpenweg vorfuhr. Er achtete auch nicht darauf, dass es stehen blieb und eine Tür schlug. Er packte seine Reisetasche, er räumte auf, so gut er konnte, er dachte nach. Er überhörte das Klingeln und schrak erst zusammen, als die Stimme der Mutter die Treppe hinaufrief: „Thomas, Besuch!"

Hoffentlich wollten ihn nicht Arsch und Friedrich zu Hause überfallen, dachte Reitinger, und es war ihm gar nicht wohl bei dem Gedanken. Er wünschte sich dringlich, dass die Mutter dann nicht Bubi zu ihm sagte, und er würde ihr ein Zeichen geben müssen, dass sie ja nicht Kaffee und Kuchen auffuhr. Die beiden würden dann ewig bleiben. Die Mutter meinte bestimmt, das wäre für seine Karriere nützlich, wenn sie die Kollegen nett behandelte. Wie konnte er das nur verhindern?

Aber es war Kati. Die Mutter hatte sie, höflich wie sie war, schon ins Wohnzimmer gebeten und drängte ihr jetzt Kaffee und Apfelstrudel auf, was Reitinger in diesem speziellen Fall ganz nett von der Mutter fand.

„Dass du mich besuchst ...", sagte er, weil ihm einfach nichts Besseres einfiel.

„Ich wollte dir Dank schön sagen", lächelte Kati und ihr nettes Lächeln wurde zu einem breiten Grinsen, als sie den dummen Gesichtsausdruck vom Thomas genauer betrachtete. „Wegen deinem Artikel, Thomas. Weil er gar so schön ist. Der über den Bernhard."

Thomas verstand endlich. Er lächelte und setzte sich zur Kati auf die Couch. Nicht auf den Sessel, sondern gleich neben sie. Die Mutter bemerkte es mit hochgezogenen Augenbrauen, als sie mit einer Tasse Kaffee und Strudel hereinkam, aber sie sagte nichts und ging schnell wieder.

„Dabei hat er uns immer genervt, früher", erinnerte sich Kati.

„Weil er uns verpetzt hat", ergänzte Thomas.

„Manchmal wollte er auch mitgehen", wusste Kati noch.

„Dann war schon das Händchenhalten verboten, wenn der Bernhard uns zuschaute."

Thomas überlegte, ob er jetzt die Hand von der Kati nehmen sollte, aber da rührte sie schon Milch in ihren Kaffee. Chance verpasst.

„Der Bernhard war's nicht", sagte Kati leise. „Sie haben ihn wieder freigelassen, aber nur weil sie keine Beweise haben und er auch nicht gestehen mag."

Wie die Meyerbeer gesagt hat, dachte Thomas.

Kati sah den Thomas unsicher an. „Meinst, sie lassen ihn nur frei und beobachten ihn, damit er sich verrät?"

„Das hast jetzt aus dem Fernsehen."

„Könnt aber sein, oder?"

„Kati, ich bin kein Kriminalreporter. Es ist Zufall, dass sie mich da haben mitarbeiten lassen. Weil ich eben hier aufgewachsen bin. Aber ... ich kann mich erkundigen, wenn du willst."

Kati nickte dankbar.

„Wenn du schon grad da bist ...", fing Reitinger ein bisschen ungeschickt an, und als er die erwartungsvollen Augen von der Kati sah, da wusste er, dass das kein geglückter Auftakt für seine Frage war.

„Der Bernhard und der Schindler, die hatten doch Streit."

Das Licht in den Augen von Kati war jetzt erloschen, sie hätte jeden Menschen so ansehen können. Sie wandte den Blick ab.

Der Reitinger wollte es wiedergutmachen. „Ach, Kati, ich möcht's doch nur wissen, weil ich dann dem Bernhard eher helfen kann." Das war nun gnadenlos übertrieben, weil er dem Bernhard wahrscheinlich überhaupt nicht helfen konnte.

Kati zögerte noch einen Moment, dann sagte sie leise:„Behalt's aber für dich."

Der Thomas nickte.

„Der Bernhard sagt, dass der Schindler den Jugendlichen vor dem Spiel manchmal Vitamine gab. Und dass es keine Vitamine waren."

„Sondern?"

„Angeblich macht es die Spieler aggressiv. Sie haben dann keine Angst und steigen stärker ein beim Gegner."

„Woher hatte der Schindler das Zeug?"

„Keine Ahnung."

„Der Wachter wird's ihm doch nicht gegeben haben."

„Das kriegst du doch heute aus dem Internet."

„Hat sich der Schindler da so gut ausgekannt?"

„Vielleicht hatte er's auch von irgendeinem Spezl aus einem anderen Verein", meinte sie. „Er kannte doch genug Fußballer, auch von früher."

„Aber was hatte er davon, das Zeug ist ja auch noch teuer."

Kati sah ihn ernst an.

„Du kennst dich gar nicht mehr aus hier in Helmering. Der Schindler hat wirklich geglaubt, dass er irgendwann aufsteigen wird mit der Mannschaft. Deshalb die Jugendarbeit und die Tabletten."

„Hat der Bernhard selber welche gekriegt?"

„Nein. Mein Bub hat sie mit heimgebracht. Er sagte, die sind so groß, die kann er nicht schlucken. Ich hab sie dann zum Bernhard gebracht und der zum Wachter. Und an dem Abend, wo der Pfarrer die beiden hat streiten hören, da wollte der Bernhard den Schindler zur Rede stellen."

Reitinger lachte leise in sich hinein. Der Kati kam das offenbar recht unpassend vor. Sie sah ihn skeptisch an.

„Ich hab grade an den Pfarrer denken müssen", sagte Reitinger. „Ich war heut früh bei ihm, und als ich vom Bockshof geredet habe, da war er recht grob."

Kati stand plötzlich auf, gab dem Thomas die Hand. „Noch mal vielen Dank." Sie war schon fast zur Tür raus, da blieb sie stehen. „Beinah hätt ich's vergessen, ich hab ein Geschenk für dich." Sie zog einen Krimi aus der Tasche und überreichte ihn dem Reitinger. „Als Dankeschön."

Ausgerechnet ein Krimi. Der Reitinger las selten ein Buch und Krimis schon gar nicht. Aber er lächelte freundlich. „Wo hast den her?", fragte er, denn in Helmering gab es keine Buchhandlung.

„Ich war vor ein paar Tagen in der Stadt, und in der Buchhandlung haben sie mir den Krimi empfohlen."

„Aber da hast du doch gar nicht wissen können, dass ich einen netten Artikel über den Bernhard schreibe."

Kati lächelte: „Ich hab's eigentlich für mich gekauft. Aber ich dachte, wenn's mir gefällt, vielleicht gefällt's dir auch."

„Danke", murmelte Reitinger.

In der Tür drehte sich Kati gleich noch einmal um. „Ein bisschen übertrieben hast ja schon, so ein guter Mensch ist der Bernhard nie gewesen."

„Er ist anscheinend der Erste und Einzige, der dem Schindler mal die Meinung gesagt hat", meinte Reitinger. „Schon allein dafür hätte er einen Orden verdient."

6.

Was auch immer in dieser Woche außerhalb Helmerings passiert war, Reitinger hatte keine Ahnung. Er wusste nicht einmal, ob der Jahn Regensburg nun seinen Trainer entlassen hatte oder nicht – und wenigstens das sollte ihn als Sportjournalist interessieren. Aber irgendwie war es ihm egal. Gegen seinen Willen faszinierte ihn dieser Mord in seinem Heimatort immer mehr. Nicht nur, weil ihn der Ehrgeiz gepackt hatte, dem Täter auf die Spur zu kommen, und nicht so sehr, weil er mit dem Opfer empfand, sondern auch, weil er das Gefühl hatte, dass alle mit drinhingen, dass jeder etwas wusste, was zur Klärung des Falles beitragen konnte, dass aber keiner alles sagte, was er wusste. Von jedem erfuhr man eine Kleinigkeit, die wichtig sein konnte oder auch nicht, jeder ließ sich die Informationen einzeln aus der Nase ziehen, und diejenigen, die mit Begeisterung über den Schindler und mögliche Hintergründe redeten, die wussten am wenigsten.

Reitinger sah die Sache ganz klar und durchaus selbstkritisch. Er hatte nichts, aber auch überhaupt nichts in dieser Woche getan. Mit einigen Leuten geredet, die ihm viel über Helmering, aber wenig über den Mord erzählt hatten, ein paar Geschichten aus der

Vergangenheit einzelner Leute und Familien hatte er erfahren, mit der Mutter hatte er viel geredet, und sie hatten erstaunlich wenig Probleme miteinander gehabt. Dann war er im Wirtshaus gewesen, hatte seine alte Jugendliebe getroffen, konnte in Erinnerungen schwelgen. In die Kirche ist er noch gegangen, das wäre ihm in Regensburg nicht passiert.

Alles in allem war es eine ruhige Woche, man hätte von Erholung reden können, wenn es nicht die ganze Zeit darum gegangen wäre, etwas herauszufinden, was zu klären gar nicht seine Aufgabe, sondern die der Kripo war, aber mehr und mehr zu seiner Passion wurde. Ach ja, Artikel hat er noch geschrieben, wie es zu seinem Beruf als Journalist gehörte. Allerdings nicht über Sport, sondern über einen toten Trainer oder vielmehr über den mutmaßlichen Mörder, der aber auch schon wieder frei herumlief und es mit ziemlicher Sicherheit nicht gewesen war. Das war zumindest seine Meinung.

Dennoch war die Woche nicht erholsam gewesen, fand Thomas. Denn wer tagsüber mit vielen Leuten redet und sich nachts mit solchen Gedanken plagt wie er jetzt gerade, wer nur immer vier oder fünf Stunden Schlaf zusammenkriegt, aber am liebsten acht oder neun haben würde, der kann sich nicht erholen. Da saß er in Helmering und dachte an seine Frau, an den Kommissar, der bei ihr zu Besuch gewesen war, kam dann auf sein Leben im Allgemeinen und was er alles versäumt haben könnte im Besonderen, erinnerte sich, dass er alles anders machen wollte, und stand früh auf. Er wollte mehr Sport machen. Das hatte er sich doch vorgenommen. War's zwei Tage her? Oder nur einen Tag? Auf jeden Fall mochte er seine Vorsätze so schnell nicht aufgeben.

Die Mutter lächelte, als er eine Stunde später verschwitzt in ihrer Küche auftauchte. „Dusch dich ruhig, ich hol noch Semmeln", sagte sie.

Beim Frühstück waren sie beide recht schweigsam. Sie hatten sich in dieser Woche aneinander gewöhnt, sie konnten sich vermutlich beide nicht vorstellen, wie es jetzt wäre, wenn sie sich nicht mehr über den Weg liefen, am Morgen, am Abend, in der

Küche, auf dem Weg zum Bad, die Treppe hinauf in die Schlafzimmer. Dem Thomas tat's fast leid.

„Da wird sich die Lisa freuen, wenn du endlich mal wieder heimkommst", sagte die Mutter. Dabei sah sie ihn fragend von der Seite an.

„Ich bin mir nicht so sicher, ob sie sich freut", gestand Thomas, denn irgendwann musste er der Mutter ja sagen, dass es mit seiner Ehe nicht mehr so weit her war.

Die Reitingerin nickte nur: „Ich hab's schon befürchtet. Kein einziges Mal hat sie angerufen, seit du da bist."

„Hätte ja sein können, dass sie mich auf dem Handy anruft."

Auf diese Idee war die Mutter offenbar nicht gekommen. Sie sah den Thomas verblüfft an: „Hat sie dich angerufen?"

Reitinger schüttelte den Kopf.

„Siehst."

Einen Moment schwiegen sie beide.

„Meinst, des wird wieder mit euch zwei?"

„Ich weiß es net, Mutter."

„Vielleicht wär's besser, wenn ihr Kinder hättet."

„Vielleicht wär's auch schlimmer."

Die Reitingerin überlegte, dann nickte sie. „Die Kati ist auch net recht froh mit ihrem Bauern, glaub ich."

Das hatte er sich auch schon gedacht. Glücklich sah sie wirklich nicht aus.

„Wirst mir abgehen", sagte die Mutter leise, als Thomas mit seiner Tasche die Treppe herunterkam.

„Dank dir für alles, Mutter. War schön hier." Er überlegte, ob er sie jetzt in den Arm nehmen oder ihr die Hand drücken sollte. „Vielleicht kann ich mich ja mal bei dir revanchieren. Darfst dir was wünschen."

Die Mutter hatte darüber offenbar schon nachgedacht. „Ich würde gerne nach Regensburg ins Bauerntheater. Wenn du mitgehen könntest ..."

Das wollte Reitinger gewiss nicht. Aber der Mutter den Wunsch abschlagen? „Wenn's nicht am Wochenende ist. Wegen der Arbeit."

„Bis Mitte September haben die sowieso noch Sommerferien. Und dann hab ich gleich für den ersten Freitag, an dem sie spielen, zwei Karten reserviert."

Alles geplant, dachte Reitinger. Und ich bin drauf reingefallen. Andererseits: Sie hat sich's verdient.

Erst in die Redaktion oder erst in die Wohnung? Reitinger entschied sich für die Wohnung. Er wollte seine Tasche dort abstellen, vor allem aber wollte er überprüfen, ob Lisa wieder das alte Schloss eingebaut hatte. Anschließend konnte er in der Redaktion nachlesen, was er im Laufe der Woche verpasst hatte, und sich auf seine Termine vorbereiten. Außerdem brauchte er dringend noch einen freien Tag für einen Besuch beim Anwalt.

Reitinger stand an der Ampel in der Frankenstraße stadteinwärts, er blickte in Richtung Donau und fragte sich, was eigentlich diese grabsteinähnlichen Skulpturen dort zu suchen hatten. Oder waren das Reliefs? Standen die schon immer da? Aber warum? Was machten die da, wer hatte sie hingestellt und wofür? Warum kannte er sich in Regensburg nach so langer Zeit immer noch nicht aus? Interessierte er sich nicht für die Stadt, in der er doch eigentlich weiterhin leben wollte? Oder war das wie mit dem Fernseher und dem Kühlschrank: Man weiß nicht, wie es funktioniert, aber man nutzt es trotzdem. Er lebte in Regensburg und genoss das, aber er hatte wenig Ahnung, warum die Stadt so schön war und wann welches Gebäude dazugekommen war. Er stellte sein Auto am Protzenweiher ordentlich ab, denn die Polizeiinspektion war gleich daneben, da sollte es nicht wieder einen Strafzettel geben. Dann ging er durch Stadtamhof zu seiner Wohnung.

Tatsächlich kam er wieder rein. Der Schlüssel sperrte, im Flur schlug ihm verführerischer Kaffeeduft entgegen. Unten vor der Haustüre hatte er noch kurz überlegt, ob er nicht mit Semmeln anrücken sollte. Das sähe versöhnlich aus und könnte das Zusammenleben etwas erleichtern. Also war er noch schnell in die Bäckerei gegangen, hatte natürlich wieder viel zu viel gekauft und fühlte sich jetzt großartig. Er hatte die Semmeln, der Kaffee war fertig.

„Ich bin wieder da!", rief er, „und ich hab ..."

Reitinger blieb in der Tür zur Küche stehen und redete nicht weiter. Denn am Herd hantierte der Kommissar mit der Espressokanne, die Reitinger erst vor wenigen Wochen gekauft hatte. Er trug ein T-Shirt und Boxershorts.

„Guten Morgen, der Kommissar." Reitinger versuchte, seine Enttäuschung hinter triefendem Sarkasmus zu verstecken. Mit Blick auf die Kleidung von Abramovic fügte er hinzu: „Ganz schön heiß für September, gell?"

Dem Kommissar war das sehr unangenehm, das sah man ihm an. Er kam auf den Thomas zu, streckte die Hand aus, zog sie aber wieder ein, als er sah, dass der Reitinger überhaupt keine Anstalten machte, sie zu ergreifen.

„Ist der Fall schon gelöst? Dann können Sie mir sicher die nötigen Infos für einen Exklusiv-Bericht geben. Ich hab nämlich noch an der Geschichte gearbeitet, und Sie haben anscheinend schon abgeschlossen und sich derweil meinem Privatleben zugewandt, meinem bisherigen."

Reitinger wusste gar nicht, was er da faselte. Er tat es einfach. Er wollte den Kommissar demütigen, kränken, beleidigen. Noch bevor Abramovic etwas sagen konnte, nahm Reitinger seine Reisetasche wieder hoch und trat, ohne zu klopfen, ins Schlafzimmer ein.

„Guten Morgen, Lisa. Danke fürs Schlossauswechseln, wenn du den Typ auch noch aus unserer Wohnung werfen könntest, wär ich dir sehr verbunden. Ich muss jetzt in die Arbeit, ich bin ja nicht verbeamtet. Aber wenn ich heut Abend komm, wär ich gern wieder unter uns."

Lisa sagte nichts zu seinem Wortschwall, ließ ihn einfach reden und bemühte sich, einen möglichst unbeteiligten Gesichtsausdruck aufzusetzen. Sie hatte sich, während er mit dem Kommissar verhandelte, einigermaßen angezogen. Sogar das Bett war schon gemacht. Also nichts mit in flagranti, aber darauf war Reitinger auch nicht scharf gewesen.

„Und wir zwei", fügte er leise hinzu, „wir sollten noch mal miteinander reden. Da brauchen wir den Kommissar nicht dazu, nicht den Norbert und auch sonst keinen Winkeladvokaten. Bis später."

Gerne ging er weg, der Thomas, denn es traten ihm die Tränen der Enttäuschung und der Demütigung in die Augen. Jetzt würde er lieber Holzhacker sein als Journalist. Vor Wut auf irgendetwas einhauen, bis einem Arme und Beine und Rücken schmerzten. Dann wüsste er wenigstens, warum ihm alles so wehtat.

Doch an der Wohnungstür hatte er noch eine Idee. Er kehrte um, ging in die Küche, wo nun Lisa neben dem Kommissar stand. „Warum geht ihr eigentlich nicht in seine Wohnung?", fragte er fast unschuldig. „Ist sie nicht aufgeräumt, oder wohnt da noch jemand, der auf ihn wartet?"

Reitinger sah, dass seine Frau den Kommissar sehr irritiert ansah, als hätte sie diesen Gedanken noch nie gehabt. Abramovic aber wirkte verlegen. Und Thomas hatte das Gefühl, er habe den beiden eine Menge Diskussionsstoff dagelassen. Das tat seiner wunden Seele gut.

In der Redaktion war noch niemand. Dabei waren am Samstag fast immer Kollegen da. Zuerst diejenigen, die in Ruhe recherchieren oder schreiben wollten. Später kamen die anderen, die sich zu Hause langweilten und hofften, auf einen Kollegen zu treffen, dem es ähnlich ging. Manche kamen sogar zum Fernsehen hierher. Es war doch schöner, die Sportschau mit den Kollegen zu sehen und dazu ein Bier zu trinken. Man hatte mehr Ruhe als zu Hause, und es kostete weniger als im Wirtshaus. Reitinger machte das nie, er war lieber daheim, aber in Zukunft würde er vielleicht auch mit den anderen hier sitzen. „Wohnungsanzeigen ansehen", notierte er sich auf seinen Block unter die Stichpunkte „Anwalt" und „Freier Tag".

Sein Schreibtisch war übersät mit Zeitungen, Post, Zetteln. Es war, als hätten alle in den vergangenen Tagen hier ihren Müll abgeladen. An seinem Computer hing eine Postkarte. Sie zeigte einen in Tracht gekleideten Menschen mit Hut, der nicht sehr glücklich aussah: „Nichts macht dich so fertig wie deine Heimatstadt", stand darüber. Ein Witz der Kollegen? Reitinger nahm die Karte ab und steckte sie in seine Sakkotasche. Was machte ihn denn im Moment mehr fertig: Regensburg oder Helmering?

Viele Gedanken brauchte er sich darüber nicht zu machen, denn sein Handy klingelte. Die Mutter war es, atemlos, hektisch. „Gut, dass ich dich erwisch", sagte sie. „Der Freisleder hat gerade angerufen."

Der Reitinger grinste. Wollte der Sepp mit seiner Mutter ins Bauerntheater? Ihm sollte es recht sein.

„Der Pfarrer sitzt tot im Beichtstuhl", fuhr die Mutter fort. „Und im Rücken hat er ein Messer."

So schnell wie jetzt war Reitinger seit vielen Jahren nicht mehr gelaufen.

*

Die Karte, die die Kollegen über seinen Schreibtisch geheftet hatten, fischte der Reitinger aus seiner Sakkotasche und legte sie auf den Beifahrersitz. An jeder roten Ampel warf er einen Blick darauf: „Nichts macht dich so fertig wie deine Heimatstadt." Er würde eine Gelegenheit haben, den Wahrheitsgehalt dieses Spruches zu überprüfen, denn er war ziemlich sicher, dass er jetzt wieder einen verlängerten Aufenthalt in Helmering vom Chef zugestanden bekäme. Ein zweiter Mord in einem Ort, in dem noch nie etwas passiert war. Wo die alten Leute sogar behaupteten, die Nazizeit sei quasi spurlos an ihnen vorübergezogen. Sie hätten das mit dem Hitler gar nicht gemerkt! Erst als dann der Krieg war, da sei ihnen klar geworden, dass etwas nicht stimmte. Aber das behaupteten ja nicht nur die Dörfler in der Oberpfalz, das hatten schon ganz andere Leute erzählt, die richtig Dreck am Stecken hatten.

Ausgerechnet den Pfarrer hatte es erwischt. Reitinger konnte sich vorstellen, was das für einen Aufruhr gab. Nun würde nicht nur die Heimatzeitung berichten, nun kämen auch Kollegen aus München. Er hatte die Schlagzeilen schon vor Augen: „Das unheimliche Dorf – Ein Mörder geht um in der Provinz!" Da hatten die Dichter unter den Journalisten wieder Hochkonjunktur, vor allem solange es keine harten Fakten gab, solange der Mörder nicht gefunden war.

Reitinger fuhr schnell, versuchte dabei, seine Gedanken zu sortieren. Was musste er tun? Wo anrufen? Wen informieren? Was waren die nächsten Schritte? Leider hatte er ja seine Reisetasche schon in der Wohnung abgestellt, konnte sie nicht mehr holen. Er durfte dem Abramovic nicht zu viel Vorsprung lassen. Jetzt hatte er also wieder einmal nur das dabei, was er am Leib trug. Nicht einmal eine Zahnbürste, aber eine neue würde die Mutter sicherlich noch irgendwo in Reserve haben.

Er rief den Chef an: Weiterer Mord in Helmering, bin schon unterwegs. Dafür gab es Lob. Zugleich bedauerte der Chef, dass am Sonntag keine Zeitung erschien. Sie würden mit ihrem sensationellen Aufmacher bis Montag warten müssen. Natürlich wurde Reitinger von der Sport-Berichterstattung freigestellt. Außerdem sollte er sich nicht so sehr um die Details der Tat kümmern, dafür kämen gleich Aschenbrenner und Friedrich nach Helmering. Er solle mehr die Stimmung im „Mörderdorf" beschreiben, Spekulationen anstellen. Ohne es zu wollen, war der Reitinger jetzt selbst unter die Dichter geraten. Keine „hard news", sagte der Chef, mehr „feeling". Dem Reitinger wurde ganz schlecht. Das „Mörderdorf" machte ihn wirklich fertig.

Vor dem Friedhof rund um die Kirche parkten einige Polizeiwagen. Reitinger blieb einfach irgendwo stehen, Parkverbotsschilder gab es hier sowieso nicht.

„Mach dich net so wichtig!", rief ihm ein verärgerter Dorfbewohner zu, als er sich durch die Menge hindurch in Richtung Kirche drängte.

Ein anderer wollte ihm den Weg versperren: „Da darf keiner durch. Wir net und du auch net."

Doch da entdeckte Reitinger den Freisleder, der gerade versuchte, die Kirchentür zu schließen, sodass die Neugierigen draußen blieben. Er winkte dem Mesner zu, und der verschaffte ihm Einlass: „Lasst den Thomas durch, den brauchen wir hier!"

Das war natürlich eine Lüge direkt am Kirchenportal, aber er war dankbar dafür. Murrend gingen einige Helmeringer zur Seite, ließen den Thomas durch, der dem Freisleder auf die Schulter klopfte: „Danke, Sepp."

Freisleder wirkte sehr mitgenommen. Schließlich war er es wieder gewesen, der die Leiche gefunden hatte. Außerdem war es auch noch sein Dienstherr, den er gemocht, wenn nicht gar verehrt hatte, ein geistlicher Mann.

In der Kirche viele Polizisten, die Spurensicherung und auch Jana Meyerbeer. Der tote Pfarrer lag noch vor dem Beichtstuhl, wurde fotografiert, sehr nahe konnte Reitinger nicht ran. Er blieb bei Freisleder stehen und grüßte kurz zu der Kommissarin und ihren Kollegen. Abramovic war nicht da, und das entlockte dem Reitinger ein Lächeln. War er schneller gewesen als der Kommissar?

„Was ist denn passiert?", fragte Reitinger den Freisleder, denn der stand neben ihm und flüsterte ein „Ave Maria" vor sich hin, inzwischen war er ja geübt darin.

„Ich bin in die Kirch gekommen zum Schmücken", erzählte der Freisleder leise. „Neue Blumen, ein bisschen was herrichten für den Sonntag. Da seh ich, dass vor dem Beichtstuhl ein Fleck ist. Ich ärger mich, geh hin, und es sieht aus wie Blut. Da war mir schon gar net gut."

Der Freisleder Sepp sah auch jetzt nicht gut aus. Er stützte sich mit einer Hand an einer Kirchenbank ab und holte tief Luft. „Dann hab ich den Beichtstuhl aufgemacht, und der Pfarrer saß drin – tot. Er ist gleich rausgefallen, und ich habe geschrien und schlecht ist mir auch geworden."

Freisleder sah verlegen in die Ecke hinter dem Beichtstuhl, wo er offenbar sein Frühstück von sich gegeben hatte. „Dass es wieder mich erwischen muss, warum finde immer ich die Leichen?", klagte er und setzte sich jetzt in die Bank. „Und dann der hochwürdigste Herr Pfarrer. Der hat doch wirklich keinem was getan. Ein heiliger Mann, klug und bescheiden ..."

Reitinger hatte den Pfarrer etwas anders in Erinnerung, aber er wollte dem Freisleder nicht widersprechen. „Du hast schon Pech, Sepp", tröstete er ihn.

„Und wieder ein Messer im Rücken!"

Reitinger stutzte. „Wieder das Weihnachtsgeschenk vom Metzger?"

Freisleder nickte. Er presste die Lippen aufeinander, wurde immer bleicher.

„Das, was jeder von uns in der Schublade hat."

Reitinger beobachtete von Weitem die Polizei bei der Arbeit, setzte sich neben den Freisleder in die Bank und machte sich Notizen. „Kommst nachher zu uns zum Mittagessen, Sepp", sagte er zum Freisleder.

„Ich weiß gar net, ob ich was runterkrieg."

„Viel gibt's sowieso net, uns ist doch allen schlecht, oder?" Er lächelte ihm aufmunternd zu: „Aber es ist doch auch net schön, wenn du jetzt so allein bist."

„Bist ein guter Mensch, Thomas." Freisleder sah traurig auf die beiden Männer, die jetzt mit dem Sarg hereinkamen, um die Leiche des Pfarrers abzutransportieren.

„Meinst, deiner Mutter ist es recht, wenn du mich einfach so einladen tust?"

An die Mutter mochte Reitinger jetzt gar nicht denken. Natürlich war's der nicht recht, wenn der Freisleder wieder vorbeikam. Aber Thomas brauchte den Mesner jetzt. Da musste die Mutter eben mithelfen.

Jana Meyerbeer kam vom Beichtstuhl aus auf die beiden zu. „Herr Freisleder, ich hätte Sie gerne noch einmal gesprochen."

Der Sepp nickte ergeben, als wäre er das schon gewohnt. Die Kommissarin wartete, aber Reitinger ging nicht weg, und auch Freisleder blieb einfach neben dem Thomas sitzen und sah die Meyerbeer fragend an.

„Unter vier Augen", sagte die.

„Ich habe keine Geheimnisse vor dem Reitinger", meinte der Mesner.

„Aber ich", gab ihm die Kommissarin heraus.

Reitinger grinste. „Lassen Sie uns zwei einfach hier sitzen, setzen Sie sich dazu. Und wenn ich zuhören darf beim Verhör, dann sag ich Ihnen auch, wo Sie Ihren Kollegen Abramovic erreichen."

Jana Meyerbeer stutzte. „Woher wollen Sie wissen, wo mein Kollege ist?“

Reitinger drückte eine Taste an seinem Handy und wartete kurz: „Servus Lisa, ich bin's. Schad, dass du nicht selber rangehst. Aber wenn du mich hörst, dann sag doch deinem Besucher, er soll mal sein Handy einschalten oder seine Kollegin anrufen.“ Er schaltete aus und lächelte. „Jetzt können Sie mit der Befragung anfangen.“

Jana Meyerbeer wusste nicht, was sie von alldem halten sollte. Aber sie spürte, dass dem Reitinger aus seiner Sicht irgendetwas ganz Tolles gelungen war, denn er sah aus wie ein Bub, der einen üblen Kerl aus der höheren Klasse reingelegt hat.

„Was machte der Pfarrer heute Morgen in der Kirche?“, war ihre erste Frage an den Mesner.

„Ist er denn heute umgebracht worden? Nicht schon gestern Abend?“, wollte Reitinger wissen und handelte sich einen sehr bösen Blick ein, bekam aber keine Antwort.

„Also: Was machte der Pfarrer gestern Abend oder heute Morgen hier?“

„Vielleicht beten. Vielleicht hat er was vergessen oder was geholt.“

„Was könnte das gewesen sein?“

Den Freisleder durchzuckte es, dann liefen die Tränen. „Ich hab ihm das Messer selber mitgebracht!“, brach es aus ihm heraus. „Weil er gesagt hat, sein Küchenmesser ist so stumpf geworden.“

„Sie haben ihm die Tatwaffe hingelegt?“, fragte die Kommissarin erstaunt.

Freisleder nickte unter Tränen. „Gestern Abend, bevor ich gegangen bin. Da war er gar net da! Ich hab ihn net umgebracht.“

„Des glaubt dir die Kommissarin doch“, tröstete Reitinger und legte den Arm um den Mesner.

Jana Meyerbeer schüttelte ungläubig den Kopf. „Halten Sie sich bitte raus, Herr Reitinger.“

„Ist er eigentlich im Beichtstuhl erstochen worden?“, fragte der ungeniert.

„Haben Sie nicht gehört, was ich gesagt habe?“ Die Kommissarin wurde aggressiv. Bevor sie weiter diskutieren konnten, klingelte ihr Handy. Sie warf einen sehr skeptischen Blick auf Thomas Reitinger und nahm das Gespräch dann an.

„Meyerbeer?" Im selben Moment wandte sie sich ab und ging weg.

Reitinger grinste. Es war der Abramovic, ganz klar.

„Mord." „Helmering." „Ja. Kirche." Das war alles, was er verstand. Aber es reichte ja auch.

Der Freisleder wischte sich die Tränen ab. Als die Männer den Sarg vorbeitrugen, begann er zu beten: „Herr, gib ihm die ewige Ruhe."

„Und das ewige Licht leuchte ihm", antwortete Reitinger fast automatisch.

Die Kommissarin war inzwischen wieder zu ihnen gekommen und wartete, bis die beiden mit ihrem Gebet fertig waren.

„Herr, lass ihn ruhen in Frieden."

„Amen."

Freisleder wollte gleich noch ein „Vater unser" anschließen, aber Frau Meyerbeer war schneller.

„Wir warten jetzt auf meinen Kollegen Abramovic, Herr Freisleder. Und dann möchten wir Sie doch gern allein sprechen", fügte sie mit einem nicht sehr freundlichen Blick auf den Thomas hinzu.

„Ist das der Dank für meine kooperative Haltung?", fragte Reitinger, aber er bekam keine Antwort. Seufzend erhob er sich und klopfte dem Freisleder auf die Schulter. „Kommst einfach zur Mutter, wenn du hier fertig bist."

„Dank dir, Thomas. Meinst wirklich, es ist ihr recht?"

„Bestimmt", log der Reitinger und schielte wie in Kindertagen zum Kreuz, ob es nicht bei so einer faustdicken Lüge von der Wand fiel.

Auf dem Weg nach draußen traf er Aschenbrenner und Friedrich. Er erzählte ihnen, was er wusste, sie teilten sich die Arbeit auf.

Von weitem winkte ihm der Wachter zu.

„Hast wieder den Tod festgestellt?", fragte der Reitinger, und der Wachter nickte.

„War auch dieses Mal nicht schwer."

„Meinst, es war derselbe?"

„Die gleiche Waffe, das gleiche Vorgehen ... Es sieht ganz so aus."

„War's wieder ein Linkshänder?"

Der Wachter sah ihn überrascht an: „Ich wusste gar nicht, dass es beim Schindler einer war."

Reitinger lächelte. „Siehst, deshalb gibt es die Gerichtsmediziner."

Besonders lustig fand der Wachter diese Spitze nicht. Er rächte sich sofort: „Und warum kommen von der Zeitung noch zwei Kollegen, obwohl du schon da bist?"

„Weil Mord und Totschlag eigentlich nicht mein Job sind."

„Meiner auch net."

Sie lächelten sich an, wieder quitt.

„Heut Abend beim Wirt?"

Der Wachter nickte: „Da wird was los sein."

Reitinger fuhr zu seiner Mutter. Er erzählte kurz, was er wusste, er rief den Chef an und informierte ihn. Gerade als wären sie befreundet, telefonierte er jetzt ständig mit dem Mann, der sich bislang wenig für seine Arbeit interessiert hatte. Dann musste er der Mutter beibringen, dass Freisleder nachher vorbeikam und sich ein magenschonendes, aber sättigendes Mittagessen verdient hätte.

„Hat das sein müssen?", fragte die Mutter, und Reitinger nickte: „Ohne den Sepp wüsste ich gar nichts und wär wahrscheinlich nicht einmal hier."

Das leuchtete ihr ein, und sie überlegte, was sie kochen könnte.

Die Reitingerin entschied sich für die unkomplizierte Variante. Es gab eine einfache Brotzeit mit einem Krautsalat, den sie schon vor zwei Tagen angesetzt hatte. Der musste sowieso weg, meinte sie.

Freisleder behauptete, er habe überhaupt keinen Appetit. Bewies ihnen aber eine Stunde lang das Gegenteil. Aß und aß, rühmte den Krautsalat, den Käse, selbst das Brot, bis es der Reitingerin zu viel wurde.

„Ich kauf das Brot beim Weber, genau wie du."

„Aber allein schmeckt's eben nicht so gut", klagte Freisleder und warf einen mitleidheischenden Blick auf die Reitingerin. „Des musst du doch kennen, Theres."

„Mir schmeckt's meistens viel zu gut", widersprach sie, und Freisleder fühlte sich aufgefordert, ihr wegen ihrer Figur ein Kompliment zu machen: „Bei dir ist doch ein Pfund schöner als das andere, da dürft keins fehlen!"

Die Reitingerin lächelte bemüht, ihr Sohn grinste. Als er merkte, dass sie ihn böse ansah, weil er sich auf ihre Kosten amüsierte, wechselte er das Thema und kam zum Punkt. „Jetzt, wo du dich ein bisschen gestärkt hast", begann er einleitend, denn Freisleder aß und trank ja schon geraume Zeit, „kannst mir noch mal erzählen, wie das alles war?"

Der Freisleder ließ sofort sein Brot sinken, und Tränen traten ihm in die Augen. „Der arme Herr Pfarrer ..."

Fast tat es dem Thomas leid, dass er davon angefangen hatte, aber nach einer Stunde musste ja mal eine erste Frage erlaubt sein, dachte er.

Freisleder wischte sich verschämt mit dem Handrücken über das rechte Auge, dann sah er den Thomas mühsam lächelnd an. „Geht schon wieder. Der Wachter hat gemeint, ich soll's möglichst oft erzählen, das macht die Bewältigung des Traumas leichter", erzählte er. „Der Wachter muss es ja wissen, der ist Doktor. Er meint, vielleicht sitzt der Schock tief, weil es ja meine zweite Leich in dieser Woche ist und ich das gar nicht gewöhnt bin."

„Hast wirklich arg viel mitmachen müssen, Sepp", bestätigte nun auch die Reitingerin mitleidsvoll, und da hellte sich die Miene des Freisleder etwas auf.

„Ich komm um elf in die Kirch", fing er an. „Früher hab ich es net geschafft, weil ich noch für mich einkaufen war, und dann hab ich erst die Blumen aus meinem Garten und aus dem Garten vom

Hochwürden holen müssen, weil ich heut den Hauptaltar und den Marienaltar neu schmücken wollt ..."

„Das machst du wirklich ganz schön", ermunterte ihn wieder die Reitingerin, und Thomas war ihr sehr dankbar dafür, denn er hatte Sorge, dass er den Freisleder etwas überbeanspruchen könnte und der hier noch einen Weinkrampf bekäme vor lauter Kummer um den Pfarrer und wegen seines eigenen harten Schicksals.

„Ich hab mich schon gewundert im Pfarrgarten, weil beim Pfarrer sich gar nichts im Haus gerührt hat. Normalerweise ist der um sieben Uhr auf, und dann ist auch schon ein Fenster offen."

„Waren die Jalousien zu?"

Freisleder schüttelte den Kopf. „Der macht sie nie zu. Er sagt, er möchte sehen, wann es hell wird."

Reitinger konnte sich an viele Tage seines Lebens erinnern, wo er nicht so genau wissen wollte, ob es jetzt hell oder dunkel war, weil es fast schon Tag war, als er sich hingelegt hatte.

„Ich hab auch geklingelt", erzählte Freisleder, „aber der Herr Hochwürden hat nicht aufgemacht."

„Hast du einen Schlüssel?"

Freisleder nickte: „Aber ich wär nur reingegangen, wenn ich mir Sorgen gemacht hätte. Ich hab gedacht, der ist entweder auch schnell was einkaufen oder er ist spazieren gegangen oder er ist raus zum Bockshof. Das hat er am Samstagvormittag öfter gemacht, weil er da ja frei hat und erst zur Abendmesse wieder da sein muss."

„Was ist denn mit der Abendmesse heut?", fragte die Reitingerin dazwischen, und das passte dem Thomas gar nicht, weil das ja auf ein völlig falsches Thema führte aus seiner Sicht.

„Die Kirche ist versiegelt", erklärte Freisleder. „Wer beten will, der muss nach Neukirchen."

„Er wollte also vielleicht zum Bockshof." Der Reitinger kam zurück zum Thema.

Freisleder nickte: „Der Pfarrer hat eben zur Familie gehört. Mehr zu der als zu seiner eigenen."

„Der hat doch gar keine Familie mehr im Ort", sagte der Reitinger.

„Da täuscht du dich aber“, widersprach die Mutter. „Dein Schulfreund Wachter, der ist der Sohn von einer Cousine vom Pfarrer. Hast des net gewusst?“

„Der Wachter ist doch auf die Kirche wie der Teufel aufs Weihwasser.“

Freisleder seufzte bekümmert, aber die Mutter sah sich genötigt, ihn zu verteidigen: „Aber er ist ein guter Doktor.“

„Was ist denn mit den restlichen Hintermayers?“

„Die Alten hatten nur den einen Sohn, den Emmeram. Der ist Pfarrer geworden. Dann sind sie gestorben. Und von allen entfernten Verwandten ist nur die Cousine in der Gegend geblieben. Die ist auch schon tot, aber der Wachter ist eben noch da.“

Reitinger dachte nach. Nie hatte der Wachter die Verwandtschaft mit dem Hintermayer erwähnt. Hatte er ihn so wenig gemocht? Hatte es ihm gar nichts ausgemacht, den gewaltsamen Tod eines Verwandten festzustellen?

„Also hast du dir nichts gedacht, dass du den Pfarrer nicht gesehen hast, und bist rüber in die Kirche.“

Freisleder nickte. Er hatte nun zu essen aufgehört und trank sein Bier leer. „Ich werd auf einmal so müd ...“

Die Reitingerin stand auf: „Ich mach uns einen Kaffee.“

„Vergelt's dir Gott, Theres“, seufzte Freisleder mit einem Augenaufschlag, der jedem Putto am Hauptaltar Ehre gemacht hätte.

„War der Pfarrer denn nie am Samstagvormittag in der Kirch?“, fragte Reitinger, während die Mutter sich um den Kaffee kümmerte und Kuchen aus der Speisekammer holte.

„Der war unter Tags ganz selten in der Kirch drüben“, schilderte der Freisleder. „Der kam kurz vor der Messe und ging nachher gleich wieder. Er hat gesagt, eigentlich sei er ja im Ruhestand und dass er das noch macht, sei doch bloß, damit die Helmeringer einen Pfarrer haben. Aber alles, was kompliziert ist und lang dauert, dafür ist der jüngere Kollege in Neukirchen zuständig.“

„Hat er's net gern gemacht?“

Freisleder zuckte die Schultern: „Er ist Pfarrer geworden, weil es die Eltern so gewollt haben und weil er selber gerne studiert hat. Er war bestimmt fromm, aber er hat's nie übertrieben.“ Wieder war Freisleder den Tränen nahe. „Vielleicht wollte er bloß das Messer holen, um sich das Brot aufzuschneiden. Er hat ja gewusst, dass ich es ihm hinlege."

„Warum hast es ihm eigentlich nicht ins Haus getragen, am Abend zuvor?"

„Er war net da, er war in der Stadt. Das hab ich gewusst. Er war bei einem Bruder im Herrn, der auch grade 80 geworden ist."

Einen Moment waren beide still, nur die Mutter klapperte mit den Tassen.

„Dann war alles, wie ich es dir in der Kirch schon erzählt habe", schloss der Freisleder Sepp ab. „Ich geh mit den Blumen in die Kirch. Seh, dass vor dem Beichtstuhl so ein Dreck auf dem Boden ist. Komm näher, denk, das sieht ja aus wie Blut. Mach auf ... und da kommt er mir schon entgegen. Mit dem Messer im Rücken."

Freisleder war nun doch wieder sehr erschüttert und fing an zu weinen. Reitinger klopfte ihm tröstend auf die Schulter, was Besseres fiel ihm auch nicht ein.

Als Retterin erschien die Mutter mit Kaffee und Kuchen, stellte beides ab und widmete sich dem Gast: „Musst net weinen, Sepp. Der Thomas tut alles, dass sie den Mörder finden. Bestimmt. Und der Herr Pfarrer hat's doch jetzt schön im Himmel."

Reitinger sah die Mutter irritiert an. Ob sie das für ihn tat? Oder hatte sie Mitleid mit dem armen Freisleder? Fand sie ihn doch nicht mehr so unsympathisch wie noch vor wenigen Tagen? Auf jeden Fall gab sie ihm ein großes Stück Kuchen, schenkte ihm Kaffee ein und lächelte ihm aufmunternd zu. Freisleder war so getröstet, dass er gleich wieder zu essen anfing.

*

Am späten Nachmittag war Lagebesprechung in der Redaktion. Es war ein Vorschlag vom Thomas gewesen, dass er sich mit dem Chef, einem Kollegen vom Sonntagsdienst und mit Aschenbrenner und Friedrich zusammensetzte, sie über die Aufgabenverteilung redeten und außerdem darüber, wie die Zeitung für den

Montag aussehen sollte, wie viel Platz die Helmeringer Ereignisse erhielten. Der Chef war beeindruckt von Reitingers Dynamik, und als der Thomas auch noch sagte, jetzt sei eben eine gewisse Systematik vonnöten, da nickte er bestätigend, während die Kollegen kaum noch den Mund zukriegten, weil der sonst so lethargische Fußballreporter auf einmal als Wortführer auftrat.

Thomas machte deutlich, dass bereits sehr viele andere Zeitungen und Zeitschriften ihre Journalisten nach Helmering geschickt hatten, auch Hörfunk und Fernsehen waren da. Die wichtigsten Informationen würden vermutlich sogar die Nachrichtenagenturen verbreiten. Wenn die Heimatzeitung einen Vorteil hätte, dann wäre es eben die Nähe zu den Menschen, die hier lebten. Er gehe davon aus, dass zahlreiche Helmeringer lieber ihm als einem anderen Journalisten Informationen gäben, und er würde dieses Potenzial – schon wieder ein Fremdwort – gerne im Sinne der Zeitung nutzen. Deshalb schlage er vor, dass der Kollege Aschenbrenner weiterhin die klassische Recherche mache, Kripo etc., während er sich mehr um die Hintergründe kümmere.

„Das haben wir doch bisher auch so gemacht", maulte Aschenbrenner.

Der Chef nickte: „Trotzdem ist es gut, dass Herr Reitinger einmal die Struktur genau benennt. Auch das Problem, dass andere Medien sich auf die beiden Morde stürzen – und wir unseren Standortvorteil und unser ureigenes Wissen in der Person des Herrn Reitinger zu nutzen wissen."

Reitinger grinste sich eins. Sollte Aschenbrenner sich mit Abramovic und anderen Instanzen auseinandersetzen, er hatte sich den besseren Job ausgesucht: in Helmering rumstreunen und Eindrücke sammeln. Er merkte aber auch, dass ihm die Sache wichtig war. Er wollte sich nicht vor der Arbeit drücken, sondern die Rolle des kritischen Beobachters einnehmen und schreiben, was mit einem Dorf geschieht, wenn dort ein Mörder umging. Und im besten Fall würde er vielleicht den Mord sogar klären. Irgendetwas war in seinem Heimatort nicht in Ordnung, dieses Gefühl ließ den Reitinger nicht mehr los. Wenn einen nichts so fertig macht wie die eigene Heimatstadt, so wie es auf der Karte der Kollegen stand, dann hatte ihn Helmering jetzt zum ersten Mal wieder gepackt, seit er ein Kind war. Damals war es das Gefühl, dass es hier so schön war wie nirgends sonst. Heute war es das Gefühl, dass er hier noch etwas zu erledigen hatte. Und nicht nur hier. Reitinger erklärte mit Einverständnis des Chefs die Sitzung für beendet und ging.

Wieder drückte er sich eine Weile vor dem Gespräch mit Lisa. Er fuhr hinters Westbad an die Donau, dort wo vor wenigen Jahren ein Strand aufgeschüttet worden war. Zwar hatte er seine Badehose nicht dabei und die Donau war nun sicherlich schon recht kühl, aber er wollte einfach mal ein bisschen entspannen, sich flussabwärts treiben lassen, dann gegen den Strom schwimmen, noch einmal die Arme ausbreiten und treiben, dann wieder zurück ans Ufer. Schön war es hier, niemand wollte an diesem späten Samstagabend noch ins Wasser, ein paar Spaziergänger und Radfahrer musterten ihn verwundert. Nach einer halben Stunde setzte er sich ans Ufer, sah hinüber zur anderen Seite, auf die Winzerer Höhen. Doch die Sonne war nicht stark genug, um ihn zu trocknen. Er begann zu frösteln, rieb sich das Wasser mit seinem T-Shirt ab, so gut es ging, zog das Hemd und die Hose an. Die nasse Unterhose zeichnete sich bereits ab, aber das war jetzt egal. Er musste sich eben zu Hause umziehen – und dann waren ein paar klare Worte fällig. Ob Lisa überhaupt da war?

Lisa allein zu Haus, stellte der Reitinger nicht ohne Schadenfreude fest. Seine Frau war geschminkt und gut gekleidet, saß aber einfach nur so im Wohnzimmer, als ob sie auf etwas wartete. Auf den Thomas wartete sie eindeutig nicht. Sie musterte ihn verwundert, wie er in seiner nassen Hose hereinkam. Dann nickte sie nur, als er ankündigte, dass er seine Sachen packen und für ein paar Tage nach Helmering gehen werde wegen der beiden Morde. Der Kripo-Beamte würde die nächsten Tage auch wenig Zeit für seine neue Flamme haben, da war Reitinger sicher. Abramovic wäre vermutlich öfter in Helmering als in Regensburg anzutreffen. Fast wollte er schon wieder zur Tür raus, da fiel ihm sein guter Vorsatz ein: Er musste endlich mit seiner Frau reden.

„Der Norbert hat mir gesagt, dass du die Scheidung willst und ihn als Anwalt", fing Reitinger sehr unvermittelt das Thema an, das ihm seit Tagen schon unter den Nägeln brannte.

Lisa stutzte zunächst, dann nickte sie. Thomas stellte seine gepackte Tasche ab und setzte sich zu ihr ins Wohnzimmer.

„Schade drum", sagte er leise. „Ich hätte es gerne noch mal probiert."

„Du hättest nur gern, dass alles so bleibt, wie's immer war."

„Das ist dir zu wenig."

„Allerdings."

Der Reitinger überlegte, wie er an dieses bitter herausgestoßene Wort anschließen könnte. „Hättest auch mal mit mir drüber reden können."

„Das versuch ich seit Jahren. Aber dir ist doch alles egal. Ich, dein Beruf, du bist dir doch selber völlig egal."

Das ist der alte Reitinger, dachte er, aber ich will mich ja ändern.

Lisa lachte nur, als er von seinen Vorsätzen erzählte. „Das ist schön, dass du nicht mehr am Spielfeldrand stehen und beobachten willst. Aber du redest von unserer Beziehung wie von einem Spiel."

Wieder falsch gemacht, dachte sich Reitinger und probierte es anders. „Wenn du dich unbedingt von mir trennen willst", sagte er, „dann lass uns doch wenigstens einen gemeinsamen Anwalt nehmen und das alles gütlich regeln. Das kann doch nicht so schwer sein: Wir haben beide einen Job, keine Kinder ..."

„Passt dir der Norbert nicht?"

„Ehrlich gesagt: nein. So verhält sich kein Freund. Und du hättest auch erst mit mir reden können, bevor du zum Anwalt rennst."

„Du bist ja nie da."

„Ich glaub eher, ich bin dir viel zu oft da." Das hatte gesessen. Der Reitinger stand auf.

„Ich denk, in einer Woche ist der Stress mit Helmering vorbei, egal ob sie den Mörder finden oder nicht. Ich komm dann wieder hierher zurück, denn das ist immer noch meine Wohnung genauso gut wie deine. Und von hier aus suche ich mir dann was Neues, wenn du mich unbedingt los sein willst. Aber vorher will ich den Commissario hier nicht mehr sehen."

„Ich kann Besuch haben, so viel ich will."

„Der kann sich sowieso bei mir bedanken, dass ich ihn heute Morgen angerufen hab."

„Du wolltest nur, dass er von hier verschwindet."

Der Reitinger lächelte und nahm seine Tasche. „Das war eigentlich auch schon wurscht. Er ist ja nicht erst zum Frühstück gekommen, oder?"

Die Lisa gab ihm keine Antwort. Sie sah trotzig in die Ecke. Bockig wie ein kleines Kind, dachte er und merkte, dass er sie immer noch mochte. Er stellte seine Tasche noch einmal ab und ging zu ihr.

„Wirklich schade um uns beide. Mir tut's jedenfalls leid." Dann ging er. Gut fühlte er sich nicht.

*

So voll war es beim Hitzlkofer im Wirtshaus vermutlich seit Jahren schon nicht mehr gewesen wie an diesem Samstagabend. Fast alle Tische waren besetzt, doch am Stammtisch blieb es merkwürdig leer und still. Der Fritz Löbl war da, der Hitzlkofer selbst saß da, der Doktor Wachter hatte sich dazugesetzt. Das war es aber schon. Die vertraute Runde war dezimiert durch die Morde am Schindler und am Pfarrer. Freisleder blieb zu Hause, er trauerte um den Pfarrer. Neubauer kam nicht mehr, seit sie seinen Sohn Bernhard vorübergehend festgenommen und verdächtigt hatten. Das letzte Aufgebot, dachte Reitinger und gesellte sich zu ihnen.

Lauter ging es hingegen in der Ecke zu. Dort saßen die Vertreter verschiedener Zeitungen und Zeitschriften, die auf das „Mörderdorf" angesetzt worden waren. Aschenbrenner und Friedrich allerdings fehlten. Der einzige Mann vor Ort war Reitinger. Das hatte er gut hingekriegt, fand er selbst. Die Konkurrenz aus dem eigenen Haus hatte er sich vom Hals geschafft, die mussten sehen, dass sie Infos von der Polizei bekamen. Und ob die Gestalten da im Eck ihm die Geschichte kaputt machen konnten, das bezweifelte er. Einige von ihnen hatten sich schon unbeliebt gemacht.

„Der da hinten", sagte der Wachter, „der ist heute mit der Kamera auf der Schulter die Dorfstraße rauf- und runtergerannt und wollte jeden interviewen."

„Mich auch", bestätigte Löbl. „Ich hab einfach nichts gesagt und gradeaus in die Kamera geschaut. Da hat er gesagt: Rede doch, Mann! Da hab ich dann doch was Grobes gesagt, aber das wird er nicht senden."

„Bei mir wollten sie schon Lampen aufstellen und drehen", erzählte Hitzlkofer. „Aber das habe ich ihnen verboten, die sollen meine Gäste in Ruhe lassen."

Der Löbl und der Wachter nickten.

„Bei meinem Schwager waren sie auch schon im Rathaus. Aber der Hartmut redet ja gern, vor allem vor laufender Kamera und mit den Journalisten", meldete sich wieder der Doktor zu Wort.

„Des gehört doch für den Bürgermeister zum Job", wusste der Hitzlkofer.

„Ich glaub, er wär froh, wenn's endlich vorbei wär. So eine negative Presse und dann noch mit zwei Morden im Fernsehen, das sehen die Parteifreunde auf höherer Ebene gar nicht so gern. Der Hartmut würde lieber mit Positiv-Meldungen auffallen."

„Ein neues Gewerbegebiet", brummte Löbl, „ein Haufen Geld in der Gemeindekasse und ein Wahlergebnis von 60 Prozent."

Der Wachter nickte: „So ähnlich stellt sich der Hartmut das vor."

„Was will er denn noch werden?", erkundigte sich Hitzlkofer. „Landrat? Oder will er in den Landtag?"

Der Wachter sah auf den Reitinger und grinste. „Das würdest du auch gern wissen für deine Zeitung, gell?"

„Ich bin nicht wegen der Karriere von deinem Schwager da, sondern wegen der beiden Toten."

„Was denkst du, wer's war?"

„Komisch ist das schon. Der Schindler und der Hintermayer mochten sich nicht. Dann werden sie auf dieselbe Art und Weise umgebracht."

Eine Weile schwiegen sie und hörten zu, wie sich die Journalisten am Ecktisch gegenseitig Informationen und Tipps zuschoben. Manche Halbwahrheit hörten sie, grinsten sich wissend an, nickten sich zu, sagten aber nichts.

„Wo übernachten die alle?", fragte der Wachter und sah den Hitzlkofer an.

„So viele Zimmer hab ich gar net", bekannte der. „Manche haben sich in Neukirchen in der Post einquartiert. Ein paar fahren angeblich heut noch nach Regensburg oder nach München zurück."

„Da möchte ich nicht auf der Straße sein", knurrte der Löbl, und der Doktor lachte: „Du bleibst doch sowieso, bis der Hitzlkofer zumacht."

Fritz Löbl fand das nicht lustig und bestellte gleich noch eine Halbe.

„Wissen die nicht, dass du auch von der Zeitung bist?", fragte der Wachter interessiert.

Reitinger sah in die Ecke und überlegte: „Der Große da, der ist vom lokalen Fernsehen. Der müsste mich eigentlich vom Sehen kennen, weil der manchmal auch auf dem Fußballplatz filmt. Aber wenn er nichts mit mir zu tun haben will, ist es mir sowieso lieber."

„Bist irgendwie anders als die da", stellte der Hitzlkofer fest.

„Ich möchte noch öfter hierherkommen", erklärte Thomas Reitinger. „Da führt man sich nicht auf wie die Sau."

„Gehen die erst wieder, wenn die Morde geklärt sind?", wollte der Löbl wissen und warf der Meute einen verächtlichen Blick zu.

„Es ist Wochenende und ziemlich wenig los", mutmaßte Reitinger. „Deshalb haben sie gedacht: Nehmen wir die Geschichte in Helmering. Wenn am Montag was Größeres passiert, dann sind die gleich wieder woanders."

Einen Moment waren sie still, dann beugte sich der Hitzlkofer vor und sprach leiser. „Blöd für den Freisleder Sepp, dass immer er die Leichen findet ... Das Messer soll ja auch noch von ihm gewesen sein."

Löbl wurde hellhörig. „Meinst doch net, er hat was damit zu tun."

Sie wechselten seltsame Blicke.

„Ich möcht net in seiner Haut stecken", setzte der Hitzlkofer nach.

„Hat eigentlich der Neubauer Bernhard ein Alibi für den zweiten Mord?", fiel scheinbar plötzlich dem Löbl ein.

Reitinger schluckte. Daran hatte er noch gar nicht gedacht. Kaum war der Bernhard auf freiem Fuß, gab es eine zweite Leiche. Aber was hätte er gegen den Pfarrer haben sollen? Mit dem Schindler war er wenigstens noch zerstritten, aber mit dem Pfarrer?

„Wer erbt eigentlich vom Pfarrer?", warf der Reitinger scheinbar unauffällig ein.

Der Hitzlkofer sah direkt auf den Doktor: „Wachter, ich glaub, das Zeug vom Pfarrer kriegst du."

„Macht mich des jetzt verdächtig?", fragte der Arzt etwas zu aggressiv. „Hat schon mal jemand überlegt, wer beim Schindler erbt? Ich nicht."

Alle sahen unauffällig zum Löbl Fritz, der bedächtig sein Bier trank. „War beim Alois was zu erben?", fragte er. „Da wisst ihr aber mehr als ich."

Reitinger beschloss, zum Nachdenken aufs Klo zu gehen, und stand auf. Doch der Kollege vom Lokalfernsehen kam nach.

„Servus, Thomas", sagte er und grinste.

„Ah, der Pit."

„Was meinst du, was hinter der Mordserie steckt? Du bist doch von hier."

„Ich weiß gar net, ob zwei schon eine ganze Serie sind", wich Reitinger aus.

„Ich hab mich erkundigt. Statistisch gesehen reichen die zwei Morde für die nächsten hundert Jahr. Mehr sind zwischen 1900 und 2000 auch nicht umgebracht worden, sagt der Bürgermeister."

„Ich glaub, da haben's ein paar vergessen", meinte Reitinger, „zwischen 1940 bis 1945 sind schon Leute verschwunden aus Helmering ..."

In diesem Moment kam ihm ein seltsamer Gedanke, aber leider konnte er ihn nicht zu Ende denken, denn Kollege Pit redete sofort weiter.

„Das war doch ganz was anderes", sagte der Fernsehjournalist.

„Eben. Nach denen hat keiner gefragt."

„Jetzt werd bloß nicht zynisch", meinte Pit, und Reitinger musterte ihn verärgert: „Wenn ich sag, da sind Leut umgebracht worden, dann ist das bloß wahr."

„Aber in der Zeit ..."

Für den Reitinger war das Gespräch beendet. Er machte seine Hose zu und wollte gehen, um anderswo nachzudenken. Pit beeilte sich, ebenfalls einzupacken, und stellte sich ihm in den Weg.

„Thomas, bloß eine Bitte."

Das hatte Reitinger befürchtet.

„Ich muss den Mann sprechen, der die beiden Leichen gefunden hat."

„Es geht ihm wirklich net gut."

„Aber mit dir hat er doch bestimmt geredet."

Dazu sagte der Reitinger lieber nichts.

„Wenn ich den morgen für die Abendsendung hätte, bloß ein oder zwei Statements ..."

„Ich glaub net, dass er das will."

„Wenn du ihn fragst, macht er's bestimmt."

Reitinger wollte dringend hinaus, seinen Gedanken zu Ende führen.

„Ich kann mich auch einfach mit meiner Kamera vor seine Tür stellen und warten, bis er rauskommt", drohte Pit.

Das wollte Reitinger dem Freisleder nicht antun. Lieber vorwarnen. „Ich red morgen früh mit ihm", versprach er, und Pit drückte ihm noch seine Visitenkarte mit Handynummer in die Hand.

„Ruf mich dann gleich an. Du hast was gut bei mir."

Das hatte Reitinger dem Freisleder auch schon mal gesagt. Und so dankte er es dem Mesner, indem er ihm einen Fernsehmann auf den Hals hetzte. Da wollte Reitinger lieber nicht wissen, wie der Dank von Pit aussehen mochte.

Thomas ging nicht gleich zurück in die Wirtsstube, sondern setzte sich auf die Bank vor dem Wirtshaus. Es war ein lauer Abend. Er starrte auf den dunklen Dorfplatz, auf die etwas erhöht stehende Kirche, den stillen Friedhof. Ihm fiel nicht mehr auf Anhieb ein, was er vorher so wichtig gefunden hatte beim Gespräch mit Pit. Es ging um Mord, es ging um Verschwinden ... Da, jetzt hatte er es wieder: Verschwunden aus Helmering, das war das Stichwort gewesen. In den Sechziger Jahren war noch einer aus Helmering verschwunden. Jakob Löbl vom Bockshof. Einfach so verschwunden. Nach Amerika. Hat einen Brief an seine Frau geschrieben und ist weg. Hat sich bei niemandem mehr gemeldet. Er würde noch mal die Kati besuchen. Irgendwie zog es ihn dorthin. Und er redete sich ein, es seien berufliche Motive. Denn der Schindler war mit den Löbls verwandt und der Pfarrer ihr bester Freund. Dass es ihm um Kati ging, das wollte er sich nicht eingestehen. Sein Leben war schon kompliziert genug.

Thomas kehrte in die Stube zurück, zahlte gleich und ging heim. Pit würdigte er keines Blickes. Den wenigen verbliebenen Stammtischbrüdern sagte er nur, dass er ja am nächsten Tag arbeiten müsse. Eine große Geschichte schreiben über Helmering.

„Schreib bloß net Mörderdorf", warnte ihn der Wachter. „Sonst operier ich dich persönlich."

„Und ich assistier ihm", pflichtete Rudi Hitzlkofer bei.

Reitinger wusste nicht, was schlimmer wäre.

7.

Sonntagmorgen beim Joggen kam dem Reitinger ein seltsamer Gedanke. War nicht eigentlich für den Dienstag die Beerdigung vom Schindler angesetzt? Wie sollte die stattfinden, wenn die Kirche in Helmering jetzt versiegelt war? Er beschloss, morgen nach Neukirchen zu fahren und mit dem Bürgermeister zu reden. Dann ging er das durch, was er schon wusste, und überlegte sich, wie er seinen Hintergrundbericht für die Zeitung aufziehen könnte. Dass nichts mehr hier so sein würde, wie es bisher war, das wollte er schreiben, dass ein Mörder hier unterwegs war. Stand noch jemand auf der Liste des Täters? Oder war es nicht nur einer?

Wenn ein Fußballer den verhassten Trainer Schindler um die Ecke gebracht hatte, wer war dann für den Mord am Pfarrer verantwortlich? Trainer und Pfarrer hegten eine tiefe Abneigung gegeneinander. Beim besten Willen fiel ihm nichts ein, warum ein Täter erst den einen und dann den anderen hätte erstechen sollen. Hatte einer aus dem Dorf einen Groll auf den Pfarrer und nahm den Mord am Schindler zum Anlass, um Hintermayer auf dieselbe Art und Weise zu töten in der Hoffnung, alle würden denken, es sei nur ein Täter gewesen?

Vielleicht sollte er noch einmal mit dem Neubauer reden, um mehr über den Schindler und seine Feinde zu erfahren. Jetzt, wo sein Sohn Bernhard nicht mehr unter Verdacht stand, würde er sich hoffentlich wieder beruhigt haben. Gestern am Stammtisch, das war vielleicht nicht ganz ernst gewesen. Aber dennoch war die Frage da: Wer profitierte von den Morden? Wer erbte? War der Bernhard vielleicht doch nicht so unschuldig? Beide Tote hatten nur wenig gemeinsam: Beide wohnten in Helmering, beide waren vom Freisleder gefunden worden, und beide hatten irgendeine Verbindung zum Bockshof.

Nicht ganz zufällig führte die Laufstrecke des Reitinger wieder auf den Hügel, von dem aus er den Bockshof gut sehen konnte. Er blieb kurz auf der Anhöhe am Waldrand stehen, blickte über die Senke auf den nächsten Hügel, wo Wohnhaus, Stadel und Stallgebäude einen schönen Vierkanthof bildeten, überlegte dann, wie weit es wohl dorthin war, und beschloss, einfach mal daran vorbeizulaufen.

Er war schon recht nah beim Hof, als er die Familie Löbl aus dem Haus kommen sah: Kati und ihr Mann Stefan, die drei Kinder und die Oma. Offenbar fuhren sie nach Neukirchen in die Sonntagsmesse. Reitinger blieb enttäuscht stehen, beobachtete noch, wie sie in das Auto stiegen, dann drehte er so ab, dass er im Gehölz verschwinden konnte und nicht auch noch vom Stefan gesehen wurde. Darauf hatte er nun gar keine Lust. Er konnte sich vorstellen, was ein Landwirt von joggenden Städtern hielt, noch dazu, wenn sie so langsam und mühsam daherkamen wie er.

Reitinger lief wieder nach Hause, duschte und begann mit der Arbeit. Er ließ seinen Artikel am Stammtisch beginnen und am Stammtisch enden, er erwähnte nicht die vielen Kollegen, die im Eck saßen, sondern schrieb davon, dass zwei der treuesten Stammgäste des Hitzlkofer umgebracht worden waren. Dann überlegte er, ob das jetzt taktlos war, denn dass die übliche Runde immer kleiner wurde, das war wohl das kleinste Problem nach den Morden. Er löschte einen Teil seines Artikels und zog die Sache etwas anders auf, ließ einige Leute zu Wort kommen, stellte Mutmaßungen an, erwähnte dann doch die vielen Fremden im Ort, die jetzt über Helmering berichteten, und legte ihnen die Spekulationen in den Mund, die er selbst nicht ohne weiteres anstellen wollte. Dabei kam er sich zwar feige vor, aber einer der Kollegen vom Fernsehen oder von der Boulevardzeitung hatte bestimmt das oder so etwas Ähnliches gesagt: Dass diese Verbrechen den Ort vollkommen veränderten, dass nie wieder alles so sein würde, wie es war, dass es so aussah, als stünde ein dunkles Geheimnis hinter der ganzen Sache, dass vielleicht noch ein weiterer Mensch in Gefahr sei, aber niemand wissen könne, um wen es sich dabei handelte.

Besonders begeistert war Reitinger von seinem Artikel nicht, aber es war alles drin, was zu einem guten Hintergrundbericht gehörte, und besser konnte er es heute nicht. Er erwähnte noch den Sepp Freisleder: Ein frommer und hilfsbereiter Mann, der nun völlig verstört sei, der den Ort, in dem er geboren worden war, nicht mehr wieder erkenne.

Jetzt packte Reitinger doch der Ehrgeiz, er ging noch einmal zurück an den Anfang seiner Geschichte, trimmte sie etwas mehr auf den Freisleder hin, betrachtete die Veränderung des Ortes mit seinen Augen, machte ihn zum Helden seiner Geschichte. Dann fiel ihm ein, dass er dem Kollegen vom Fernsehen versprochen hatte, für ihn beim Freisleder ein gutes Wort einzulegen. Er speicherte seinen Artikel, um ihn nach dem Mittagessen noch einmal zu lesen und an die Redaktion zu schicken, dann ging er aus dem Haus.

Die Mutter fuhr gerade in die Garage, also war die Messe in Neukirchen zu Ende und der Freisleder müsste auch schon zu Hause sein. Reitinger sagte der Mutter, dass er in zwei Stunden zum Mittagessen wieder da sei, dann machte er sich auf die Suche nach dem Mesner.

Im Wirtshaus war er nicht zum Frühschoppen erschienen, überhaupt war keiner außer dem Fritz Löbl am Stammtisch. Reitinger ging gleich wieder und traf den Freisleder auf dem Friedhof, wo er auf einer Bank saß und traurig auf die immer noch versiegelte Kirche sah.

„Harte Tage, Sepp."

Der Sepp nickte.

„Wer tut denn dem Pfarrer was?" Reitinger versuchte, das Gespräch in Gang zu kriegen.

„Darüber denk ich auch die ganze Zeit nach", seufzte der Freisleder.

„Was ist, wenn der Mörder noch mehr Leut auf seiner Liste hat?"

Freisleder sah ihn erschrocken an. „Meinst doch net mich?"

„Weiß ja keiner, was der überhaupt will. Kann genauso gut ich sein, den er umbringt."

Eine Weile schwiegen sie, und Reitinger überlegte die ganze Zeit, wie er das Thema auf Pit lenken konnte. Da ihm so gar nichts einfiel, ging er einfach ganz direkt vor. „Ich muss dir was sagen, Sepp. Gestern hat mich ein Kollege angesprochen beim Wirt, der würde dich gerne filmen für das *Abendjournal* im Regensburger Kanal. Weil du doch der wichtigste Zeuge bist."

Ob das nun stimmte oder nicht, es wirkte auf alle Fälle. Anders als der Reitinger erwartet hatte, zierte sich Freisleder überhaupt nicht und erklärte sich sofort zu Filmaufnahmen bereit. Er würde ein paar Fragen beantworten, vielleicht könnte man ihn ja auch hier vor seiner Kirche filmen. Freisleder fand, er sei nun einmal vom Herrgott ausersehen worden, die Toten zu finden, und darüber müsse er der Welt auch erzählen, weil er eine Verantwortung habe, zur Aufklärung beizutragen. Dass dem Kollegen weniger an der Aufklärung als vielmehr an guten Bildern und Statements gelegen war, das sagte der Reitinger lieber nicht. Er zog sein Handy heraus, gab Pit Bescheid, dass der Freisleder mitmachen würde, und bestellte ihn für 14 Uhr auf den Friedhof. Der Fernsehreporter war begeistert.

Kaum hatte er das Gespräch beendet, rief die Mutter an: „Wenn du irgendwo im Dorf den Freisleder siehst, kannst ihn gerne zum Essen mitbringen. Ist ja doch ein armer Kerl, gerade jetzt."

Reitinger linste auf den armen Kerl, der neben ihm auf der Friedhofsbank saß und laut überlegte, was der Journalist vom Fernsehen ihn wohl fragen würde und ob er sich umziehen solle. Er gab die Einladung der Mutter weiter, aber der Sepp schüttelte den Kopf.

„Ich muss mich jetzt aufs Fernsehen konzentrieren."

Die Mutter nahm die telefonisch übermittelte Absage gelassen auf, aber Reitinger überlegte, während er über den Friedhof ging, ob vielleicht die Mutter jetzt doch Gefallen am Freisleder gefunden hatte und ob der jetzt weniger Freude an ihr hatte, nachdem sie sich ihm zuwandte. Er konnte sich noch erinnern, dass Lisa sich auch erst für ihn interessiert hatte, nachdem er es fast schon aufgegeben hatte, und er überlegte, ob dieser Trick jetzt, nach fast zehn Jahren, wo sie scheinbar am Ende ihrer Ehe angekommen waren, noch einmal funktionieren würde.

Er blieb am Grab seines Vaters stehen, dachte darüber nach, welche Hoffnungen der Dorfschullehrer in seinen einzigen Sohn gesetzt hatte, und bedauerte selbst, dass er nicht der Sohn war, den der Vater sich gewünscht hatte. Er rupfte ein paar Gräser aus, die auf dem Grab sicherlich nichts verloren hatten. Dann machte er sich auf den Heimweg.

Unterwegs fiel ihm noch ein, dass er jetzt die Geschichte mit dem Freisleder würde umschreiben müssen. Wenn der Mesner heute Abend im Fernsehen schon seine Sicht der Dinge kundtun durfte, dann war es sicherlich nichts Besonderes, wenn er morgen auch Held von Reitingers Hintergrundbericht war. Das hatte er nun von seiner Hilfsbereitschaft und Gutmütigkeit. Pit hatte den besten Zeugen von allen vor der Kamera.

Als er mit der Mutter das *Abendjournal* ansah, da blieb ihm dann doch die Luft weg. Was der Freisleder da erzählte, das hatte er Reitinger nicht gesagt. Frei weg redete er über das, was die Polizei ihn gefragt hatte, verriet indirekt Ermittlungsergebnisse, die Reitinger in seinem Artikel auch gerne gehabt hätte. Da stand er vor seiner Kirche im guten Trachtenanzug und redete in bemühtem Hochdeutsch, als hätte er seinen Text auswendig gelernt.

„Da hat mich der Herr Kommissar noch gefragt, ob ich nicht die verwischte Blutspur gesehen hab, die wo aus der Sakristei bis zum Beichtstuhl geführt hat. Weil doch der Verbrecher den Pfarrer in der Sakristei erstochen hat. Aber ich hab nur den Dreck vor dem Beichtstuhl selber gesehen, das wo eigentlich das Blut vom Herrn Pfarrer war."

Der Reitinger wurde weiß im Gesicht. Er holte sich Papier und Stift und machte sich schnell Notizen. Die Mutter sah ihn fragend von der Seite an. „Das hat er mir nicht erzählt, der Depp", zischte Reitinger und schrieb schnell weiter, denn Freisleder stand nun schon in der nächsten Aufnahme vor dem Friedhof und redete wieder munter drauflos.

„Vielleicht, sagt der Herr Kommissar, hat den Pfarrer einer in aller Früh angerufen und ihn unter einem Vorwand in die Kirche gelockt. Was das für ein Vorwand sein könnte, das wollte er von mir wissen."

„Was der alles weiß", murmelte die Mutter.

„Trottel, Idiot", Reitinger konnte sich gar nicht mehr beruhigen.

„Er hat's bestimmt nicht bös gemeint", entschuldigte die Mutter ihren Verehrer. Aber der Reitinger machte den Fernseher lauter, denn der Freisleder erzählte weiter.

„Und ob ich einen kenn, der wo mit links genauso gut ist wie mit rechts", sagte Freisleder noch. „Weil doch der Schindler von einem Linkshänder erstochen worden ist, der Pfarrer aber von einem Rechtshänder."

Dem Reitinger blieb fast das Herz stehen. Was hatte er sich da eingebrockt?

„Aber ich kenn keinen", schloss der Freisleder. „Vielleicht sollten wir besser schauen, wer mit rechts und links gleich gut kann?"

Da platzte dem Reitinger der Kragen. „Du bist doch dümmer, als die Polizei erlaubt!", schrie er den Freisleder an, wie er da im Bildschirm auf dem Friedhof stand und unbekümmert plauderte.

„Sei still, man hört ja gar nichts", wollte ihn die Mutter dämpfen.

„Das ist mir wurscht!", brüllte er. „Himmelherrgottsakramentkreuzkruzifix, das kann der doch net machen! Ich kümmer mich um den Trottel, lad ihn zum Essen ein …"

„Ich koch", unterbrach die Mutter ihn spitz.

„Jetzt fall mir du auch noch in den Rücken", schrie er sie an, „dieser Depp gehört doch ins Narrenhaus!" Dabei warf er mit einem Kissen nach dem Fernseher.

Therese Reitinger sah ihren Sohn kopfschüttelnd an, als würde sie sich überlegen, ob das nicht auch ein guter Aufenthaltsort für ihn wäre.

„Von mir hast des net", murmelte sie. „So unbeherrscht … nein, das gefällt keiner Frau."

„Fang jetzt net noch mit der Lisa an, ich hab wirklich Ärger genug", tobte er weiter und redete immer mehr Dialekt, je wütender er wurde. „Mei ganze Gschicht ist im Arsch, alles Blödsinn, wenn man des gsehn hat!"

Die Mutter mochte es nicht mehr ertragen. Sie stand auf und ging. „Wenn du dich wieder beruhigt hast, darfst dich bei mir entschuldigen."

Dem Reitinger war noch lange nicht nach Entschuldigen zumute. Er hörte noch den letzten Satz, den der Freisleder im Fernsehen sagte: „Ich hab dem Pfarrer immer geholfen. Alles reparieren, dann den Garten. Er war ja doch ein alter Mann, aber noch ziemlich auf Zack, grade wenn's um die Religion gegangen ist."

Reitinger wurde etwas ruhiger, weil der Freisleder endlich etwas erzählte, was er auch schon gewusst hatte. Er atmete tief durch, er hob das Kissen auf, kam sich auf einmal ein bisschen albern vor. Dann holte er den Schnaps aus dem Schrank: Auf diesen Schock ein Stamperl oder zwei.

Kurz darauf rief er in der Redaktion an: Er müsse noch was an dem Artikel ändern.

Der Kollege lachte: „Steht alles nicht drin in deinem Sermon, was der Mesner da grade erzählt hat, oder?"

„Red jetzt nicht blöd daher", fauchte Reitinger. „Sonst weiß ich nicht, was geschieht."

„Kommst an Pressekarten für den FC Bayern?"

„Erpressung."

„Eine Hand wäscht die andere."

Reitinger baute in seinen Artikel noch das ein, was der Freisleder bereits in aller Öffentlichkeit kundgetan hatte. Währenddessen trank er weiter den Schnaps, der vermutlich seit dem Tod seines Vaters unangetastet im Schrank stand. Jedes Glaserl schmeckte besser als das vorherige. Wenn das Brennen nachließ, schmeckte er sogar, dass es Zwetschge war. Als er ins Bett fiel, spürte er allerdings gar nichts mehr. Nicht einmal seinen Ärger über den Freisleder.

8.

Es regnete am nächsten Morgen, und Reitinger verzichtete gern aufs Laufen, zumal ihm sein Schädel sehr weh tat und er einen unglaublichen Durst hatte. Er übersah geflissentlich den vorwurfsvollen Blick der Mutter, die gerade die leere Schnapsflasche entsorgte, setzte sich an den Frühstückstisch, überflog seinen Artikel, konnte keine gröberen Fehler feststellen, allerdings hatten die nachträglich eingebauten Freisleder-Informationen sein Kunstwerk völlig verändert. Dafür aber konnte man ihm nicht nachsagen, er hätte etwas Wesentliches ausgelassen. Das Handy hatte er vorsichtshalber mal abgestellt. Er wollte nicht vor der ersten Tasse Kaffee vom Chef gestört werden.

„Moment, ich hol ihn", hörte er da die Mutter aus dem Wohnzimmer sagen. Sie kam mit dem Telefon: „Dein Chef."

„Eine seltsame Mischung, lieber Reitinger", meinte der. „So featuremäßig aufgezogen, zwischendrin ein paar Informationen geklatscht, die an dieser Stelle überhaupt nichts zu suchen haben.

Sie werden doch vor lauter Sportberichterstattung nicht den klassischen Journalismus verlernt haben?"

Wenn es sogar der Chef gemerkt hat, dann muss es wüst sein, dachte Reitinger.

„Außerdem. Ich möchte in unseren Artikeln nichts lesen, was am Vorabend schon im *Abendjournal* kam, sondern was Neues. Sie sind doch von dort! Nutzen Sie Ihren Vorteil! Und überlassen Sie nicht den Kollegen das Feld."

Der Ton vom Chef wurde nun deutlich schärfer, und Reitinger bedauerte, dass er am Wochenende nicht am Spielfeldrand bei irgendeinem Bezirksoberliga-Kick gestanden und stattdessen den Kollegen vom Fernsehen mit dem Freisleder zusammengebracht hatte.

„Ich denke, wir sollten nachlegen", schloss der Chef. „Morgen möchte ich etwas in der Zeitung lesen, was die anderen nicht haben. Und Sie werden mir diese Informationen besorgen."

Schlagartig fiel dem Reitinger wieder ein, was am Leben eines kleinen Sportreporters so schön war: Der Chef interessierte sich nicht dafür. Er legte das Telefon zur Seite, nahm sich Kaffee, holte sich Zettel und Stift.

Die Mutter sah ihn besorgt an. „War der Chef net zufrieden?"

„Er hätte gern mehr Sensation, glaub ich."

„Mir hat dein Artikel gefallen."

„Danke, Mutter."

Die Reitingerin trug das Telefon zurück ins Wohnzimmer. Thomas trank einen kräftigen Schluck Wasser, suchte nach Aspirin im Küchenschrank und grübelte. Wie sollte er nun weiter vorgehen?

Erst wollte er mit dem Bürgermeister reden. Vielleicht war der auch von der Kripo verhört worden. Vielleicht wusste der auch schon mehr als er selbst. Auf jeden Fall konnte er auf der Gemeinde ein paar Daten und Fakten holen. Wie lange war der Schindler im Wertstoffhof gewesen? Wann genau war der Pfarrer nach Helmering zurückgekommen? Wann wird die Kirche wieder aufgemacht? Wie ist es mit der Beerdigung vom Schindler? Er notierte sich alle Fragen.

Die Mutter kam vom Wohnzimmer zurück, redete ihn aber nicht an, sondern setzte sich an ihren Platz, beobachtete still und mit besorgter Miene, wie er zwei Aspirin in Wasser auflöste.

Den Besuch bei der Kati würde er wohl verschieben müssen. Was wollte er jetzt auf dem Bockshof? Aber mit dem Freisleder musste er noch mal reden und ihm behutsam klarmachen, dass er ihm alles zuallererst erzählen sollte, dann kamen erst die anderen. Bestimmt hatte Freisleder es nicht böse gemeint, aber das half ihm ja auch nichts.

Den Aschenbrenner musste er auch anrufen, denn es fand sicherlich eine Pressekonferenz von der Kripo statt – und Arsch würde gewiss hingehen. Friedrich sollte ein paar Fotos in Helmering machen – auch von der versiegelten Kirchentür und vom Freisleder. Worum der Reitinger sich alles kümmern musste, seit er seinen Beruf ernst nahm!

Wo blieb das Privatleben? Wann würde er mal Zeit und Ruhe haben, um mit Lisa zu reden? Dann wollte er doch zu einem Anwalt gehen. Früher hätte er solche Dinge aus Bequemlichkeit verschoben, aber jetzt sollte es mit der Gemütlichkeit ja vorbei sein. Lustlos biss er in ein Stück Brot. Sollte es ihn trösten, dass der Kommissar auch nicht mehr Zeit für Lisa hatte als er? Er würde am liebsten selbst mit der Kripo reden, aber nicht mit dem Abramovic. Und die Meyerbeer? Vielleicht wenn er mit dem Rennrad bis Nürnberg und zurück fahren könnte ... Aber die Meyerbeer würde er nie einholen, keine Chance für den untrainierten Sportreporter, der seinen dicken Kopf pflegte. Den Wachter wollte er noch fragen – nach Rechts- und Linkshändern. Konnte ein Mensch mit beiden Armen gleich stark sein?

Reitinger wollte gerade aufstehen und gehen.

„Fährst zum Bockshof?“, fragte die Mutter. Thomas schüttelte den Kopf.

„Ich glaub, da gibt's die nächste Leich.“

Reitinger sah seine Mutter überrascht an.

„Ich mein net einen Mord“, korrigierte sie sich. „Aber die Löblin, die hab ich gestern in der Kirch gesehen – und die hat wirklich ganz schlecht ausgeschaut. Das mit dem Pfarrer, das nimmt die schon arg mit."

Reitinger nickte nur zerstreut und packte seine Sachen zusammen.

„Sie hat mir dann erzählt, dass sie's am Herzen hat", fuhr die Mutter fort. „Und dass der Stefan sie heute Morgen zum Spezialisten in die Stadt bringt."

Jetzt horchte Thomas auf. Die Löblin musste zum Spezialisten, der Sohn fuhr sie hin ... Vielleicht war es doch besser, er fuhr erst zur Kati. Die Gelegenheit war günstig. Der Bürgermeister, den konnte er auch nachher noch besuchen.

„Servus, Mutter."

„Musst in die Redaktion?", wunderte sich die Reitingerin.

Er schüttelte nur den Kopf, warf einen kritischen Blick in den Spiegel, der über dem Waschbecken hing, und ging dann los.

Die Reitingerin seufzte. Dass die Männer immer gingen, wie sie grade wollten. Ohne zu sagen wohin und vor allem, wann sie wiederkämen. Glaubte ihr Sohn wirklich, sie habe nichts anderes zu tun, als ständig auf ihn zu warten, hinter ihm herzuräumen und für ihn zu kochen? Hätte der Thomas doch noch einen Moment gewartet. Sie wollte ihm doch sagen, dass sie heute in die Stadt fuhr. Einfach mal was anderes sehen, auf andere Gedanken kommen. Auch sie drückten die Todesfälle in Helmering.

Sie räumte den Frühstückstisch ab, zog sich schön an und sah auf den Busplan. Sollte sie dem Thomas einen Zettel schreiben? Aber warum denn? Er sagte auch nie, wo er war. Sie machte sich einfach einen schönen Tag. Dass sie weg war, würde er gar nicht merken.

Kati war gar nicht da. Wahrscheinlich in Helmering einkaufen. Da hätte er sie sicher treffen können, aber wie ein verliebter Gockel ist er gleich auf den Bockshof gefahren. Vor der Hundehütte saß der Arco. Er scherte sich nicht um den Besucher, er machte sich nicht einmal die Mühe zu bellen, sondern nagte an einem großen Knochen.

Reitinger stutzte. Was mochte das für ein Tier gewesen sein? Ein Hirsch? Eine Wildsau? Er ging näher hin, den Arco störte das nicht. Reitinger beugte sich hinunter, aber der Hund reagierte kaum auf ihn, schnupperte kurz und wandte sich dann wieder seinem Knochen zu.

Erschrocken drehte Thomas sich um, als er das Geräusch eines Autos hörte. Kati fuhr auf den Hof, parkte neben dem Misthaufen und stieg aus.

„Nimm dem Arco bloß sein Spielzeug nicht weg, sonst wird er grantig."

„Wo hat er denn diesen Riesenknochen her?"

Kati hob ihren Einkaufskorb vom Beifahrersitz und kam näher. „Der Stefan hat letzte Woche im Wald gearbeitet. Sich endlich mal um die Sturmschäden gekümmert. Einige Bäume waren entwurzelt. Und der Arco hat eben einen Knochen gefunden."

„Hast du eine Ahnung, von welchem Tier der sein kann?"

„Ein größeres bestimmt."

„So schlau war ich schon."

„Dann ist es ja gut."

Reitinger richtete sich auf und lächelte sie an. „Schön, dich zu sehen."

„Ich hab leider wenig Zeit. Ich stell nur die Sachen in den Kühlschrank und geb dem Hund sein Futter, dann bin ich wieder weg."

Reitinger schaute sie enttäuscht an.

Kati lächelte. „Der Stefan ist mit der Mutter in die Stadt, und die Kinder sind bei meinen Eltern in Helmering. Die Zeit muss ich nutzen, so viel Ruhe hab ich sonst nicht."

Reitinger nickte, fand aber insgeheim doch, dass das ein besonders günstiger Moment war, sich mit der Kati zu unterhalten. Nicht einmal die Kinder waren da.

„Ich ruf dich an, wenn ich Zeit hab", versprach Kati und legte ihm tröstend die Hand auf den Arm.

„Komm, Arco, Futter", sagte sie noch, dann ging sie mit ihrem Einkaufskorb in Richtung Haustür. Arco folgte ihr, aber seinen Knochen ließ er liegen. Kaum waren Kati und Hund im Haus verschwunden, nahm Reitinger den Knochen, stieg in sein Auto, warf den Knochen auf den Boden vor dem Beifahrersitz und startete den Motor. Während er den ungeteerten Weg zur Hauptstraße dahinfuhr, nahm er kurz die Hände vom Lenkrad und wischte sie mit einem angeekelten Gesichtsausdruck an der Hose ab.

„Was gibt's denn so Dringendes?“, fragte der Doktor Wachter, als Reitinger in seine Praxis platzte. Er hatte die Sprechstundenhilfe bedrängt, ihn kurz vorzulassen, es ginge um Leben oder Tod, und hatte die mörderischen Blicke von fünf wartenden Patienten auf sich gezogen.

Wachter grinste den Reitinger an: „Bist ein bisserl blass heut. Blutarmut oder Restalkohol?“

„Sag mir, was das für ein Knochen ist“, drängte Reitinger, ohne auf die Anspielung einzugehen, zog sein Fundstück aus der Zeitung, in die er es eingewickelt hatte, und legte es auf den Tisch.

„He, spinnst? Legt mir da so einen Dreck her!“

„Was ist das?“ Reitinger reagierte heute nicht auf Vorwürfe.

Der Wachter wandte den Blick nicht von dem Teil, während er Plastikhandschuhe überstreifte und dann den Knochen genauer ansah.

„Ich würde sagen: Mensch.“

Reitinger setzte sich hin. Hatte ihn sein Gefühl doch nicht getrogen.

„Oberschenkel.“

„Alt?“

Der Doktor zuckte die Schultern. „Aus der Steinzeit ist er wahrscheinlich nicht. Eher so neueren Datums. Wo hast den denn her?“

„Vom Bockshof.“

Der Wachter musste sich jetzt auch setzen. Beide schwiegen einen Moment. Dann zog der Wachter seine Handschuhe aus.

„Ich kann dir nichts sagen, Thomas, ich bin kein Gerichtsmediziner, wie du weißt.“

„Aber du hast doch schon was gesagt!“

„Beruf dich nicht auf mich. Frag einen Fachmann. Das ist mir zu heiß.“

Enttäuscht stand Reitinger auf.

„Ich will mich nicht bis auf die Knochen blamieren", versuchte der Wachter einen Scherz. Dann reichte er dem Reitinger ein frisches Paar Plastikhandschuhe. „Wegen der Hygiene. Und pack dein Fundstück ein."

„Das bleibt vorläufig unter uns?"

„Meinst, ich stell mich wie der Freisleder vor die Kirchentür und erzähl alles dem Fernsehen?"

Reitinger lächelte müde. Das hätte ihm gerade noch gefehlt.

Die Reitingerin stieg an der Albertstraße aus dem Bus. Alle Busse, die von auswärts kamen, hielten hier, auch viele Stadtbusse. Jugendliche trieben sich hier in Gruppen herum, ebenso Erwachsene, die offenbar nichts zu tun hatten. Andere stiegen um oder hasteten in Richtung Innenstadt. Die Reitingerin beeilte sich, von hier wegzukommen. Sie ging in Richtung Maximilianstraße, warf wie immer einen bewundernden Blick auf das noble Hotel, das dort stand, und überlegte wieder einmal, wie es dort wohl innen aussah. Sie war mit ihrem Mann nur selten in Urlaub gefahren, und dann waren sie nie in so noblen Häusern gewesen. Aber vielleicht sollte sie sich doch einmal einer Reisegruppe anschließen und sich andere Städte und Länder ansehen.

Langsam ging sie die Maximilianstraße hinauf in Richtung Innenstadt. Viel hatte sich hier verändert, seit sie Regensburg verlassen hatte. Früher war in der Maxstraße reichlich Autoverkehr gewesen, jetzt hatte man daraus eine Fußgängerzone gemacht. Das gefiel ihr, es war ruhiger und gemütlicher, man konnte sich in aller Ruhe die Läden ansehen – nur die alten Geschäfte waren nicht mehr da. Wo früher traditionelle Familienunternehmen ihre Auslagen zeigten, gab es jetzt nur noch Billigläden mit Handys und junger Mode, Ableger von großen Ketten, die in jeder Stadt ihre Niederlassungen hatten, die überall die alten Geschäfte verdrängten und den Einkaufsstraßen ihr unverwechselbares Gesicht nahmen.

Was war eigentlich aus dem Carlson geworden? Den Rothdauscher gab es auch nicht mehr. Dabei war sie dort wenigstens immer gut beraten worden. Sollte sie jetzt, wie die jungen Mädchen, am

Wühltisch irgendeines Shops „Clothes and more“ stehen und sich ein T-Shirt aus dem Ramsch fischen? Was war aus dem Schreibwarengeschäft Palestrini geworden, wo sie ihrem Mann einmal einen schönen Füller gekauft hatte, den er viele Jahre benutzt hatte? Die Reitingerin bog nach links ein, suchte nach Orientierungspunkten, nach den Geschäften, die sich noch gehalten hatten in dieser Wirrnis. Ja, der Wöhrl war noch da, da könnte sie mal nach einem Wintermantel schauen.

Und dann wollte sie noch in den Dom. Das versäumte sie nie, wenn sie in Regensburg war. Einmal um den Dom herumgehen, einmal drinsitzen und beten. Dass sie gesund blieb und ihr Thomas auch. Nachher wollte sie sich eine schöne Tasse Kaffee gönnen. So viele alte Cafés waren nicht mehr da. Und auf „Coffee to go“ und Kaffee mit Zimt-, Schoko- oder sonstigen Geschmack hatte sie überhaupt keine Lust. Sie würde zum Haidplatz weitergehen. Wenigstens das Café „Goldenes Kreuz“ gab es noch.

„Ich möchte mich ja nicht bis auf die Knochen blamieren“, griff Reitinger den dummen Spruch vom Wachter auf, „aber ich glaube, ich habe was für Sie.“

Er hatte nicht den Abramovic angerufen, sondern dessen Kollegin Meyerbeer. Die erzählte, sie sei sowieso auf dem Weg nach Helmering. Reitinger bat sie, bei ihm zu Hause vorbeizukommen.

Schweigend sah die Kommissarin auf den Fund. Dann nahm sie ihr Handy heraus und gab Anweisungen. Eine Stunde später war die Spurensicherung auf dem Löbl-Hof.

Der Arco führte sich auf wie ein Wahnsinniger, als die Polizei seine Hütte ausräumte. Doch weitere Knochen wurden nicht gefunden. Kati versuchte, den Hund an der Leine zu halten, ihr Mann stand nur finster daneben und sah auf die Polizisten, die auf seinem Hof ihr Unwesen trieben.

„Des haben wir alles dir zu verdanken, du Hammel“, sagte er zum Reitinger, der dabeistand, während Friedrich Fotos vom Hof, von der Hütte, von den Knochen machte.

„Jetzt nimm du mal den Hund“, fauchte Kati, die ihn kaum noch halten konnte.

„Lass ihn doch los“, zischte der Löbl. „Egal, wen er beißt, es wird schon keinen Falschen treffen.“

„Wo hat der Hund den Knochen her?“, fragte Jana Meyerbeer, aber Stefan Löbl zuckte nur die Schultern.

„Ist es richtig, dass Sie den Hund bei Waldarbeiten dabeihatten und er dort den Knochen gefunden hat?“

„Wenn Sie's schon wissen, warum fragen Sie dann?“

Jana Meyerbeer musterte Stefan Löbl kühl.

„Jetzt stell dich doch net so an, Stefan“, mischte sich Kati ein. „Wir haben ja nichts zu verbergen.“

„Halt's Maul“, gab der Löbl grob raus. „Wenn du den Deppen von der Zeitung net immer auf den Hof holen tätst ...“

„Ich bin von selber gekommen“, korrigierte Reitinger.

„Des glaub ich gern“, höhnte Stefan Löbl. „Immer noch hinter der Kati her.“

Kati wurde rot, Thomas Reitinger auch, die Meyerbeer sah überrascht von einem zum anderen, doch dann kam sie zurück aufs Thema.

„Herr Löbl, entweder Sie zeigen uns die Stelle im Wald, wo Sie mit dem Hund waren, oder ich nehme Sie vorläufig mit.“

Der Löbl überlegte nur kurz, dann setzte er sich in Bewegung. „Kommen Sie mit“, sagte er. „Ist net weit. Gleich vorne, wo uns der Sturm die Schneise ins Holz geschlagen hat.“

Während er, den Hund an der Leine, in Richtung Wald stapfte, ging die Meyerbeer wie zufällig neben dem Reitinger her. „Kennen Sie Frau Löbl genauer?“

„Wir sind miteinander zur Schule gegangen“, sagte Reitinger.

Die Kommissarin sah ihn auffordernd an. Offenbar glaubte sie nicht, dass das schon die ganze Geschichte war.

„Und später waren wir auch ein bissl befreundet, bis ich dann nach Regensburg gezogen bin.“

„Und heute?“

„Ich habe sie vor einer Woche das erste Mal nach Jahren gesehen.“

Die Kommissarin schwieg.

„Wo ist eigentlich Ihr Kollege?“, fragte Reitinger plötzlich. „Hat der heut frei?“

„Der ist im Pfarrhof", meinte Jana Meyerbeer. „Da ist doch letzte Nacht eingebrochen worden. Wussten Sie das nicht?"

Da sag noch einer, dass sich auf dem Dorf alles gleich rumspricht, fluchte Reitinger in sich hinein, rief den Friedrich und lief zum Auto. Sollten die anderen die Knochen ausgraben. Er würde schon rechtzeitig zurück sein, um die Funde zu bewundern.

Die Reitingerin saß draußen vor dem Café „Goldenes Kreuz". Sie hatte sich ein Kännchen Kaffee und einen Apfelkuchen bestellt, die Plastiktüte mit dem neuen Wintermantel lag auf dem Stuhl neben ihr, sodass sie sie immer im Blick hatte und keiner der Passanten auf die Idee kam, sie mitzunehmen. Sie blinzelte in die Sonne, die seit Tagen so schön schien, sah über den weiten Platz und beobachtete die Passanten. Manche flanierten und betrachteten die Häuserfassaden, das waren die Touristen. Sie hatten Zeit, sie wollten alles genau sehen, sie machten Fotos. Die Einheimischen eilten vorbei, viele hatten das Handy am Ohr, machten Termine aus oder erzählten, wo sie gerade waren. „Ich bin jetzt am Haidplatz und gehe in Richtung Arnulfsplatz." Wer musste so etwas wissen?

Sie hatte noch eine Cousine, die in der Stadt wohnte, gar nicht weit von hier, in einer der kleinen Gassen. Sollte sie die Margret jetzt besuchen? Eigentlich war ihr nicht danach. Sie wollte mit sich allein sein, die Erinnerung an ihre Jugend in Regensburg genießen und auch darüber nachdenken, warum sie sich in den letzten Jahren nicht öfter einen Tag wie diesen gegönnt hat. Unter Menschen sein und doch nicht reden müssen, von Geschichte und Kultur umgeben sein – das war in Helmering nicht so. Sie nahm sich vor, in Zukunft öfter in die Stadt zu fahren.

Therese hatte das Gefühl, dass sie hier aufblühte. Nachdem sie den Dorfschullehrer von Helmering geheiratet hatte, war sie zu ihm aufs Land gezogen und hatte dort als Erzieherin gearbeitet, dann den Thomas großgezogen, wieder im Kindergarten gearbeitet. Die Kati, die Jugendfreundin von ihrem Buben, war noch von ihr zur Erzieherin mit ausgebildet worden. Sie dachte gern an die Zusammenarbeit mit der Kati, sie wäre eine nette Schwiegertochter geworden.

Aber irgendwann war es der Reitingerin zu dumm geworden, anderer Leute Kinder zu erziehen. Ihr Mann war krank, sie wollte jetzt zu Hause bleiben, die letzten Jahre mit ihm verbringen, der Bub war sowieso schon weg. Nach ihren Berechnungen würde das angesparte Geld reichen, solange sie lebte, und der Thomas würde es schon verkraften, dass er außer dem Haus in Helmering nichts erbte. Sie brachte den Tag daheim mit Garten- und Hausarbeit zu, gönnte sich ab und zu einen netten Ausflug, so wie heute. Sie engagierte sich in der Nachbarschaftshilfe, aber in letzter Zeit gefiel es ihr, mehr für sich zu sein, auf der Terrasse zu sitzen, ein Buch zu lesen und eine Tasse Kaffee zu trinken.

Schön war es hier, dachte die Reitingerin. In Helmering gab es gar kein Café, wo man draußen sitzen und die Leute anschauen konnte. Sie holte eine Sonnenbrille heraus und wollte sie gerade aufsetzen, als sie ihre Schwiegertochter eilig vorbeigehen sah. Natürlich, die arbeitete hier. Ob die Lisa sie sehen würde? Ob sie zu ihr an den Tisch kommen würde? Wenn ja, sollte sie die Schwiegertochter auf den Thomas ansprechen?

Lisa Reitinger ging über den Platz und warf einen kurzen Blick auf die Leute im Café. So schön hätte sie es auch gerne, einfach rumsitzen und nichts tun. Aber sie hatte leider nur eine kurze Mittagspause, dann würde sie an ihren Schreibtisch zurückkehren. Kurz stutzte sie, als sie die Frau an dem vordersten Tisch mit ihrer Sonnenbrille hantieren sah. Ihre Schwiegermutter! Was machte die hier? Hatte die Therese auf sie gewartet? Ihr quasi aufgelauert? Sie schon bemerkt? Lisa blieb kurz stehen, zögerte, überlegte. Es muss sein, dachte sie. Reicht ja, dass der Thomas ständig kneift. Mit entschlossenem Schritt ging sie auf ihre Schwiegermutter zu.

*

Viel war nicht zu sehen am Pfarrhof. Ein Fenster zur Gartenseite hin war eingeschlagen, das Büro des Pfarrers, sein Schlafzimmer und sein Wohnzimmer waren durchwühlt worden. Freisleder hatte natürlich die Sache entdeckt. Er war frühmorgens in den Pfarrgarten gegangen, um sich zu kümmern, wie er sagte. Warum er im Garten eines Verstorbenen arbeitete, diese Frage fand er verwunderlich. Er hatte sich immer gekümmert. Seit Tagen war es trocken und warm. Er wollte ein bisschen gießen und schauen, was noch an Obst und Gemüse da war und geerntet werden musste.

„Ich hab bei dir zu Hause angerufen, Thomas", flüsterte Freisleder ihm zu, sodass es der Kommissar nicht hörte. „Aber es ist niemand ans Telefon gegangen." Er sah den Thomas unglücklich an, und der gab ihm nun seine Visitenkarte: „Da ist die Handynummer drauf. Wenn wieder was passiert, und du bist in der Nähe."

Lukas Abramovic ging durch das Haus, beäugte skeptisch die großen Kruzifixe, die in jedem Raum hingen, sah sich um. Den Reitinger ignorierte er, so gut er konnte. Dass Friedrich Fotos machte, schien ihn nicht so besonders zu stören.

„Was könnte der Einbrecher denn gesucht haben?", fragte der Kommissar den Mesner.

„Des weiß ich doch net!"

„Ist denn Geld verschwunden?"

Freisleder zuckte nur hilflos die Schultern.

„Gibt's ein Sparbuch? Gibt's persönliche Dinge?"

„Erzählt hat er nie was davon." Freisleder sah sich im Büro um. „Die Frau Neubauer, die hat ihm einmal die Woche die Sekretärin gemacht", sagte er. „Die saß dann da." Er zeigte auf eine elektrische Schreibmaschine.

„Kein Computer?", wunderte sich Abramovic.

„Wir werden doch eigentlich von Neukirchen aus verwaltet", erklärte Freisleder. „Aber die Messanliegen und so, das hat die Frau Neubauer hier gemacht."

Man sah dem Kommissar an, dass er keine Ahnung hatte, wovon der Mesner sprach. Aber er sagte nichts.

Freisleder deutete auf den anderen Tisch. „Da hat der Herr Pfarrer manchmal gesessen."

„Dann sehen Sie sich den Platz mal genau an, ob was fehlt."

Gehorsam tat der Freisleder, wie ihm geheißen. „Sein Notizbuch ist weg."

„Wissen Sie, was da drin stand?"

„Adressen und Termine. Weil, wann er wo hingegangen ist und was er da gemacht hat, das hat er sich immer aufgeschrieben. Und seine Ausgaben. Mit dem Geld, da war er ganz genau."

Abramovic ließ sich auf den Bürostuhl fallen, der am Platz des Pfarrers stand. Freisleder zuckte zusammen, für ihn war das ein Sakrileg. „Wer hat das gewusst, dass der Pfarrer so genaue Notizen machte?"

„Ich", sagte Freisleder. „Und die Frau Neubauer."

„Das ist doch die Mutter des Verdächtigen, den wir wegen des Trainers ..."

Der Freisleder ließ sich nicht so einfach vom Kommissar unterbrechen. „Dem vom Fernsehen hab ich das auch erzählt, wie er mich am Sonntag gefilmt hat. Das hat er sogar aufgenommen. Aber gesendet hat er's nicht."

Abramovic wirkte wie elektrisiert. „Ach, die Presse!"

„Der war vom Fernsehen", korrigierte ihn der Freisleder sofort. Abramovic warf einen finsteren Blick auf den grinsenden Reitinger, dann zog er sein Handy heraus.

Reitinger winkte dem Friedrich. „Ich fahr wieder in den Wald."

Lisa hatte sich eine Apfelschorle und einen Salat mit Baguette bestellt, als sie sich zur Reitingerin setzte. Sie sah gleich mal auf die Uhr. „Viel Zeit hab ich nicht, Therese. Ich muss bald zurück ins Büro."

Die Reitingerin nickte. Beide musterten sich, sagten aber eine Weile nichts.

„Wir haben uns lange nicht mehr gesehen", brach Lisa das Schweigen. „Du siehst gut aus."

„Mir geht's auch gut."

„Ist schön, wenn der Bub wieder daheim ist." Die Lisa konnte den spöttischen Unterton nicht gut verbergen.

Die Reitingerin lächelte. „Ist doch auch schön, wenn man mal seine Ruhe hat, so wie du jetzt, oder?"

Lisa stutzte. Dass ihre Schwiegermutter konterte, das war sie nicht gewöhnt. Sie kannte sie als herzliche, freundliche Frau, die gut kochte und alles für ihren Sohn tat. Ob Thomas ihr doch etwas erzählt hatte von ihren Eheproblemen? Vom Kommissar? Von den Scheidungsabsichten?

„Ich glaub, der Auftrag da draußen, der tut ihm ganz gut", sagte die Reitingerin. „Er hängt sich ziemlich rein in diese Mordgeschichte."

Wieder konnte Lisa sich ein ironisches Lächeln nicht verkneifen. „Der Thomas hängt sich in was rein?"

„Weil's ihm wichtig ist ..."

„Ich dachte, zur Lösung von Kriminalfällen gibt's Kommissare." Mal sehen, wie sie reagiert, dachte Lisa. Wenn sie was weiß, dann wird sie sich jetzt verraten.

„Die Kommissarin soll ja sehr nett sein", gab die Reitingerin heraus. „Mit der versteht er sich prima, hat der Thomas gesagt."

Das war es nun nicht, was Lisa hören wollte.

Ein paar Knochen lagen am Fundort herum, Reitinger musste hinter dem rot-weißen Band der Absperrung stehen bleiben, neben Kati, Stefan Löbl, dem Arco. Friedrich drängte sich vor, fotografierte, musste sich von einem Polizisten anpöbeln lassen, aber das war er ja gewöhnt.

„Lieber einen Schritt zu weit vorn als einen zu weit hinten", sagte der Friedrich immer und wies wie ein Kriegsveteran auf seine schiefe Nase, die ihm ein Polizist mal gebrochen hatte, als er zu nah an den Tatort herangegangen war. „Unter Einsatz meines Lebens", pflegte er dazu zu sagen und fügte hinzu, dass das Ganze dann natürlich als Versehen abgehandelt worden war. Der Polizist hatte nur behutsam seinen Ellbogen nach hinten ausgefahren und dabei zufällig auf die Kamera des Friedrich geschlagen, der gerade durch den Sucher schaute und die Kante seines Fotoapparats auf die Nase bekam. „Der Kamera ist nichts passiert", fügte er gewöhnlich noch hinzu.

„Ist das alles, oder haben sie schon was eingepackt, während ich weg war?", fragte Reitinger die Kati mit Blick auf die ausgegrabenen Knochen. Darauf sah nicht nur Kati ihn fassungslos an, sondern auch Jana Meyerbeer, die auf der anderen Seite der Absperrung stand und auf das Urteil des Arztes wartete, der die Knochen gerade genauer betrachtete.

Reitinger biss sich auf die Lippen. Jetzt gab es schon mal zwei Frauen, die nett zu ihm waren, zwei junge Frauen wohlgemerkt, und er musste wieder alles verderben. War er schon so abgebrüht und zynisch wie seine Kollegen?

„Ich geh heim, weil ich hab einen Haufen Arbeit", rief der Löbl, nahm seinen Hund und wollte gehen. Blitzschnell drehte sich Jana Meyerbeer um: „Sie warten hier!"

Stefan Löbl blieb sofort stehen. Man muss eben nur den richtigen Ton finden, dachte der Reitinger und bewunderte die Kommissarin für ihr entschiedenes Durchgreifen.

Der Arzt kam zu ihr. Reitinger trat näher an die Absperrung, sodass sie sich nach innen ausbuchtete. Dehnbar, diese Plastikbänder, dachte er. Die Meyerbeer ist drinnen und ich draußen, und dabei stehen wir fast nebeneinander. Dann hielt er sich ganz still und horchte.

„Wir haben den Schädel noch nicht", murmelte der Arzt, „aber es ist zweifellos ein Mensch. Ein Mann mittleren Alters, schätze ich. Keine hundert Jahre tot. Aber Genaueres ..."

„... erst später, ich weiß", ergänzte die Kommissarin und lächelte den Arzt an: „Danke, André."

André, dachte Reitinger. Das wird ja immer schöner. Jung ist er, gut sieht er aus, er heißt, als wäre er gradewegs einer Fernsehserie entsprungen, und sie gefällt ihm, das kann man leicht sehen. Helden heißen eben schon lange nicht mehr Thomas.

„Ich hab ihn", rief von hinten einer der Helfer. „Der Schädel ist da!"

„Der ist auch nicht viel taktvoller als ich", brummte Reitinger und bekam dafür ein Lächeln von der Kommissarin, die sich zu ihm umwandte und dann verblüfft feststellte, dass der Thomas ihr recht nahe stand. Sie betrachtete das rot-weiße Band, das ziemlich stramm über seine Oberschenkel lief.

„Heißt das für Sie, außerhalb der Absperrung zu stehen?"

Reitinger versuchte, charmant zu lächeln, und ging einige Schritte zurück. Doch die Meyerbeer kam nach.

„Sie können ruhig gehen", sagte sie leise. „Wir suchen noch eine Weile, dann packen wir zusammen, und ab ins Labor. Wenn's was Neues gibt, Sie werden es schon erfahren."

„Danke", flüsterte Reitinger ganz ergriffen, dass er um die Informationen nicht kämpfen musste, sondern dass sie ihm quasi angeboten wurden.

„Wenn Sie was Neues hören, sagen Sie es mir auch, oder?"

Reitinger nickte.

„Bin ich froh, dass Sie da sind und nicht der Aschenbrenner", sagte die Kommissarin noch.

„Bin ich froh, dass Sie da sind und nicht der Abramovic", gab Reitinger zurück.

Auf dem Rückweg holte er Kati ein, die schon fast beim Hof angelangt war. „Tut mir leid, dass ich euch die Polizei ins Haus geschickt hab."

„Ist ja nicht im Haus."

„Aber auf dem Hof."

„Wenn der Hund die Knochen von einem Menschen frisst ..." Kati schauderte, der Reitinger war fast versucht, den Arm um sie zu legen.

„Kannst mich jederzeit anrufen, Kati."

„Vor allem, wenn ich was Neues erfahre, oder?" Das klang recht bitter.

„Musst mir nicht helfen bei der Arbeit. Ich helf dir ja auch nicht."

Lisa hatte ihren Salat zu Ende gegessen. Aber sie stand nicht auf. Sie beobachtete ihre Schwiegermutter, die sie so nicht kannte. Einigermaßen schick, mit Sonnenbrille im Café, eine ältere Frau, die das Leben zu genießen verstand.

„Ich glaub, ich geh nachher noch ins Kino", sagte die Reitingerin. „Ich war schon so lang nicht mehr – und wenn ich schon mal in der Stadt bin. Kannst mir nicht einen Film empfehlen?"

„Ich geh fast nie. Ich hab so wenig Zeit."

„Magst du deine Arbeit?", fragte die Reitingerin unvermittelt.

Die Lisa reagierte überrascht. „Man muss doch froh sein, wenn man in so einer Zeit überhaupt was hat."

„Aber das ist doch keine Antwort."

Sie überlegte. Worauf die Reitingerin hinauswollte, konnte sie sich nicht vorstellen. Und darüber, ob sie ihre Arbeit gerne machte, hatte sie schon lange nicht mehr nachgedacht. Sie verdiente gut in der Immobilienfirma, sie konnte sich was leisten, der Job war einigermaßen sicher.

„Was wolltest denn werden, wie du noch klein warst?", fragte die Reitingerin.

Das Gesicht der Lisa wurde ganz weich bei ihren Erinnerungen. „Erst wollte ich Prinzessin werden."

„Da war der Thomas aber der Falsche."

Sie wollte ihrer Schwiegermutter schon sagen, dass er so auch der Falsche war, aber sie verkniff sich diese Bemerkung. „Dann wollte ich Tierpflegerin werden. Ganz lang. Bis ich die Mittlere Reife hatte."

„Aber warum hast du es dann nicht gemacht?"

„Ich glaub, jeden Tag in der Latzhose rumlaufen, das war's dann doch nicht."

„Schad drum." Die Reitingerin winkte dem Kellner.

„Ich lad dich ein", sagte Lisa.

„Dank dir."

Lisa zahlte, dann lächelte sie die Reitingerin unsicher an. „Wenn du heut noch ins Kino gehst, wie kommst du dann heim? Da fährt doch kein Bus mehr!"

„Ich ruf den Thomas an. Vielleicht holt er mich. Sonst nehm ich ein Taxi."

„Ganz schön teuer."

„Du wirst mich ja net heimfahren wollen, oder?" Die Reitingerin stand auf und wollte gehen.

„Warum nicht?", meinte Lisa, die auch nicht so blöd sitzen gelassen werden wollte.

Therese Reitinger hatte eine Idee: „Ich geh noch ein bisserl shoppen, und dann können wir doch gemeinsam ins Kino."

Lisa zögerte. Stellte sie sich so ihren Feierabend vor? Dann gab sie sich einen Ruck: „Ich frag mal die Kollegen, was grade Schönes läuft. Und dann treffen wir uns so gegen fünf, einverstanden?"

*

Thomas Reitinger wunderte sich sehr, dass die Mutter nicht da war. Sie hatte am Morgen nicht gesagt, dass sie weggehen würde, und hier sah es so aus, als wäre sie den ganzen Tag schon nicht da: Mittags hatte sie offenbar nicht gekocht, und die Post steckte auch noch im Briefkasten - die Telefonrechnung. Das erinnerte ihn daran, dass er noch mit dem Aschenbrenner und dem Chef telefonieren wollte. Vielleicht hatten sie ja mal wieder ihre guten Drähte zur Polizei genutzt. Obwohl es kaum vorstellbar war, dass ihm heute irgendjemand noch etwas Neues erzählen könnte.

Doch der Arsch konnte. „Der Abramovic ist beim Pit vom Fernsehen aufgetaucht und hat ihn auseinandergenommen - wegen des Einbruchs ins Pfarrhaus."

„Der wird doch nicht glauben, dass der Pit ..."

„Angeblich hat der Mesner da so eine Andeutung gemacht."

Reitinger erinnerte sich. Das Notizbuch vom Pfarrer war weg. „Dank dir, Aschenbrenner. Dann schreib ich jetzt."

„Moment, der Chef will dich auch noch."

Der Chef erklärte, dass ihm Friedrich schon alles erzählt habe, Knochen, Mensch, Einbruch etcetera. Dass er seine Kontakte zur Polizei nutzen würde, um herauszufinden, ob es etwas Neues gäbe, ob man die Person noch identifizieren könne. Reitinger bekam ein Lob dafür, dass er die Knochen aufgespürt hatte, und dann die Anweisung, richtig reinzuhauen. „Sie haben so viel Platz, wie Sie wollen, mein Lieber", sagte der Chef. „Den Rest der Seite pflastern wir mit Fotos zu."

Reitinger schaltete seinen Laptop an und machte sich an die Arbeit.

Therese bedauerte fast, ihren Wintermantel schon so früh gekauft zu haben. Denn jetzt musste sie die Tüte die ganze Zeit mit durch die Stadt schleppen. Und sie wollte diesen Tag wirklich nutzen und so viel wie möglich sehen. Hinter dem Arnulfsplatz kaufte sie sich in einer Buchhandlung einen Stadtführer von Regensburg. Zwar hatte sie vor fast fünfzig Jahren einiges in der Schule über ihre Heimatstadt gelernt, aber besonders viel davon war ihr nicht im Gedächtnis geblieben. Sie beschloss, heute ihre Erinnerungen an die Kindheit aufzufrischen. Den Stadtführer würde sie dann zu Hause lesen und sich auch mal wie eine Touristin auf den Weg durch Regensburg machen. Wollte sie doch künftig öfter kommen. Sie ging zur Schottenkirche St. Jakob, die sie schon als Kind so beeindruckt hatte. Streng und klar, so hatte sie diese Kirche immer empfunden. Der Glasvorbau gefiel ihr nicht besonders, aber es hatte bestimmt einen Sinn, dass man sich dazu entschlossen hatte, ihn vor der Eingangstür zu errichten. Wahrscheinlich zum Schutz, damit das romanische Kunstwerk nicht weiter verfiel. Therese bog ein in den Stahlzwingerweg mit seinen Mehrfamilienhäusern. Sie sah auf die Klingelschilder an einer der Haustüren. Hier hatte sie mit ihren Eltern viele Jahre gewohnt. Zwar hatten sie alle von einem Häuschen im Grünen geträumt, aber das war damals, gleich nach dem Krieg, nicht möglich gewesen.

Bis zur Donau hinunter ging die Reitingerin durch die westliche Altstadt. Sie spürte es schon in den Beinen, dass sie auf Pflaster und Teerwegen unterwegs war. Sie war zwar eine gute Spaziergängerin, aber in Helmering bog sie immer gleich auf den Feldweg ein, das fand sie sehr viel weniger anstrengend, als hier zu laufen. Unten an der Donau an der Holzländestraße setzte sie sich auf eine Parkbank, beobachtete die Leute, schnaufte durch. Sie sah auf die Uhr. Sie musste weiter. Sollte sie vielleicht den Thomas anrufen, dass er sich keine Sorgen um sie machte? Die Lisa würde ihr doch bestimmt ihr Handy leihen, wenn sie telefonieren wollte. Gleich würde sie sich mit ihrer Schwiegertochter vor dem Kino treffen. Also ging sie und bog in den Weißgerbergraben ein. Garbo hieß das Kino, sie kannte es nicht. „Das ist auch kein Wunder“, hatte ihre Schwiegertochter spöttisch gegrinst, als Therese Reitinger sie auf das Kino ansprach. „Es war früher ein Pornokino, deshalb kennst du es nicht.“

Zwei Stunden später war Thomas Reitinger mit seinem Artikel fertig. Der Chef würde nicht ganz zufrieden sein. Er hatte Begriffe wie „Mörderdorf“ und „Grauen“ vermieden, er hatte ganz sachlich von dem Knochenfund und dem Einbruch berichtet und es dem Leser selbst überlassen, einen Zusammenhang zu den beiden Morden herzustellen. Als er seinen Artikel per Mail geschickt hatte, sah er zum Fenster hinaus und stellte überrascht fest, dass es schon später Nachmittag war. Die Mutter war immer noch nicht da.

Er machte sich tatsächlich Sorgen. So wie sie sich früher immer um ihn gesorgt hatte, wenn er mit dem Auto unterwegs war, wenn er nachts spät nach Hause kam, wenn er nicht genau gesagt hatte, wohin er ging und wann er wiederkam. Er musste sich halt klarmachen, dass seine Mutter eine erwachsene Frau war, die sich um sich selbst kümmern konnte, dass sie keinen Aufpasser brauchte, ihn schon gar nicht. Sie war jahrelang sehr gut ohne ihn ausgekommen.

Als er den Kühlschrank nach Essbarem inspizierte und sich nicht entscheiden konnte, was er denn nun wollte, klingelte das Telefon.

„Bub, ich bin's."

„Sag mal, wo treibst du dich eigentlich rum?"

„Ich bin heut früh in die Stadt gefahren, ganz spontan."

„Spontan" war ein Wort, das seine Mutter sonst nie benutzte.

„Und warum bist noch nicht da? Fährt doch kein Bus mehr! Soll ich dich holen?"

„Brauchst net. Ich werd gebracht."

Reitinger stutzte kurz.

„Lass dich überraschen", kicherte die Mutter und legte auf.

Sie hat was getrunken, dachte der Thomas. Sie trifft sich mit einem Mann, und der bringt sie. Den stellt sie mir dann vor. Der zieht hier ein. Alles Mögliche ging ihm durch den Kopf. Bis hin zur Hochzeit hatte er das Szenario in seiner Phantasie schon fertig, da klingelte das Telefon erneut.

„Wann kommst denn?", fragte er und bekam keine Antwort.

„Hallo? Reitinger hier!", versuchte er es nun.

„Meyerbeer. Entschuldigen Sie, aber ..."

Reitinger lachte verlegen. „Mein Fehler, tut mir leid. Ich dachte, es wäre meine Mutter."

Jetzt lachte auch Jana Meyerbeer. „Haben Sie Zeit? Ich würde Sie gerne heute noch sprechen."

„Wo sind Sie denn?"

„Ich breche gerade zu meiner abendlichen Radtour auf und da dachte ich: Heute nach Helmering."

„Nur 30 Kilometer einfach."

„Hin und zurück sind's ja schon 60."

Das hätte er heute auch nicht mehr geschafft, dachte der Reitinger. „Treffen wir uns beim Wirt?"

Jana Meyerbeer hüstelte verlegen. „Verstehen Sie mich bitte nicht falsch, aber ich möchte eigentlich nicht, dass das halbe Dorf mitkriegt, wenn wir uns unterhalten."

„Dann kommen Sie vorbei. Ich koch uns was."

„Sie meinen: Ihre Mutter kocht was."

„Die ist doch gar nicht da."

Reitinger hörte ein leises Lachen.

„Dann bis später."

Die brauchte wahrscheinlich keine Stunde hierher, rechnete Thomas. Was sollte er für sie kochen? Oder wäre es günstiger, einfach eine Brotzeit auf den Tisch zu stellen? Er entschloss sich für die zweite Variante. Das Risiko war geringer. Er war kein besonders guter Koch, er kannte sich in der Küche der Mutter auch nicht aus, er wusste nicht, was Speisekammer und Gefriertruhe noch zu bieten hatten, und zum Einkaufen war es zu spät. Wurst und Käse, Brot und Bier, das war da, das musste reichen. Ländlich-rustikal eben.

„Schön haben Sie gekocht", spottete Jana Meyerbeer, als sie den gedeckten Tisch sah.

„Nettes Kleid", konterte Reitinger und sah auf die Sportkleidung der Kommissarin.

„Entschuldigen Sie meinen Aufzug, ich zieh mich rasch um."

Sportlich sah sie auch aus, als sie sich umgezogen hatte, und sie verhielt sich auch wie ein Sportler im Training und wies das Bier dankend zurück.

„Nur Leitungswasser, bitte."

Sie setzten sich, Reitinger begann mit dem Essen, die Kommissarin nahm sich Brot und Käse.

„Hier wohnen Sie?"

„Nur vorübergehend."

„Wegen des Kriminalfalls?"

„Auch."

Jana Meyerbeer sah ihn sehr interessiert an, aber sie fragte nicht nach. „Und Ihre Mutter?"

„Die ist in die Stadt gefahren. Ich weiß auch nicht, wann sie wiederkommt."

„Macht sie das öfter?"

„Sie fragen, als ob ich verdächtig wäre."

„Entschuldigung, Berufskrankheit. Das haben die Journalisten doch auch."

Ich eher nicht, dachte der Reitinger. Ich seh mir alles an und hör zu, aber ich frag die Leute so ungern aus. Als das Schweigen zu lange wurde, beschloss er, mal zum Thema zu kommen. „Worum geht's denn eigentlich?"

„Ich wollte mich bedanken, weil Sie mir gleich Bescheid gegeben haben – wegen der Knochen."

„Muss ich doch, oder?"

„Sie hätten die Geschichte auch erst schreiben und dann anrufen können."

Auf die Idee war Reitinger noch gar nicht gekommen. Machten die anderen das so? „Ich hab ganz schön Angst gehabt, dass es doch nur irgendwelche Knochen sind von einem Tier", gestand er. „Alle hätten über mich gelacht, und in der Zeitung hätte bestimmt ein Journalist geschrieben, dass ich ein Trottel bin."

„Das würden Ihre Kollegen Ihnen doch nicht antun."

„Da wär ich mir nicht so sicher."

Einen Moment waren sie wieder still.

„Der Stefan Löbl ist nicht sehr auskunftsfreudig."

„Das ist der nie. Außerdem: sein Hund, sein Hof, sein Wald – und dann ein Toter."

„Ein Ermordeter. Wahrscheinlich ist ihm der Schädel eingeschlagen worden. Vor 40 bis 50 Jahren."

Reitinger würgte an seinem Brot und spülte es mit Bier hinunter.
„Dürfen Sie mir das erzählen?"

„Ich brauche Ihre Hilfe. Sie kennen sich hier aus."

„Was wissen Sie denn schon vom Toten?"

„Haben Sie eine Ahnung, wer es sein könnte?"

Jetzt kam Reitinger nicht mehr zum Essen. Er erzählte die Geschichte vom Jakob Löbl, der in Amerika sein sollte, von dem aber niemand mehr etwas gehört hatte, seit er verschwunden war.

„Hat er keinen Freund hier, dem er vielleicht geschrieben haben könnte?"

„Der Pfarrer, aber der ist ja auch tot."

„Aber ein Zusammenhang besteht da nicht, oder sehen Sie einen?"

Er überlegte. „Irgendwie hängt das alles am Löbl-Hof, so kommt's mir vor. Erst wird der Schindler umgebracht ..."

Sie sah ihn überrascht an.

„An den denkt schon fast keiner mehr. Aber wenn er wirklich der Bub vom Fritz Löbl sein sollte ... Und der Pfarrer war seit Jahrzehnten Gast auf dem Bockshof ... Und jetzt auch noch das Skelett da draußen ..."

Jana Meyerbeer zog ihr Notizbuch heraus. „Das müssen Sie mir jetzt genauer erklären."

Therese war lange nicht mehr im Kino gewesen. Die bequemen Sessel, die riesige Leinwand, der laute Ton, alles ganz anders als früher. Lisa hatte vorher mit ihr in einer Bar noch einen Snack genommen, wie sie das nannte. Ihr stand eigentlich der Sinn nach etwas Deftigerem, aber sie wollte nichts sagen. Zum ersten Mal, fiel ihr ein, war sie mit ihrer Schwiegertochter überhaupt unterwegs. Und das ausgerechnet jetzt, wo es zwischen Lisa und Thomas nicht mehr stimmte.

„Schön hier", flüsterte sie andächtig.

„Dolby Surround ist schon eine feine Sache", bestätigte Lisa.

Darauf konnte Therese nichts mehr antworten.

„Warum hat der Löbl uns nicht gesagt, dass es sein verschollener Vater sein könnte, den wir im Wald gefunden haben?"

„Vielleicht hat er gar nicht so weit gedacht. Ihm hat die Mutter ja immer erzählt, der sei in Amerika."

Jana Meyerbeer sah sehr skeptisch drein.

„Die Kati hat mir gesagt, er hätte auch einen Abschiedsbrief hinterlassen. Aber außer der Mutter vom Stefan Löbl hat den keiner gesehen, und weggeworfen hat ihn die Gunda Löbl auch noch."

„Ein Abschiedsbrief, den keiner kennt."

Reitinger nickte.

„Ich denke, wir werden einen DNA-Test machen", überlegte Jana. „Aber da muss ich erst noch mit dem Lukas reden."

So schön war die Stimmung gewesen, dachte der Reitinger, jetzt war sie versaut. Aber sowieso schon egal, denn gerade sperrte die Mutter die Haustür auf und rief fröhlich: „Ich hab Besuch dabei, Thomas!"

„Ach, die Kommissarin", lächelte Lisa maliziös.

„Besser als der Kommissar", knurrte Reitinger.

Damit war das Gespräch beendet. So standen sie sich in Helmering genauso schweigend gegenüber wie in Regensburg. Die Kommissarin verabschiedete sich schnell. Auch die Lisa mochte nicht mehr bleiben. War ja schon so spät geworden!

„Was du mit der Lisa im Kino machst", brummte Reitinger und räumte den Abendbrot-Tisch ab.

„Das war sehr nett", flötete die Reitingerin. „Nachher waren wir noch in einem Lokal gegenüber. Das heißt Exil oder so, die Lisa sagt, da gehst du ganz gern hin. Vielleicht hättest du sie öfter mal mitnehmen sollen."

9.

Ganz Helmering war am nächsten Tag auf den Beinen. Wer nicht selbst fahren konnte, hatte sich für den Vormittag eine Mitfahrgelegenheit nach Neukirchen organisiert. Denn dort fand der Gottesdienst für den verstorbenen Alois Schindler statt. Die Beerdigung sollte anschließend in Helmering auf dem Friedhof sein. Vermutlich würden alle diese Woche zum Requiem für Pfarrer Emmeram Hintermayer noch einmal hierherkommen. Aber jetzt war erst einmal der Trainer dran.

Die Kirche in Helmering war am Tag zuvor von der Polizei schon freigegeben worden. Aber zum einen fanden es viele pietätlos, die Messe dort zu halten, wo ihr Pfarrer vor ein paar Tagen ermordet aufgefunden worden war. Zum anderen war die Kirche in Neukirchen bedeutend größer. Auch wenn der Schindler nicht besonders beliebt gewesen war, es würden doch alle kommen, um ihm die letzte Ehre zu erweisen.

Thomas fuhr mit seiner Mutter und mit dem Freisleder. Der erzählte, dass er schon gar nicht mehr schlafen konnte. Zwei Tote hatte er gefunden, und dann der Einbruch ins Pfarrhaus. Er war ja so froh, dass ihm wenigstens die Knochen auf dem Löbl-Hof erspart geblieben waren!

Die Helmeringer registrierten mit Spannung, wie Fritz Löbl im schwarzen Anzug die Kirche betrat und sich ganz vorne in die erste Reihe setzte. Aufmerksam hörte er dem Pfarrer von Neukirchen zu, der erzählte, wie schwer es der Schindler im Leben gehabt hatte. Geboren als lediges Kind, aufgewachsen in ärmlichen Verhältnissen, aber er hatte sich immer für die Gemeinschaft eingesetzt, vor allem für den Sport und für die Jugend. Der Reitinger betrachtete das Deckengemälde der Kirche. Er mochte dem Pfarrer nicht weiter zuhören. Der machte aus dem Schindler nachträglich einen wundervollen Menschen. Niemand in der Kirche würde dies so bestätigen, vermutlich nicht einmal der Fritz Löbl. Der Pfarrer betete auch für die anderen Verstorbenen, vor allem für seinen noch nicht bestatteten Mitbruder im Herrn,

Emmeram Hintermayer. Er appellierte an die Ortsgemeinschaft, sich mit dem Bösen in ihrer Mitte auseinanderzusetzen, und forderte alle auf, von Neukirchen mit hinüber nach Helmering zu kommen, wo Alois Schindler jetzt gleich zur letzten Ruhe gebettet werden sollte.

Nach der Messe sprach Reitinger den Bürgermeister an. Er gab vor, einiges über den Schindler wissen zu wollen, in Wirklichkeit aber ging es ihm um sehr viel mehr. Er wollte sich mal den Löblschen Stammbaum im Gemeindearchiv ansehen und außerdem wissen, was mit dem Pfarrhaus in Helmering passieren würde. Reitinger dachte, wenn er schon nichts zur Aufklärung schreiben könnte, dann müsste er seine Artikel eben mit Nebensächlichkeiten auffüttern.

Aber Degenhardt ließ ihn eiskalt abblitzen: „Zur Familie Löbl fragen Sie bitte die Familie selbst und zum Pfarrhaus die Diözese Regensburg."

Der Reitinger verstand die Welt nicht mehr. Der Degenhardt war doch sonst so pressegeil, warum hielt er sich jetzt zurück? Der versuchte nicht einmal, sich als Krisenmanager aufzuführen. Das wäre doch das Mindeste gewesen.

Bei der Beerdigung machte Friedrich ein paar Fotos, dann verschwand er. Reitinger musterte die versammelte Gemeinde, außer dem Fritz Löbl sah niemand aus, als würde er um den Schindler trauern. Dennoch legten Degenhardt im Namen der Gemeinde und Neubauer im Namen des Sportvereins einen Kranz nieder. Vom Bockshof war niemand erschienen, fiel dem Reitinger auf. Bernhard Neubauer war auch nicht gekommen. Überhaupt waren wenige Fußballer da. Aber im Wirtshaus war es nachher sehr voll.

„Wer zahlt denn den Leichenschmaus?", fragte Sepp Freisleder neugierig, der sich nun doch wieder ganz gern am Stammtisch sehen ließ.

„Es ist gezahlt, das andere geht niemanden was an", herrschte die Hitzlkoferin ihn an und stellte ihm ein Bier hin. Sie warf einen warnenden Blick auf ihren Mann, der gleich neben dem Freisleder saß und nur bedauernd die Schultern zuckte.

„Mir hat sie's auch net gesagt, Sepp", klagte er. „Aber Geld ist da, ich hab's selber gesehen."

„Sonst tät deine Alte auch kein Bier rausrücken", knurrte der Freisleder.

Fritz Löbl saß dabei, trank still sein Bier, aß mit Andacht seinen Schweinebraten mit Knödel, den auch die anderen Gäste serviert bekamen. Als er fertig war, stand er auf und ging einfach.

„War er also doch der Vater, er war's", bekräftigte Neubauer. „So traurig, wie er dreinschaut, und so still, wie er heut ist."

„Also zahlt der Fritz das alles", vermutete der Freisleder.

Der Neubauer schüttelte den Kopf und warf einen Blick auf die Hitzlkoferin, denn die sollte ja nicht mitbekommen, dass er ihr Geheimnis auch wusste und gleich ausplauderte. „Der Schindler hat noch Geld gehabt. Das verfressen wir jetzt gerade."

Reitinger sah ihn irritiert an. „Wer hat denn das entschieden?"

„Der Bürgermeister und ich. Wie wir seinen Spind beim Sportverein ausgeräumt haben, da haben wir einen Haufen Bargeld gefunden."

„Und wo kommt des her?"

Neubauer sah die anderen überheblich an. „Mein Bub, der Bernhard, der hat's ja immer gesagt. Der Schindler, der hat eine geheime Einnahmequelle. Der füttert die Sportler mit Medikamenten und dafür kriegt er Geld von der Pharmaindustrie."

„Deswegen hat der Bernhard mit ihm gestritten", nickte Rudi Hitzlkofer.

„Aber umgebracht hat er ihn nicht", sagte der Neubauer. „Nicht umgebracht."

Reitinger war zunehmend irritiert: Schindler hatte Geld und war offenbar in üble Machenschaften verstrickt. Wenn andere das wussten, wie etwa Bernhard Neubauer, hatten sie ihn dann erpresst? Aber dann wäre ja nicht der Schindler tot, sondern der Bernhard. Hatte der vielleicht doch etwas mit der Geschichte zu tun? Stimmte das mit den Medikamenten überhaupt, oder war es nur wieder so ein Gerücht? Aber woher hatte der Schindler Geld? Warum lag es einfach so im Spind herum, als hätte er es irgendwo heimlich bar kassiert? Das wurde ja immer verwirrender.

Besonders aber wunderte er sich, wie einfach hier die Dinge geregelt wurden. Da ist noch Geld, davon zahlen wir dir deine eigene Beerdigung und den Leichenschmaus. Da wird nicht lange gefackelt, auf dem Land regelt man solche Sachen unter der Hand und umgeht die offiziellen Stellen, weil das sowieso nur alles komplizierter macht. Selbst der Bürgermeister wählte nicht den Dienstweg.

Reitinger stand auf. Irgendwann heute sollte er noch ein paar Zeilen über die Beerdigung schreiben. Draußen sah er den Wachter im Auto vorbeifahren und winkte ihm heftig. Wenn er ihn schon grade sah. Tatsächlich hielt der Wachter kurz an.

„Wo fehlt's?"

„Danke für die Geschichte mit den Knochen."

„Bin froh, dass ich dir keinen Blödsinn erzählt habe."

Der Doktor wollte weiterfahren, aber Reitinger hielt sich am offenen Autofenster fest. „Noch was, Richard."

Wachter sah auf die Uhr: „Aber ich muss noch Hausbesuche machen. Bloß fünf Minuten."

Er machte sich gar nicht die Mühe zu parken, sondern stellte einfach mitten auf der Straße sein Auto ab. Sollte wirklich einer kommen, konnte er immer noch wegfahren.

„Kann das sein, dass der Schindler Dopingmittel an den Sportlern ausprobiert hat?"

„Möglich ist das schon."

„Dass ihm dafür jemand Geld gegeben hat?"

„Dann hätten die Sportler aber auch regelmäßig untersucht werden müssen. Um die Wirkung zu überprüfen."

„Wurden sie denn regelmäßig untersucht?"

„Von mir nicht."

„Sondern?"

„Ich weiß es nicht, Thomas. Red mit dem Bernhard Neubauer, der behauptet das ja schon länger."

Der Doktor wollte gerade sein Auto wieder anlassen.

„Was hat dein Schwager eigentlich gegen mich?"

„Der Hartmut? Der ist doch gern in der Zeitung!"

„Das hab ich auch gedacht. Aber mit mir redet er nicht."

Wachter zögerte, aber er sagte nichts.

Reitinger hakte nach. „Ist es vielleicht wegen des Geldes im Spind vom Schindler? Weil sie es nicht der Polizei gesagt haben, sondern es jetzt beim Leichenschmaus verfressen?"

Wachter nickte: „Es muss ziemlich viel Geld gewesen sein. Es reicht nämlich auch noch für einen Grabstein, und den Rest wollen sie dem Fritz Löbl geben. Weil er doch wahrscheinlich der Vater ist – und außerdem kann er Geld sowieso gut gebrauchen."

Reitinger nickte.

„Aber von mir hast das nicht, Thomas", insistierte der Wachter.

Das Handy vom Reitinger klingelte und gleichzeitig das vom Doktor. Sie sahen sich an und lachten.

„Wir sind eben wichtig", meinte der Arzt und nickte dem Reitinger noch zu, der sich verabschiedete und dann das Gespräch entgegennahm.

„Ich muss Sie dringend sprechen", sagte Jana Meyerbeer.

„Bei mir zu Hause?"

Jana Meyerbeer zögerte.

„Der Kollege kommt auch mit."

Reitinger überlegte nur kurz. Besser, der Abramovic saß bei ihm, als dass er bei seiner Frau lag, oder?

„Dann kommen Sie eben beide."

Jana Meyerbeer stand allein vor der Tür.

„Der Kollege wollte nicht", sagte sie nur knapp. „Gehen wir ein bisschen spazieren?"

„Wollen Sie nicht erst Kaffee trinken?", mischte sich die Reitingerin ein, die gerade einen Zwetschgendatschi durch den Flur trug.

Jana Meyerbeer lächelte. „Sehr nett, vielen Dank."

„Der Tote ist nicht der verschollene Jakob Löbl." Die Kommissarin nahm sich ein Stück Kuchen, probierte und nickte Therese Reitinger anerkennend zu.

„DNA-Probe?", fragte der Thomas.

Jana Meyerbeer nickte. „Wir haben sie mit der seines Sohnes verglichen. Nichts."

Die Reitingerin schenkte Kaffee nach: „Des heißt doch bloß, dass der Tote im Wald net der Vater vom Stefan ist."

Reitinger verdrehte die Augen. „Jetzt misch dich doch net ein, Mutter, wenn wir …"

Aber Jana Meyerbeer ging darauf ein: „Eben. Dann ist der Tote nicht Jakob Löbl."

„Wer sagt Ihnen denn, dass der Jakob Löbl der Vater vom Stefan war?", fragte die Reitingerin.

„Mutter, jetzt lass uns halt in Ruh …" Thomas wurde ganz grantig.

Aber die Reitingerin war nicht mehr zu bremsen. „Seit ich da bin, reden in dem Dorf alle drüber, dass der Pfarrer zu oft auf dem Bockshof war. Schon immer. Wie der Jakob und die Gunda geheiratet haben, wie der Jakob im Krieg war, wie er wieder gekommen ist und wie er verschwunden ist. Immer war der Hintermayer bei der Gunda. Der hat doch quasi mit ihr den Stefan großgezogen!"

„Dann sollten Sie vielleicht die DNA vom Pfarrer mit der vom Stefan Löbl vergleichen", schlug der Reitinger vor. „Vielleicht haben Sie dann wenigstens die Vaterschaft geklärt."

„Aber dann weiß ich immer noch nicht, wer der Tote im Wald war!"

„Der Jakob Löbl hat doch einen Bruder. Hilft Ihnen das nix?", fragte die Reitingerin ganz unbekümmert.

„Frau Reitinger, Sie werden Kommissarin ehrenhalber." Jana Meyerbeer holte ihr Handy raus.

Thomas Reitinger aber hatte das Gefühl, dass er bei diesem Gespräch der allerunwichtigste Teilnehmer gewesen war. Dabei wollte er sich doch so gern vor der Kommissarin profilieren. Aber diese Suppe hatte ihm die Mutter gründlich versalzen.

Reitinger schrieb seinen Artikel über die Beerdigung des Schindler, über die Ermittlungen der Polizei schrieb er nur, dass man noch nicht wisse, wer der Tote im Wald sei. Das meiste war aufgewärmt aus früheren Artikeln.

„Der Freisleder war schon lange nicht mehr da", sagte der Reitinger beim Abendessen zur Mutter.

„Mir macht das nichts aus“, meinte die unbekümmert. „Ich mag ihn eh nicht.“

„Er ist doch eigentlich ein ganz netter Kerl.“

„Ich finde, er tut so nett, aber er schaut immer ein bisschen hinterfotzig.“

„Mutter, jetzt hörst aber das Gras wachsen.“

„Solange es net über mir wächst ...“

Es war schon dunkel, und Reitinger machte es sich mit einer Halben Bier in der Küche gemütlich. Für morgen früh hatte ihn der Chef nach Regensburg gebeten. Dann würde er wissen, wie es hier in Helmering und mit ihm selbst weiterging. Nach dem Knochenfund waren wieder Kollegen aus München aufgetaucht, aber die Beerdigung vom Schindler hatte sie schon nicht mehr interessiert. Er hatte auch vergessen, Jana Meyerbeer zu fragen, was eigentlich bei der Vernehmung von Fernseh-Pit herausgekommen und ob nun endlich das Notizbuch des Pfarrers aufgetaucht war. Er konnte schon gar nicht mehr abschalten. Aber heute war Dienstag, Champions League, er würde mal wieder Fußball sehen, richtigen Fußball, nicht Bezirksliga.

Das Spiel war kaum angepfiffen, als es an der Tür klingelte.

„Mach du auf!“, rief die Mutter aus der Küche. „Ich hab grade die Hände schmutzig.“

„Ich stör wohl“, lächelte Jana Meyerbeer, denn aus dem Wohnzimmer klang das Jubeln der Fans in den Flur bis zur Tür.

„Nicht so schlimm“, beeilte sich der Reitinger zu sagen, aber Jana Meyerbeer ging einfach an ihm vorbei in Richtung Küche.

„Eigentlich wollte ich ja zu Ihrer Mutter.“

„Darf ich wenigstens zuhören?“

„Sie dürfen sogar mitreden.“

Die Kommissarin breitete ein Papier auf dem Tisch aus.

„Haben Sie das so in der Schule für Kommissare gelernt?“, fragte der Reitinger.

„Sei still und pass auf“, mahnte ihn die Mutter, die hochkonzentriert und ganz ernst der Sache folgte.

„Jakob hat offiziell einen Sohn, Stefan. Der bewirtschaftet jetzt den Hof.“

„Richtig", nickte die Reitingerin, und Jana Meyerbeer malte die Namen und die Verbindung auf das Papier.

„Aber Sie vermuten, dass Stefan der Sohn des Pfarrers ist." Jana Meyerbeer sah Therese Reitinger fragend an.

„Na ja, der Sohn vom Jakob ist er ja nicht, wenn die Leiche im Wald der Jakob war."

„Aber vielleicht käme auch ein anderer Mann als Vater in Frage."

Die Reitingerin sah nachdenklich auf das Kreuz an der Wand. Sie holte etwas weiter aus. „Ich bin vor etwa 40 Jahren aus Regensburg hierher gezogen. Und damals ist das alles auch passiert. Der kleine Stefan war schon auf der Welt, der Pfarrer Hintermayer war irgendwo im Bayerischen Wald als Pfarrer. Aber immer wenn er frei gehabt hat, kam er zum Jakob und zur Gunda. Aber auf einmal, da war ich grade erst da, da muss es Ärger auf dem Bockshof gegeben haben. Warum weiß ich nicht. Streit gibt's ja überall. Aber der Jakob und der Pfarrer, die waren doch ein Leben lang beste Freunde gewesen. Es hieß, das sei jetzt anders. Der Jakob war sowieso schwierig, weil er doch so lange in Kriegsgefangenschaft war. Dann ist er immer verschlossener geworden. Irgendwann war er weg. Aber der Pfarrer ist immer noch zum Bockshof gekommen, als wär nie was gewesen."

„Aber Sie wissen nicht, was damals los war."

Die Reitingerin schüttelte den Kopf. „Wissen Sie, wenn man neu im Dorf ist, erzählen einem die Leut auch nicht gleich alles. Mein Mann, der hat vielleicht mehr erfahren, aber er war nicht recht gesprächig, wenn er aus dem Wirtshaus gekommen ist."

Jana Meyerbeer dachte nach. „Vierzig Jahre ist Jakob Löbl verschwunden. Wenn er tot im Wald neben seinem Bockshof gelegen hat, kann es doch auch keinen Abschiedsbrief gegeben haben.

„Dann ist er nie nach Amerika!"

„Dann muss die Löbl das gewusst haben!"

„Dann hat sie mit dem Todesfall auch etwas zu tun", vermutete Thomas, musste aber feststellen, dass die beiden Frauen ihm gar nicht zuhörten, so sehr konzentrierten sie sich auf ihre eigenen Gedanken.

„Vielleicht hat ihn der Fritz umgebracht", mutmaßte die Reitingerin. „Die beiden Brüder haben sich nie gemocht. Der Fritz hatte auch ein Auge auf die Gunda, aber sie hat ihn nicht leiden können."

Jana Meyerbeer grübelte. „Aber hat das alles irgendeine Verbindung zum Alois Schindler? Immerhin war er das erste Opfer in Helmering."

Einen Moment waren alle still. Jana Meyerbeer kritzelte auf ihr Papier. Sie schrieb die Namen der Toten untereinander: Jakob Löbl, Alois Schindler, Emmeram Hintermayer.

„Ich bin nicht katholisch", sagte sie, „aber die Pfarrer dürfen doch nicht heiraten. Kinder dürfen sie anscheinend schon haben."

„Wenn's heimlich ist", meinte die Reitingerin ungerührt.

Jana Meyerbeer sah sie irritiert an.

Der Thomas bemühte sich um eine Erklärung. „Der Pfarrer lebt in Ehelosigkeit. Er sollte auch keine Beziehung zu einer Frau haben, das ist klar. Aber manche halten sich eben nicht daran."

„Wäre es ein Problem gewesen, wenn es wirklich eine Beziehung zur Gunda Löbl gegeben hätte und das wäre öffentlich geworden?"

„Sie müssen das so sehen: Es ist vieles möglich, wenn man's nicht rumtratscht."

Die Kommissarin verstand den Reitinger offenkundig nicht. Hilfesuchend sah sie seine Mutter an.

„Sie können sich das heute gar nicht mehr vorstellen", erklärte die Reitingerin. „Aber vor vierzig, fünfzig Jahren war eben noch vieles anders. Der Hintermayer war ein begabter Bub, der durfte studieren, aber eben bloß Pfarrer. Der konnte da gar nicht mehr zurück. Das war nicht so, dass man ins Priesterseminar ging und nach zwei Jahren hat man gesagt: Jetzt hab ich eine Freundin, jetzt werd ich nicht Pfarrer, sondern Doktor."

„Er war also mehr oder minder verpflichtet, Pfarrer zu werden, ob er wollte oder nicht."

Die Reitingerin nickte. „Und was macht dann so ein junger Bursch, wenn er sich verliebt? Es ist auch noch die Freundin vom besten Freund! Eine arme Magd, die bloß dann versorgt ist, wenn sie den Bauern, also den Jakob, auch wirklich heiratet. Weil wenn der Hintermayer wegen seiner Liebe zu ihr aus dem Kirchendienst geht, in Schimpf und Schande, und sie vom Hof gejagt wird, dann haben sie beide nichts und werden auch nichts mehr. Aber voneinander lassen haben sie offenbar auch nicht können."

Jana Meyerbeer lächelte melancholisch: „Das klingt sehr romantisch."

Thomas widersprach: „Das klingt so, als wäre einer in eine Falle getappt, aus der er nicht mehr herauskam."

„Helfen Sie mir noch einmal, Frau Reitinger", bat die Kommissarin. „Ein Pfarrer ist doch was Besonderes. Der hält sich an die Gebote."

„Du sollst nicht die Ehe brechen, an das Gebot hat er sich anscheinend nicht gehalten."

„Stimmt. Aber der bringt doch nicht seinen besten Freund um. Ein Mord, das ist doch viel schlimmer als eine Freundin und ein uneheliches Kind haben!"

„Man weiß nicht, was damals vorgefallen ist", raunte die Reitingerin. „Und vielleicht hat auch die Gunda ihrem Mann den Schädel eingeschlagen. Oder eben doch der Fritz. Vielleicht war's ein Unfall. Ein Baum kippt und fällt ihm auf den Kopf."

„Dann hätten sie das doch gemeldet!"

„Nicht, wenn sie selber in Verdacht geraten wären, oder?"

Jana Meyerbeer schüttelte den Kopf. „Diese ländlichen Verhältnisse, da blickt doch keiner durch."

Sie stand auf und drückte der Reitingerin herzlich die Hand. „Sie haben mir wirklich sehr geholfen."

Die Mutter erbat sich einen Gefallen: „Wenn's den Fall geklärt haben, dann erzählen Sie's zuerst meinem Buben. Damit er's schreiben kann und nicht die anderen."

Der Reitinger stand ziemlich blöd daneben, als Jana Meyerbeer ihm einen spöttischen Blick zuwarf und dann aber der Mutter glaubhaft versicherte, sie werde an „den Buben" denken.

10.

Reitinger hatte noch gar nicht fertig gefrühstückt, als das Telefon läutete.

„Meyerbeer hier."

„Guten Morgen."

„Ich hab Sie doch nicht etwa geweckt?"

„Nein. Aber Sie wollen wahrscheinlich sowieso meine Mutter sprechen."

„Es würde nicht schaden, die weiß immer so viel."

„Leider ist sie schon in die Stadt gefahren. Ein Arzttermin – und ich glaub, shoppen will sie auch noch."

„Ich bin schon auf dem Land."

„In Helmering?"

„Erraten."

„Dann hätten Sie doch gleich über Nacht bleiben können."

Jana Meyerbeer lachte, gab aber keine Antwort. Reitinger überlegte, ob das jetzt ein bisschen plump war, aber ändern konnte er es sowieso nicht mehr.

„Ich wollte Sie um Ihre Hilfe bitten."

„Das wäre?"

„Ich kann den Fritz Löbl nicht finden."

„Der ist bestimmt schon im Wirtshaus."

„Würden Sie mitgehen?"

Fritz Löbl war aber nicht im Wirtshaus, und der Hitzlkofer musste ihnen ein wenig ratlos gestehen, dass es das erste Mal seit langer, langer Zeit war, dass er ihn nicht schon um 10 Uhr morgens bei sich hatte.

„Meistens war er schon da, bevor ich richtig aufgesperrt hab. Der hat am Stammtisch die Stühle vom Tisch geholt und sich hingesetzt. Dann hat er gewartet, bis ihm meine Frau ein Bier gebracht hat. Dann hat er gefragt, was sie heute kocht. Und dann war er ganz still. Das letzte Mal, dass der um die Zeit noch net da war, da war er im Krankenhaus. Arm gebrochen, weil er im Rausch hingefallen ist."

Reitinger hatte eine andere Idee, wo er sein könnte. Gemeinsam mit der Kommissarin ging er über die Dorfstraße.

„Was macht denn Ihr Kollege?"

„Der hat heute frei."

„Trotz Ermittlungen?"

„Fehlt er Ihnen denn?", konterte die Kommissarin.

Reitinger lachte bitter, aber er gab keine Antwort. Er öffnete das schmiedeeiserne Gitter des Friedhofs und ließ der Kommissarin den Vortritt.

Tatsächlich stand der Fritz Löbl am frisch aufgeschütteten Grab vom Alois Schindler. Der Reitinger und die Kommissarin blieben stehen. Stören wollten sie ihn nicht. Aber der Löbl hatte das Quietschen des Tores schon gehört, er wendete den Kopf, sah die beiden dort stehen. Er schlug das Kreuzzeichen, setzte seinen Hut auf und kam zu ihnen.

„Ich glaub, es wird Zeit, dass ich was sag. Geh'n wir ins Wirtshaus."

„Da seid ihr ja wieder", rief Rudi Hitzlkofer, wunderte sich aber sehr, als die drei ersten Gäste des Tages sich nicht an den Stammtisch setzten, sondern sich in der allerletzten Ecke seines Wirtshauses vergruben. Der Löbl bestellte Bier, der Reitinger Apfelschorle. Als Jana Meyerbeer „Kaffee" sagte, wollte der Reitinger schon abwinken. Das war keine Kneipe für Kaffee, sie würde den Rest des Hitzlkoferschen Frühstücksgetränks aufgewärmt bekommen. Aber es war zu spät. Sie bekam eine übel riechende Brühe, wie eben abgestandener Kaffee so riechen kann, und schaute den Reitinger erschüttert an. Der grinste und schob ihr seine Apfelschorle zu. „Das ist kein Café hier."

Fritz Löbl hatte unterdessen sein Bierglas mit wenigen Schlucken geleert. Thomas Reitinger vergaß für heute alle seine guten Vorsätze, hob die Hand und zeigte dem Hitzlkofer an, dass er für ihn und den Löbl noch zwei Bier bringen solle. Erst als der Wirt weg war, fing der Löbl an.

„Freilich bin ich der Vater vom Alois gewesen, das wollt ihr doch wissen."

„Hast es immer gut versteckt.“ Reitinger übernahm die Gesprächsführung, er sah Jana Meyerbeer an, dass ihr das recht war.

„Seine Mutter hat's gewusst, er hat's gewusst und ich. Des reicht ja auch. Zahlt hab ich übrigens auch, immer dann, wenn ich Geld gehabt hab.“

„Aber hast sie net heiraten wollen?“

„Sie hat mich net wollen.“ Zur Bekräftigung nahm er einen guten Schluck aus seinem Glas. „Hab mich aber um den Bub gekümmert, auch wenn's keiner im Dorf gemerkt hat.“

Die Bitterkeit war aus jedem Satz zu hören. Der Reitinger und die Kommissarin wechselten einen Blick. Während der Löbl mit den Bierdeckeln spielte, formte Jana Meyerbeer still mit den Lippen „Jakob“. Der Reitinger nickte.

„Mit der Verwandtschaft verstehst dich ja net so gut.“

Löbl lachte leise. „Des hast aber sehr elegant gesagt. Vertrieben haben sie mich. Wie der Jakob in Gefangenschaft war, da hab ich ihnen den Deppen machen dürfen. Gearbeitet bis zum Umfallen. Und wie der Jakob wieder da war, da wollten sie mich ganz schnell los sein.“

„Die Gunda auch.“

„Die hat mich schon gar nicht gewollt.“ Er zögerte einen Moment, sah hoch. Hitzlkofer stand am Zapfhahn, tat geschäftig, aber blieb dabei völlig geräuschlos. Sein angestrengter Gesichtsausdruck verriet, dass er so gerne etwas gehört hätte. Der Löbl schien zu überlegen, was der Wirt denn mitbekam, dann redete er noch leiser. „Die hatte doch ihren Pfarrer.“

Reitinger überlegte kurz, aber dann ging er das Thema direkt an. „Hast schon mal gedacht, dass der Stefan vielleicht nicht von deinem Bruder ist, sondern vom Hintermayer?“

Der Löbl nickte nur, trank aus und winkte mit dem Glas. „Alle haben sich doch so was gedacht. Aber wenn ich's gesagt hätte, wär ich der Böse gewesen.“

Jana Meyerbeer gewöhnte sich allmählich an diese seltsame ländliche Logik.

Eine Weile waren sie still. Der Hitzlkofer brachte dem Löbl das dritte Bier. Niemand sonst am Tisch wollte noch etwas.

„Was denkst denn jetzt, wo sie deinen Bruder tot im Wald gefunden haben?"

Der Löbl sah die Kommissarin direkt an. „Ich bin recht verdächtig, gell?"

Jana Meyerbeer zuckte die Schultern: „Es gibt noch andere Verdächtige."

„Sie glauben doch, dass ein Pfarrer so was nicht tut. Außerdem ist der ja auch tot."

„Tät denn der Pfarrer so was?"

„Der Hintermayer hat doch gedacht, er ist der Stellvertreter vom Herrgott auf Erden. Er kann bestimmen, wer gut und wer böse ist. Öfter als einmal hat er gesagt, dass ein paar Leut das Leben gar net verdient haben. Ich glaub, da hat er mich auch damit gemeint."

„Sie würden ihm also einen Mord zutrauen?"

Fritz Löbl sagte nichts.

„Wäre Ihnen der Hintermayer denn einen Mord wert gewesen?"

„Da wären mir ein paar andere zuerst eingefallen."

„Der Jakob."

„Ich war's net."

Jana Meyerbeer wechselte scheinbar das Thema. „Ihr Sohn, der Alois, der war doch ein Cousin des Bockshof-Bauern."

„Das hat ihm auch nicht viel gebracht."

„Woher war eigentlich das viele Geld in seinem Spind?", fragte der Reitinger plötzlich. Ihm war klar, dass er damit der Polizei ein Helmeringer Geheimnis verriet. Aber das war jetzt auch schon egal.

Fritz Löbl musterte den Reitinger spöttisch. „Des weißt also auch schon wieder."

„Ich würd's jetzt auch gerne wissen", schaltete sich die Kommissarin ein und sah den Thomas herausfordernd an.

„Mir haben sie nur erzählt, dass der Bürgermeister und der Vorsitzende vom Sportverein den Spind vom Schindler im Sportheim aufgebrochen haben, und da lag ein Bündel Geld. Nicht wenig."

„Aber das haben sie nicht gemeldet!", empörte sich Jana Meyerbeer.

„Wir haben die Beerdigung davon bezahlt", erklärte der Löbl. „Ich hätt so viel Geld nicht mehr gehabt."

Jana Meyerbeer war offenkundig sauer, weil ihr diese unbürokratische Lösung nicht gefiel. „Ich versteh die Leut hier nicht", seufzte sie.

„Deshalb haben Sie ja Ihren Dolmetscher dabei", grinste der Löbl und bestellte ein neues Bier.

„Die Leut sagen, er hat den Fußballern Dopingmittel gegeben und dafür kassiert", meinte der Reitinger beiläufig.

„Blödsinn."

„Woher war dann das Geld?"

Fritz Löbl zögerte einen Moment. „Ist ja wurscht", sagte er dann. „Der Alois ist eh tot, dem schadet's nicht."

Er nahm einen Schluck vom frischen Bier und wartete, bis der Rudi Hitzlkofer weg war. „Ich hab dem Bub erzählt, was ich vermute und was ich weiß", fing der Fritz Löbl an. „Die ganze Geschichte vom Bockshof. Wie sie mich hinausgeworfen haben. Dass der Pfarrer ein Verhältnis mit der Gunda hatte. Ich hab sie ja selbst mal erwischt in den Jahren, als der Jakob noch in Gefangenschaft war. Ich hab ihm erzählt, dass der Stefan dem Pfarrer sein Bub ist. Und dass der Pfarrer wahrscheinlich meinen Bruder auf dem Gewissen hat."

„Aber genau wissen Sie das nicht", unterbrach ihn die Kommissarin.

Fritz Löbl schüttelte den Kopf. „Aber dem Alois hat es gereicht. Der ist zum Hintermayer und hat gesagt: Wenn du nicht zahlst, dann steht's in der Zeitung."

Jana Meyerbeer verstand die Welt nicht mehr. „Aber angeblich gab's doch sowieso schon Vermutungen im Dorf, dass der Hintermayer der Vater vom Stefan Löbl ist."

„Aber nicht, dass er den Jakob umgebracht hat."

„Mord verjährt nie", mischte sich der Reitinger ein. Die Kommissarin zog die Augenbrauen hoch, und er begriff, dass er das nicht hätte sagen dürfen. Wenn das jemand wusste, dann wohl sie.

Jana Meyerbeer überlegte. „Der Pfarrer zahlt, damit er nicht als Mörder beschuldigt wird, richtig?"

Fritz Löbl nickte.

„Aber wir hätten ihm den Mord ohne Leiche nie nachweisen können – und den Knochenfund auf dem Bockshof gab es da noch nicht. Außerdem: Mit 80 Jahren, was hätte ihm noch groß passieren können?"

„Sie kennen den Hintermayer nicht", sagte der Löbl. „Dem war ganz wichtig, dass er als frommer Mann dasteht, als der, der den Leuten sagt, was richtig und falsch ist. Der hat lieber gezahlt, als dass er sich sein Lebenswerk kaputt machen lassen hätte. Und da reichen dann schon Gerüchte."

„Also konnte Ihr Sohn Alois den Pfarrer erpressen."

Fritz Löbl nickte wieder.

„So wie Sie den Pfarrer schildern, als *Herrgott von Helmering* – den muss es doch sehr gekränkt haben, dass irgendein Mensch ihn erpressen kann."

„Das glaubst", bestätigte der Löbl.

„Haben Sie nie darüber nachgedacht, ob dann der Pfarrer Ihren Sohn erstochen hat?"

„Das will ich gar nicht denken", sagte der Löbl und trank sein Bier aus. „Weil sonst glauben Sie, dass ich den Pfarrer auf dem Gewissen hab."

Damit stand er auf und ging, ohne zu grüßen. In der Tür wandte er sich noch einmal an den Wirt. „Mein Bier zahlt der Thomas."

Die Meyerbeer schrieb schnell und ohne Pause. Der Reitinger zahlte inzwischen und beobachtete sie, wie sie sich Notizen machte. Dann sah sie hoch, aber gerade an ihm vorbei, sie starrte auf die Wand und schien nachzudenken. „Vielleicht hat der Pfarrer den Jakob Löbl umgebracht, aber wir haben keine Beweise."

Reitinger brummte.

„Alois Schindler hat den Pfarrer erpresst. Das ist doch ein Motiv, den Schindler umzubringen."

„Wieder keine Beweise."

Jana Meyerbeer seufzte.

„Und wer hat den Pfarrer umgebracht?"

Das Handy vom Reitinger klingelte. Sein Chef. Er hatte die Konferenz vergessen. Nur mit Mühe gelang es ihm, den verärgerten Vorgesetzten zu beruhigen. Er sei schon auf dem Weg, er habe noch wichtige Erkenntnisse, nein, schreiben könne er noch nichts, aber dem Durchbruch ganz nahe ... Ja, er komme gleich.

„Ich wär gern mit Ihnen auf den Bockshof gefahren", sagte der Reitinger bedauernd. „Ich glaub, Sie sind ganz nah dran. Aber ich muss nach Regensburg."

„Sie haben Bier getrunken."

„Aber nur eins." Reitinger schob einen Kaugummi in den Mund.

*

Viel kam nicht heraus bei der Konferenz. Reitinger beschwor den Chef, ihm noch bis zum Wochenende Zeit zu lassen, er habe jetzt einen guten Draht zur Kripo, und im Dorf würden ihm die Leute auch vertrauen. Er hatte überhaupt keine Lust, jetzt andere vorzulassen, wo er sich so nahe an der Lösung wähnte. Macht Spaß, an einer Geschichte dranzubleiben, dachte er, als der Chef ihm gnädig Zeit gewährte: „Aber nur, wenn Sie mich täglich ausführlich informieren und auch für die Zeitung schreiben, mein Lieber!"

Der Aschenbrenner wollte die Sache wieder an sich ziehen und fast hätte er es auch geschafft, aber da kam die Sekretärin herein und sagte zum Reitinger vor allen Kollegen, die Kommissarin wollte ihn sprechen, sie stehe bereits draußen. Da höhnte der Arsch, das sei ja wirklich ein ganz besonders guter Draht, den der Reitinger da habe. Aber den Chef überzeugte es.

Reitinger zeigte sich von seiner dynamischen Seite. „Wie lange sind Sie schon in Regensburg?"

„Ein paar Monate."

„Dann zeig ich Ihnen jetzt mal was von der schönen Umgebung", versprach der Reitinger vollmundig. „Wir könnten nach Adlersberg raus oder auf die Tremmelhauser Höhe."

Jana Meyerbeer lächelte süßsauer. „Eigentlich habe ich genug vom Landleben in der Oberpfalz. Ihr Helmering reicht mir vollkommen."

„Also gut, dann eben die Idylle in der Stadt", meinte der Reitinger.

„Ich war auf dem Bockshof", sagte die Meyerbeer, als sie durch den Herzogspark spazieren gingen. Die Blätter verfärbten sich nur langsam, immer noch war es mehr Sommer als Herbst. Reitinger freute sich, Jana Meyerbeer diesen Ort zeigen zu können. Hier war er oft, wenn er nachdenken wollte. Früher war er gerne auf die Jahninsel gegangen, aber ein paar Mal hatten ihn dort die Punks angegangen, da war es hier schon ruhiger.

„Hat's was gebracht auf dem Hof?", fragte er.

„Viel ist nicht rausgekommen. Der Bauer macht dicht, und seine Frau war mir auch keine Hilfe."

„Was sagt er denn konkret?"

„Konkret ist das falsche Wort. Ich hab nicht einmal herausgekriegt, ob er schon zuvor gewusst hat, dass der Jakob Löbl nicht sein Vater ist. Für die Nacht, in der der Schindler ermordet wurde, da hat ihm seine Frau ein Alibi gegeben."

„Reicht das?"

„Nicht unbedingt. Aber wenn ich nichts in der Hand habe ..."

„Das war's dann für heute?"

Jana Meyerbeer seufzte. Sie sah auf den Prebrunnturm und versuchte, die Inschrift zu entziffern. „ANNO DOMINI MCCLXXXXIII HOC OPUS INCEPTUM EST IN VIGILIA BEATI GEORGII."

„Können Sie das übersetzen?", fragte sie.

Der Reitinger buchstabierte sich durch die lateinische Zahl. „Da war irgendwas im Jahr 1293."

„Das seh ich auch. Aber was?"

„Beate und Georg verschollen im Turm", fabulierte der Reitinger.

Die Kommissarin schmunzelte. „Kein Wunder, dass man euch Journalisten manchmal für Märchenerzähler hält."

Er zuckte die Schultern: „Pfarrer Hintermayer hätte es gewusst."

„Da wollen Sie mir Schönheiten der Stadt zeigen und dann können Sie mir nicht mal was erklären." Der Tonfall verriet jedoch, dass sich Jana Meyerbeer bei dieser unkonventionellen Stadtführung durchaus wohl fühlte.

Reitinger nahm die Kommissarin kurz am Arm und zog sie mit sich: „Gehen wir lieber zu den botanischen Lehrgärten. Da steht wenigstens dabei, um was es geht."

Jana Meyerbeer reagierte etwas verhalten auf Reitingers Berührung. Er ließ sie schnell wieder los. „Aber diese Menge an Kirchen und Türmen hier ist schon sehr beeindruckend", sagte sie versöhnlich.

„Wo sind Sie denn geboren?"

„In Kiel."

„Wir sind eben ein frommes Volk hier in Bayern."

Der Blick der Kommissarin sprach Bände.

„Wenn Sie meine Mutter noch sprechen wollen, die ist abends wahrscheinlich wieder daheim."

„Ich bleib jetzt erst mal hier und denke nach."

Der Reitinger freute sich. Er hatte die Kommissarin von seinem magischen Ort zum Nachdenken überzeugen können.

Als er ins Auto stieg, sah er, dass die Karte immer noch auf dem Beifahrersitz lag: „Nichts macht dich so fertig wie deine Heimatstadt." Der Reitinger zog seinen Notizkalender heraus und steckte sie hinein.

Dann dachte er nach. Wer könnte ihm helfen, wenn es gar nicht mehr vorwärtsging? Er beschloss, noch einmal beim Freisleder vorbeizufahren.

Ganz irritiert schaute Sepp Freisleder auf seinen Besucher. „Du warst doch noch nie bei mir", sagte er, als wollte er seine hektische Nervosität entschuldigen. „Bisher haben wir uns immer bei euch oder in der Kirche getroffen."

Er bat den Thomas herein, räumte schnell auf, schob ein paar Zeitungen zusammen.

„Was gibt's Neues, Reitinger? Was machen die Ermittlungen?"

„Viel weiß ich auch net, müsstest den Kommissar fragen."

„Oder die Kollegin. Hab gehört, dass du öfter mit ihr beisammen bist."

Reitinger musterte den Freisleder skeptisch, aber der sah so harmlos drein, wie er nur konnte.

„Wie geht's der Mutter?"

„Die ist heut in der Stadt."

„Die war doch die Woche schon!"

„Bist aber gut informiert."

„Was die Leut halt so reden."

Reitinger setzte sich ohne besondere Aufforderung an den Küchentisch. Sein Gastgeber machte auch keinerlei Anstalten, ihm etwas anzubieten.

Thomas ließ sich dadurch nicht irritieren, jetzt nicht mehr, wo er doch ein großer Reporter geworden war. „Wie geht's dir denn, Sepp?", fragte er den Freisleder, und der sah aus, als würde er gleich weinen.

„Wenn der Pfarrer unter der Erd ist, wird's vielleicht besser. Aber bisher hab ich jede Nacht Alpträume. Immerhin läuft ja der Mörder vom Pfarrer noch frei herum."

„Der vom Schindler auch."

Freisleder überlegte kurz, als müsste er sich an diese Tat erst erinnern.

„Der vom Jakob Löbl vielleicht auch", ergänzte der Reitinger noch.

„Kann ich dir noch irgendwas helfen?", fragte der Sepp und trat nervös von einem Fuß auf den anderen.

„Hast du es eilig?"

„Ich würd' gern in die Kirch. Nach dem Rechten sehen und vielleicht auch ein bissl schmücken – heut Abend ist Rosenkranz für den Pfarrer."

„Ich geh mit."

Freisleder sperrte die Haustür zwei Mal ab und kontrollierte mehrfach. Als er den fragenden Blick des Reitinger sah, rechtfertigte er sich: „Nach allem, was passiert ist ..."

Reitinger nickte verständnisvoll. Er hatte den Eindruck, dass der Freisleder ihn gerne los sein wollte, aber er konnte sich einfach nicht vorstellen, warum. Bisher war es doch genau umgekehrt gewesen: Sepp Freisleder hatte gerne und viel erzählt, doch seit kurzem war er auf Tauchstation gegangen.

Als sie die Kirche betraten, schluchzte der Freisleder leise. Er sah zum Beichtstuhl, dann zum Reitinger: „Wer tut denn einem Pfarrer was?“

Reitinger dachte, wahrscheinlich einer, der auch einem Trainer oder einem Bauern was tut, aber diese Antwort hätte dem Freisleder sicherlich nicht gefallen. Reitinger ging zum Beichtstuhl. Als Kind war er hier manchmal gewesen, seitlich hineingegangen, war da gekniet, hatte durch ein Gitter den Pfarrer gesehen, der so tat, als würde er ihn nicht erkennen. „In Demut und Reue bekenne ich meine Sünden.“

„Was machst denn da?“, fragte Freisleder ärgerlich, als Reitinger sich in den Beichtstuhl setzte und durch das Gitter in den Raum des Pfarrers sah.

„Weißt, was ich net versteh?“, fragte der Reitinger, ohne auf die Frage des Mesners einzugehen. „Der Pfarrer ist doch hier gesessen, wo die Beichtenden sitzen. Net da, wo er sonst immer sitzt.“

Sepp Freisleder sah ihn groß an. „Des stimmt.“

„Aber warum? Hat der Mörder gemeint, der Pfarrer sollte noch beichten?“

„Hör auf. Er war schon tot.“

„Da hat ihn einer in der Sakristei umgebracht und dann hierhergeschleift. Und in der falschen Abteilung vom Beichtstuhl abgesetzt.“

„Gib Ruh!“

„Wenn's ein Katholischer war, dann war's Absicht.“

Freisleder wandte sich ab. „Ich geh in den Pfarrgarten und hol Blumen für den Altar.“ Er hatte Tränen in den Augen.

Kaum war der Freisleder weg, kam dem Reitinger eine Idee. Der Mann war beschäftigt. Er ging ihm aus dem Weg. Er war unfreundlicher als zu Beginn der Ermittlungen. Er wollte ihn nicht in seinem Haus haben. Es war bestimmt nicht in Ordnung, aber er wollte sich das Haus vom Freisleder in Ruhe anschauen. Jetzt war die Gelegenheit. Und gehörte sich das nicht auch für einen Kriminalreporter? Oder rechtfertigte er seine krummen Touren jetzt auch schon mit beruflichen Pflichten?

Auf dem Weg überlegte Reitinger, wie er wohl hineinkommen könnte. Freisleder hatte abgeschlossen. Ob er irgendwo einen Zweitschlüssel versteckt hatte? Ob irgendein Fenster offen stand? Reitinger ging in aller Ruhe ums Haus herum, in den Nachbargärten war niemand zu sehen, keine Gardine bewegte sich. Er stand im Garten, hier hinten hinein konnte niemand von draußen sehen, er drückte gegen die Terrassentür, aber sie gab nicht nach. Dafür aber war das Wohnzimmerfenster gekippt. Der Reitinger ging in den Geräteschuppen im Garten, holte Draht, bastelte eine Schlinge und fasste durch das gekippte Fenster hinein. Mit viel Mühe konnte er den Hebel umlegen, das Fenster öffnen und hineinsteigen.

Noch nie hatte er so etwas gemacht. Er hatte gehört, dass Kollegen von der Boulevardpresse sich so manchmal Fotos beschafften. Er fand das immer zum Kotzen. Jetzt war er selbst schon so. Gehörte das zu diesem Job? Wurde er jetzt schon wie Aschenbrenner und Friedrich? Nur, was suchte er eigentlich? Und wo sollte er anfangen?

In der Küche war bestimmt nichts zu finden, dachte Reitinger, denn der Freisleder hatte ihn gleich hierhergeführt. Aber was war mit dem Wohnzimmer? Ein Foto der verstorbenen Frau Freisleder hing an der Wand, eines vom Pfarrer mit dem Freisleder stand auf dem Tisch. Auf dem Schrank all das, was sich in einem Haushalt an vermeintlich schönen Dingen im Laufe eines Lebens ansammelt: eine Kerze aus Altötting, eine Blumenvase, in der Seidenblumen steckten, eine Standuhr, die leise tickte, einige Bierkrüge. Zwei Bücher entdeckte der Reitinger: ein Buch über die Oberpfalz und die Bibel. Sie standen eingeklemmt zwischen zwei Buchstützen. Der Reitinger nahm die Bibel in die Hand. Da sah er, dass ein kleiner Notizkalender in der Mitte eingeklemmt war. Ein schmales Büchlein, einfach so zwischen Altes und Neues Testament geschoben. Dem dicken Buchrücken konnte man's nicht ansehen, dass hier einer schnell etwas versteckt hatte. Reitinger steckte das

Büchlein ein, stellte die Bibel zurück und sah zu, dass er weiterkam. Das Fenster bekam er nicht mehr ganz so hin, aber das konnte er jetzt auch nicht ändern. Der Freisleder hatte das Notizbuch des Pfarrers aus dem Pfarrbüro geklaut und einen Einbruch vorgetäuscht, er selbst war eben hier eingebrochen und hatte sich das Notizbuch geholt. Denn dass es das verschwundene Notizheft vom Hintermayer war, daran hegte er keinen Zweifel.

Ausgerechnet dem Bernhard Neubauer musste er über den Weg laufen, als er aus dem Garten vom Freisleder auf die Straße trat.

„Was macht eigentlich die Polizei?", wollte der Bernhard wissen. „Haben sie jetzt bald den Richtigen – oder warten sie auf die nächste Leiche?"

„Ich weiß es net, Bernhard, aber ich würd dich gern was fragen."

Bernhard grinste: „Wenn's um die Kati geht, die war grad beim Vater und jetzt ist sie einkaufen."

Reitinger fand das zwar sehr interessant, winkte aber ganz lässig ab. „Du hast mit dem Schindler gestritten, und dabei seid ihr nebeneinander die Straße entlang."

„Das hab ich doch schon ein paar Mal der Polizei erzählt!"

„Und der Pfarrer hat euch gehört."

„Der hat zum Fenster rausgeschrien, dass wir unser Maul halten sollen."

„Hast du was zurückgerufen?"

„Ich net. Aber der Schindler." Bernhard Neubauer plusterte sich auf und rief halblaut, indem er den Schindler nachmachte: „Sei bloß still, Pfarrer, sonst mach ich dich fertig."

„Was hat der Pfarrer dann gemacht?"

„Geschimpft und das Fenster zugeknallt."

„Und dann?"

„Dann hab ich nichts mehr zum Schindler gesagt und bin an der nächsten Ecke abgebogen, heim."

„Mit dem Hund." Bernhard Neubauer nickte und ging weiter.

Scheinbar ziellos streifte Reitinger durch Helmering. Er wollte die Kati treffen, er wollte aber auch ganz dringend das Notizbuch ansehen. So recht konnte er sich nicht entscheiden. Die Kati nahm ihm diese Entscheidung ab, als sie aus der Bäckerei kam.

„Dir sag ich nichts, du machst doch bloß Ärger."

„Wie der Bernhard aus dem Gefängnis gekommen ist, hast noch anders geredet."

„Aber seitdem haben wir bloß Kummer."

„Immer noch wegen dem Toten im Wald?"

„Wie würde es dir gehen, wenn dein Vater erst ewig verschollen ist, und dann findet man Knochen, und des ist er dann?"

„Aber der Jakob Löbl war doch gar net der Vater von deinem Mann!"

Kati funkelte ihn wütend an. „Hätt ich mir doch denken können, dass die Kommissarin dir des gleich erzählt hat!"

„Das haben manche im Dorf schon immer gemunkelt."

„Reden können die Leut viel. Der Stefan hat immer geglaubt, das ist sein Vater, der Jakob, der nach Amerika gegangen ist!"

„Der hat nie gedacht, dass vielleicht der Pfarrer ...?"

Die Kati schüttelte den Kopf und wurde ganz traurig und leise: „Er glaubt es immer noch net. Er ist nicht mehr derselbe, der Stefan."

Als er nach Hause kam, saßen die Kommissarin und seine Mutter schon in der Küche beim Abendessen.

„Wollen Sie nicht doch hier einziehen?", fragte Reitinger spöttisch.

„Ich warte erst, bis Sie ausgezogen sind", konterte Jana Meyerbeer.

„Für mich ist in meiner alten Wohnung kein Platz mehr", brummte der Reitinger, und seine gute Laune verflog augenblicklich. Dann zog er das Notizbuch des Pfarrers heraus und legte es auf den Tisch.

„Woher haben Sie das?", wollte die Kommissarin wissen.

„Es stand beim Freisleder."

„Der wird es Ihnen aber nicht gegeben haben."

„Ist jetzt auch schon egal.“ Thomas blätterte das Büchlein auf. Jeden Tag kurze Notizen.

„Messe. Bockshof. Freude an den Kindern. Der Herr schenkt auch dem Sünder Gnade.“

„Messe. Gunda da. Gespräch über Vergangenes.“

„Frühstück. Spaziergang. Trübe Gedanken. Die Last des Vergangenen. Wirtshaus.“

„Komische Schrift“, brummte der Reitinger.

„Er hat eine grauenhafte Schrift gehabt, der Herr Pfarrer“, bestätigte die Mutter. „Das weiß ich, weil immer wenn ich eine Messe für deinen Vater bestellt habe, da hat er das aufgeschrieben. Aber in ein anderes Buch. Größer. Mit Goldschnitt.“

Die Reitingerin lachte. „Das war ganz komisch. Der Herr Pfarrer schrieb mit der rechten Hand, dann hat er den Stift in die linke genommen und einfach weitergeschrieben. Genauso rechts wie links.“

„Ein umerzogener Linkshänder.“ Der Reitinger wurde ganz nervös.

Die Kommissarin sah ihn fragend an.

„Das ist doch der Beweis, den Sie haben wollten! Ein Linkshänder hat den Schindler erstochen.“

„Das reicht nicht, und das wissen Sie auch.“

„Ich hab grade mit dem Bernhard Neubauer geredet. Der Schindler hat dem Pfarrer in der Mordnacht gedroht, dass er ihn fertigmachen wird.“

„Auch kein Beweis“, sagte Jana Meyerbeer ganz nüchtern.

„Dann finden Sie doch welche.“ Beleidigt schwieg der Reitinger und blätterte im Kalender, schlug den Tag auf, an dem der Schindler ermordet worden war. Ex 15,6-7 stand da. Fragend sah er zur Kommissarin, aber die zuckte nur die Schultern.

Die Mutter hingegen stand auf: „Da hab ich mir so viel Mühe gegeben, einen guten Christen aus dir zu machen ...“ Dann kam sie mit einer Bibel in der Hand zurück. Sie sah hinten im Verzeichnis die Abkürzungen durch: „Exodus. Aha.“

„*Deine Rechte, Herr, ist herrlich an Stärke ...*“, las sie.

Der Reitinger grinste. „Und das zitiert ein Linkshänder.“

Die Mutter aber redete unverdrossen weiter:

„... deine Rechte, Herr, zerschmettert den Feind.
In deiner erhabenen Größe
wirfst du die Gegner zu Boden.
Du sendest deinen Zorn;
er frisst sie wie Stoppeln."

Einen Moment waren sie alle drei still.

„Die Kati sagt, dass ihr Mann so komisch ist, seit feststeht, dass der Jakob nicht der Vater von ihm ist."

„Das hat er doch gewiss gewusst", mutmaßte die Reitingerin.

„Anscheinend hat er das nie glauben wollen."

Jana Meyerbeer stand auf, verabschiedete sich und ging zur Tür. Der Reitinger begleitete sie hinaus.

„Ich werde morgen früh gleich mit meinem Kollegen beim Fritz Löbl vorbeischauen, dann auf dem Bockshof."

„Da wäre ich gern dabei."

„Das ist mir nicht recht."

Reitinger sah sie gekränkt an. „Weil der Herr Kollege dabei ist? Da brauchen Sie den Dolmetscher von Helmering nicht mehr, oder?"

Jana Meyerbeer ging einfach und ließ Thomas Reitinger wütend zurück.

Als er zurückkam in die Küche, hatte die Mutter den Tisch schon abgeräumt.

„Eine ganz nette Frau ist das."

Reitinger reagierte nicht.

„Willst net mit der Lisa noch mal reden, wie's mit euch weitergeht?"

„Bald. Aber jetzt passt es grade gar net, weißt du doch."

„Ich hab das Gefühl, sie wartet drauf."

Der Reitinger sah seine Mutter überrascht an.

„Ich war heut bei ihr im Büro", erklärte die.

Thomas holte sich ein Bier aus dem Kühlschrank, machte es auf, wartete.

„Ich muss mit dir reden, Thomas."

Das klang ernst. Er setzte sich, nahm einen Schluck.

„Ich hab die Lisa gefragt, was eine Zweizimmerwohnung in der Stadt so kostet zum Mieten."

„Wenn ich eine neue Wohnung brauch, dann such ich die selber, da brauch ich dich net und die Lisa erst recht net", grantelte der Reitinger.

„Aber ich such doch für mich", gestand die Mutter. „Ich würd gern wieder in die Stadt ziehen. Ich mag in dem Dorf net alt werden."

Reitinger schluckte: „Ich glaub, jetzt brauch ich einen Schnaps."

11.

Schlafen konnte Reitinger jetzt natürlich nicht. Seine Frau wollte ihn verlassen, und er fand nicht einmal die Zeit, mit ihr darüber zu reden. Seine Mutter wollte nach Regensburg ziehen. Den Mörder oder die Mörder hatte die Polizei immer noch nicht. Und wenn er nicht aufpasste, würde ihm dieser Kommissar nicht nur seine Frau wegnehmen, sondern auch noch den Fall lösen, und andere Kollegen würden es zuerst erfahren. Arsch und Friedrich zum Beispiel. Oder Pit vom Fernsehen.

Reitinger nahm das Notizbuch des Pfarrers zur Hand. Sie hatten ja bisher erst ein paar Seiten durchgesehen. Vielleicht würden sich weitere Hinweise finden. Die Mutter hatte die Bibel auf dem Küchentisch liegengelassen.

„Ex, 2,11f", stand am 30. April notiert. Der Reitinger schlug die Bibel auf.

Die Jahre vergingen und Mose wuchs heran. Eines Tages ging er zu seinen Brüdern hinaus und schaute ihnen bei der Fronarbeit zu. Da sah er, wie ein Ägypter einen Hebräer schlug, einen seiner Stammesbrüder. Mose sah sich nach allen Seiten um, und als er sah, dass sonst niemand da war, erschlug er den Ägypter und verscharrte ihn im Sand.

Der Reitinger stutze. Hatte der Hintermayer nicht in der Kirche über Moses gesprochen? Der Mann, der einen Mord begangen hatte und dennoch ein Liebling Gottes war?

Als das Telefon klingelte, fiel ihm fast vor Schreck das Buch aus der Hand. Die Uhr zeigte nach Mitternacht – wer mochte das sein?

„Ich bin's, der Fritz."

Reitinger brauchte einige Zeit, bis ihm klar war, dass es der Fritz Löbl war.

„Ich glaub, ich hab einen Blödsinn gemacht."

„Was ist denn der Blödsinn?"

„Der Stefan war da. Wegen der ganzen Geschicht."

„Seit wann redet ihr denn miteinander?"

„Heut das erste Mal, soweit ich denken kann."

„Dann hat die ganze Sache doch auch was Positives."

„Von wegen. Er war ganz durcheinander. Er sagt, er hat immer gedacht, dass er der Sohn vom Jakob ist. Die Mutter will ihm nichts dazu sagen. Und was die Leut sagen, von wegen der Hintermayer war's, das will er einfach net glauben. Da hab ich ihm erzählt, dass ich auch denk, dass es der Pfarrer war. Der war ganz fertig und dann ist er weggerannt."

„Und jetzt?"

„Fahr mich zum Bockshof. Ich will ein Unglück verhindern."

Auf dem Bockshof brannte tatsächlich noch Licht. Als Reitinger klopfte, macht Kati auf.

„Spinnst? Was machst hier – mitten in der Nacht?"

„Wo ist der Stefan?"

„Bei seiner Mutter hinten im Austragshäusl."

Fritz Löbl und Reitinger wechselten einen alarmierten Blick. Dann rannten sie beide los.

„Was ist denn mit euch?", rief Kati, aber sie bekam keine Antwort mehr.

Schon an der Haustür hörten sie den Stefan toben. Von der Löblin war nichts zu hören. Niemand machte auf. Fritz Löbl schlug das Fenster ein, öffnete es und kletterte erstaunlich geschickt hinein. Reitinger folgte ihm. Stefan Löbl stand da, ein Holzscheit in der Hand und schrie auf seine Mutter ein. Sie stand in einer Ecke, hatte die Hände vors Gesicht geschlagen.

„Hört auf“, sagte Fritz Löbl. „Es ist doch schon genug passiert.“

Stefan blieb wie erstarrt stehen.

„Geh du mir aus dem Haus, Fritz“, fauchte Gunda.

Fritz Löbl ging auf seinen Neffen zu und nahm ihm vorsichtig das Holzscheit aus der Hand, legte es zu den anderen neben den Holzofen. „Jetzt wird geredet.“

„Aber net, wenn der da ist“, sagte Stefan Löbl und deutete auf den Reitinger.

„Er hat mich hergefahren und außerdem schreibt er nichts drüber“, versprach der Onkel, und Reitinger wunderte sich, wie er da so sicher sein konnte.

Gunda schleppte sich zur Eckbank, ließ sich neben dem Herrgottswinkel nieder, faltete die Hände und bewegte die Lippen zum stummen Gebet.

Draußen klopfte Kati an die Tür. „Was ist los? Hört ihr mich?“

Reitinger ging hinaus und machte auf.

Der Fritz hatte sich unterdessen hingesetzt und sah den Stefan auffordernd an.

„Was zum Trinken wär net schlecht.“

Stefan ging zum Kühlschrank seiner Mutter, sah nach. Kein Bier. Er sah fragend zu seiner Frau.

„Wenn ihr euch nichts antut, dann hol ich eins von drüben.“

„Ich hab den Pfarrer net umgebracht“, sagte der Fritz. „Ich war's wirklich net. Das musst mir glauben.“

Dabei sah er nicht den Stefan an, sondern dessen Mutter.

„Du hast ihn doch immer dick gehabt“, fauchte Gunda.

„Der hat auch genug kaputt gemacht.“

„Ich hätt den Buben net groß bekommen ohne den Emmeram.“

„Es war ja auch sein Bub“, ergänzte der Fritz.

„Ist des wahr, Mutter?“

„War eine harte Zeit, wie dein Vater in Gefangenschaft war“, sagte die Löblin. „Freilich, der Fritz hat die Arbeit mit mir gemacht, aber ich hab ihn eben net so gern gehabt. Und der Jakob war ja noch am Leben, aber weit weg.“

„Hast was mit dem Pfarrer angefangen“, bohrte Fritz Löbl nach.

„Ist eben so passiert. Ich dacht, der Jakob kommt nimmer und du ..."

„Weiß schon. Ich hab net gezählt. Bei meinen Eltern net und bei dir auch net."

„Dann war der Jakob wieder da – und er war so fremd. Nach so langer Zeit ... Wie ich schwanger geworden bin, da hab ich auch erst net gewusst, von wem. Aber du hast so viel von dem Emmeram ..."

Stefan sah ratlos auf seine Mutter, aber er sagte nichts. Fritz Löbl legte die Hand auf seinen Unterarm, tröstend, ihn festhaltend.

„Der Jakob hat gemerkt, dass was nicht stimmt. Aber er hat gedacht, ich hab was mit dem Fritz. Auf den Emmeram ist er zuerst gar nicht gekommen. Und geschlagen hat er mich auch", fügte sie leise hinzu. „Und da ..."

„Hast ihn umgebracht und einen Abschiedsbrief erfunden, dass er in Amerika ist."

Verzweifelt sah Gunda zu ihrem Sohn, aber der musterte sie nur kalt. „Der Emmeram war's", sagte sie leise. „Aber ich war froh drum. Die beiden waren im Holz, der Jakob hat da auch schon einen Verdacht gehabt, du könntest vom Emmeram sein, da haben sie Streit gekriegt, und da ist es passiert."

Der Stefan starrte sie angeekelt an. „Tu jetzt net so, als wär's ein Unfall gewesen."

„Der Emmeram hat's mir so erzählt."

Stefan Löbl sah seinen Onkel an. „Wie die Knochen aufgetaucht sind von meinem Vater, also vom Jakob: Ich hab gedacht, du warst es."

„Das war er nicht", sagte Gunda giftig. „Aber den Pfarrer, den hat er umgebracht. Weil er ihm immer neidisch war, weil er ihn nicht hat leiden können seit über 50 Jahren."

„Ich wünscht, ich wär's gewesen", knurrte der Fritz. „Denn wenn's wahr ist, dass er meinen Sohn umgebracht hat, dann gehört's ihm nicht anders."

Gunda schlug zornig mit der Hand auf den Tisch. „Des hast jetzt erfunden!"

Fritz Löbl sah hilfesuchend zum Reitinger.

„Kann gut sein“, murmelte der. „Der Schindler hat den Hintermayer erpresst.“

„Dann geschieht's ihm grad recht“, knurrte die Gunda. Damit war der Fall für sie erledigt.

Kati kam ungünstig mit dem Bier. Eine Weile schwiegen alle, während sie die Flaschen auf den Tisch stellte und die Gläser aus dem Schrank holte. Stefan starrte vor sich hin, er atmete schwer. Reitinger befürchtete zunächst, er könnte ausrasten und wieder mit einem Holzscheit um sich schlagen, aber er blieb still. Kati setzte sich zu ihm und nahm seine Hand. Der Stefan ließ es sich nicht nur gefallen, er rückte näher zu seiner Frau, drückte sie an sich.

„Ich hab schon ein paar Tage vorher im Wald die Knochen gefunden“, erzählte Stefan unvermittelt. „Und sogar einen Ausweis, zumindest ein paar Fetzen davon. Da hab ich gewusst: Mein Vater, also der Jakob, der ist gar nicht nach Amerika. Der liegt hier rum. Tot. Da hab ich alles zusammengesucht, was ich gefunden hab und hab's eingegraben. Wie auf dem Friedhof. Dass der Hund da was mitgenommen hat, das hab ich nicht gesehen.“

Lange, lange waren alle still. Sie tranken, sie sahen sich verstohlen an, aber keiner wagte es, etwas zu sagen. Der Stefan begann leise zu weinen.

„Warum hast net die Polizei gerufen?“, fragte Fritz Löbl.

„Ich war so durcheinander. Ich wollt erst selber wissen, ob des alles wahr sein kann. Und nach dem Mord am Schindler, da waren sowieso so viele Gerüchte im Dorf … Ich bin auf den Speicher und hab gesucht, ob noch was vom Vater da ist. Und da hab ich einen Brief gefunden, den er der Mutter aus der Gefangenschaft geschrieben hat. Dass sie sich vor seinem Bruder in Acht nehmen soll, aber der Pfarrer, auf den kann man sich verlassen. Da bin ich zum Pfarrer gefahren, in aller Früh, gleich nach dem Melken. Aber der war nicht in seinem Haus, der war in der Sakristei und wollte gerade das Küchenmesser holen, das auf der Konsole lag. Das, wo wir alle haben. Das Weihnachtsgeschenk vom Metzger letztes Jahr. Ich hab hingeschaut, weil doch der Schindler mit so einem umgebracht worden ist. Da hat der Pfarrer gelacht und gesagt, das habe ihm der Freisleder hingelegt, weil der habe nämlich zwei, und er, der Pfarrer könne seins nicht mehr finden. Da hab ich mir gedacht: Der wird doch nicht den Schindler umgebracht haben. Das hat er mir angesehen, dass ich das gedacht habe, denn er hat wieder gelacht und gesagt, er muss sowieso mit mir reden, deswegen ist es gut, dass ich da bin."

Stefan trank sein Glas Bier in einem Zug leer. Dann sah er die Kati an und drückte ihre Hand.

„Ich hab ihm von den Knochen im Wald erzählt, dass mein Vater tot ist. Und ich hab ihn gefragt, ob er auch glaubt, dass der Fritz ..." Stefan sah Fritz Löbl an „...dass also du meinen Vater, den Jakob, umgebracht hast. Da hat er wieder gelacht, ganz blöd hat er gelacht. Dass der Fritz schon immer ein Depp gewesen sei, genau wie der Jakob, hat er gesagt, dass der Jakob eine wie die Gunda net verdient habe, hat er gesagt, dass er besser im Krieg gefallen wär. Da haben wir angefangen zu streiten."

Lange sagte der Stefan nichts, aber alle sahen ihn an und befürchteten schon, was noch kommen würde.

„Er hat mir gesagt, dass er den Jakob umgebracht hat, umbringen musste, weil er meine Mutter unglücklich gemacht hat, weil er sie verprügelt hat ..."

Der Reitinger dachte wieder an die Geschichte mit Moses, der einen Ägypter erschlug und doch der Liebling Gottes war.

„Dass es Menschen gibt, die das Leben nicht verdient haben", hat er gesagt. „Weil sie dumm und schlecht sind. Und dass der, der Gut und Böse unterscheiden kann, so wie er, dann auch von Gott die Macht bekommt, etwas gegen das Böse zu tun."

„Der war ja größenwahnsinnig", flüsterte die Kati und fing sich einen sehr bösen Blick ihrer Schwiegermutter ein.

Fritz Löbl sah den Reitinger an: „Hab ich's net gesagt? Der hat gedacht, er ist der Stellvertreter vom Herrgott auf Erden."

Reitinger nickte und sah mitfühlend auf Stefan Löbl, der weinte.

„Dass der Schindler das Leben nicht verdient hatte, hat er gesagt. Und der Jakob Löbl auch nicht. Dann wollte er weiterreden, aber da hab ich das Messer genommen und ihn erstochen."

„Er war doch dein Vater", schrie die Löblin.

„Ich hab's ja net gewusst."

Die Gunda Löbl weinte, wie sie noch nie in ihrem Leben geweint hatte. Keiner wollte sie trösten, nicht ihr Sohn, nicht ihre Schwiegertochter. Der Fritz vielleicht, aber der traute sich nicht. Der Reitinger zog sein Handy heraus.

„Ich glaub, ich ruf jetzt die Kommissarin an."

12.

Am frühen Morgen waren sie auf dem Löbl-Hof fertig. Jana Meyerbeer sah müde und erschöpft aus, Reitinger hingegen hatte das Gefühl, er könnte Bäume ausreißen.

„Das ist die Euphorie der Übernächtigten", belehrte ihn die Kommissarin.

„Schad, dass Sie Ihren Kollegen mitten in der Nacht nicht erreicht haben. Der wär doch bei der Aufklärung sicher auch gern behilflich gewesen."

„Er war ja nicht einmal unter der Geheim-Telefonnummer zu erreichen, wo Sie ihn vermutet haben", feixte die Kommissarin.

„Wer hätte gedacht, dass die Lisa allein zu Haus ist?", brummte der Reitinger, doch das machte seine Laune nur noch besser.

Jana Meyerbeer sah auf den Kollegen, der gerade aus dem Austragshäusl kam. „Aber der Ersatz für den Abramovic, den ich aufgetrieben habe, der ist doch auch nicht schlecht."

„Wenn Sie das sagen."

Während die Kommissarin sich mit ihrem Kollegen beriet, ging Reitinger zur Kati: „Es tut mir so leid."

„Hör schon auf. Hast doch deine Geschichte." Kati wandte sich ab und ging ins Haus. Der Reitinger musste einsehen, dass es im Moment besser war, sie in Ruhe zu lassen. Er wollte gerade in seinen Wagen steigen, da fiel ihm noch etwas ein. „Ich hab da noch was", sagte er zu Jana Meyerbeer und hielt ihr das Notizbuch des Pfarrers hin, das er beim Freisleder geklaut hatte.

„Sie fahren doch jetzt zu ihm, oder? Dann könnten Sie es ihm zurückgeben", schlug er vor.

„Von wegen." Die Kommissarin nahm das Buch an sich und blätterte darin.

„Was heißt eigentlich *Offb 20, 1f.*?"

„Wieso?"

„Es interessiert mich, was drinsteht am Tag, nachdem der Schindler ermordet worden ist."

Reitinger wunderte sich. Dass eine Kommissarin sich damit beschäftigte, was in einem Mörder vor sich ging nach der Tat, das hätte er nicht gedacht. „Ich ruf die Mutter an", schlug er vor, und Jana Meyerbeer nickte lächelnd.

„Dann sah ich einen Engel vom Himmel herabsteigen; auf seiner Hand trug er den Schlüssel zum Abgrund und eine schwere Kette. Er überwältigte den Drachen, die alte Schlange – das ist der Teufel oder der Satan - und er fesselte ihn für tausend Jahre", zitierte Therese Reitinger aus dem Neuen Testament. „War's des, Bub?"

„Vorläufig schon. Ich komm heut so schnell net heim."

„Ich bin sowieso net da. Ich fahr noch mal in die Stadt."

Sie macht ernst mit dem Stadtleben, begriff der Reitinger. Aber darüber wollte er erst später nachdenken. „Hat der Stefan eigentlich gesagt, warum er den toten Pfarrer noch in den Beichtstuhl gesetzt hat? Er musste ihn dafür durch die halbe Kirche schleppen."

„Das ist auch eine von euren ländlichen Geschichten, die ich nicht verstehe. Stefan Löbl meinte, der Pfarrer habe ihn als Kind und Jugendlichen früher bei seinen Besuchen auf dem Bockshof immer so traktiert mit Moralpredigten über Schuld und Sünde, da wollte er sich ganz zuletzt noch einmal rächen."

„Sollte also der Pfarrer als armer Sünder in seinem Beichtstuhl hocken."

Die Kommissarin nickte. „Ja, und das hat der sogar noch mitbekommen. Emmeram Hintermayer hat offenbar noch gelebt, als Stefan Löbl ihn dort reinsetzte."

„Und was hat der Stefan mit seiner blutverschmierten Kleidung gemacht?"

„Im Wald vergraben, wie's hier anscheinend üblich ist." Jana Meyerbeer lächelte nicht bei diesen Worten. Der Menschenschlag hier war ihr wirklich fremd.

„Dass ihn keiner gesehen hat, wie er in der Früh über den Friedhof gegangen ist, dreckige Kleidung …"

„Die Dorfbewohner stehen eben auch nicht mehr so früh auf, wenn sich's vermeiden lässt", spottete die Kommissarin.

Der Reitinger aber wunderte sich immer noch: „Merkt das eine Hausfrau nicht, wenn da ein Hemd und eine Hose von ihrem Mann fehlt?"

Die Kommissarin zuckte die Schultern: „Dazu hat Ihre Jugendliebe noch nichts gesagt. Und ich hab davon keine Ahnung, denn ich bin keine gute Hausfrau. Fragen Sie Ihre Mutter."

Einen Moment waren beide still, Reitinger seufzte.

„Sie glauben doch jetzt auch, dass der Pfarrer den Schindler auf dem Gewissen hat?"

„Genau werden wir es wohl nie erfahren", befürchtete Jana Meyerbeer.

„Dem Stefan kann man ja wahrscheinlich wenigstens Affekt nachsagen, aber der Pfarrer war da anders drauf. Der Größenwahnsinnige hat wirklich gedacht, dass er über Recht und Unrecht entscheiden darf."

„Wenn er damals den Jakob und jetzt den Schindler umgebracht hat, dann war es in beiden Fällen sehr zu seinem Vorteil", lächelte die Kommissarin. „Einmal ist er einen Nebenbuhler losgeworden und ein anderes Mal einen Erpresser."

„Wenn er es aber für sich selber so dargestellt hat, als hätten die beiden ihr Leben sowieso nicht verdient, dann ging's ihm vielleicht besser mit seinem Herrgott."

Jana Meyerbeer zuckte die Schultern. „Davon verstehe ich nichts."

„Wenn Sie Unterricht im Katholischsein brauchen, können Sie auch zur Mutter gehen, die kennt sich noch aus", grinste der Reitinger.

„Ihre Mutter hat mir schon sehr geholfen", meinte Jana Meyerbeer. „Immerhin wissen wir auch von ihr, dass der Pfarrer ein Linkshänder war, der gelernt hatte, die Rechte zu benutzen."

„Was ich aber nicht versteh", überlegte der Reitinger. „Der Pfarrer konnte den Schindler vielleicht erstechen, aber niemals auf den Fahrradwagen laden und zum Wertstoffhof fahren."

Beide überlegten einen Moment.

„Wer würde denn alles für den Pfarrer tun?“, fragte Jana Meyerbeer – und dem Reitinger fiel nur einer ein.

Freisleder zitterte wie Espenlaub.

„Mitten in der Nacht hat der Pfarrer angerufen. Er hat gesagt, dass der Schindler ihn umbringen wollt, und da hat er zuerst zugestochen, und dass der liebe Gott das schon versteht, weil eine Notwehr, die ist doch erlaubt – und da wollt ich den Pfarrer nicht im Stich lassen, weil er war nämlich ein guter Chef und einen neuen Seelsorger kriegen wir nimmer und ...“ Er ließ sich nicht bremsen, der Mesner. Flehend sah er vom Reitinger zur Kommissarin. „Wie lang krieg ich dafür?“

Jana Meyerbeer überging die Frage. „Warum sind Sie gleich am nächsten Morgen wieder zum Wertstoffhof und haben die Leiche scheinbar auch gefunden?“

„Ich hab gedacht: Wenn die Polizei Spuren von mir findet, dann kann ich das erklären.“

Nicht blöd, dachte der Reitinger.

„Und das Notizbuch vom Pfarrer?“

„Ich wusste net genau, was drinsteht. Aber ich hab gedacht, bevor es jemand genauer anschaut ... Da häng ich die Sache doch lieber dem vom Fernsehen an.“

Reitinger und Meyerbeer sahen sich erstaunt an. Der Mesner hatte es wirklich faustdick hinter den Ohren.

Treuherzig sah Freisleder zum Reitinger. „Dir wollt ich die Sache mit dem Diebstahl im Pfarrhaus net anlasten, Thomas.“

„Dankschön, Sepp.“

Der Chef war nicht so zufrieden mit dem Reitinger, wie dieser sich erhofft hatte.

„Wenn Sie mit den News ein paar Stunden früher gekommen wären! Dann hätten wir noch eine letzte Meldung nachschieben können. Aber so! Bis heute Abend weiß es jede Zeitung in ganz Deutschland, es gibt eine Pressekonferenz, es gibt Agenturmeldungen – was haben wir noch exklusiv?“

Reitinger schwieg. Er hatte nur gesagt, dass der Fall aufgeklärt sei. Aber dass er die ganze Zeit dabeigesessen war, dass er mitten in dieser Familientragödie gewesen war, das hatte er so ausführlich nicht erzählt. Er wollte sich nicht mit dem Unglück auf dem Löbl-Hof produzieren, lieber ein kleiner Journalist sein, als auf Katis Kosten hier den großen Reporter geben.

„Wie war denn das genau?", fragte Arsch lauernd. „Du bist aufgestanden, da hörst du, die Sache ist geklärt, und dann triffst du zufällig die Kommissarin, oder wie?"

„Na ja, in so einem Ort geht das schnell rum", meinte Reitinger ausweichend.

„Und was schreiben wir jetzt, was die anderen nicht haben?"

„Dass es eine Dorftragödie war, die weit zurückreicht."

„Sehr spannend klingt das aber nicht, wenn Sie das erzählen! Hauen Sie doch mal richtig rein", schlug der Chef vor.

Das hatte Thomas befürchtet. Wie er sich gerade in diesem Moment wieder nach seiner Bezirksoberliga sehnte!

Doch es sollte noch schlimmer werden. Als Arsch von der Pressekonferenz der Polizei zurückkam, setzte er sich gleich auf den Schreibtisch des Reitinger, der gerade wieder eine gefühlvolle Helmering-Geschichte absondern wollte.

„Die Meyerbeer hat öffentlich gesagt, dass du ganz viel zur Klärung des Falles beigetragen hast. Und mir hat sie noch unter vier Augen gesagt, dass du die ganze Nacht dabeigesessen bist."

Allmählich wurde dem Reitinger ganz mulmig.

„Es gibt zwei Möglichkeiten", sagte der Arsch. „Ich erzähl dem Chef, dass du dabei warst und eine unglaublich intensive Nahreportage abliefern kannst, wo es jedem Menschen die Tränen aus den Augen drückt. Dann kriegst du einen Anschiss sondergleichen, weil du das heute bei der Konferenz nicht erzählt hast."

Reitinger sagte wieder nichts, denn er wusste, dass jedes Wort falsch sein konnte. Er wollte lieber die Alternative hören.

„Oder ich sag nichts, du schreibst deinen Schmäh und ich die Facts, und du mischst dich nie wieder in meine Arbeit ein. Verstanden?"

Reitinger nickte bloß. Er hatte auch nicht vor, jemals wieder zur Aufklärung eines Mordes beizutragen. Schon gar nicht wollte er drüber schreiben. Dann würde er eben keine Karriere machen. Dafür aber konnte er noch in den Spiegel schauen und sich einen „Guten Morgen" wünschen. Man konnte auch als Sportreporter ein Großer werden.

Der Arsch verschwand aber nicht, sondern drängte sich vor Reitingers Computer, sodass der ihn direkt anschauen musste. „Es ist wegen der Bäuerin, gell. Mit der du früher was gehabt hast."

„Was?"

„Dass du mit dem Schreiben so zimperlich bist. Sonst könntest doch weit ausholen. Der Totenschädel im Wald, der Pfarrer im Bett der alten Bäuerin, Tränen, Wut, Verzweiflung, schicksalhafte Verstrickung, Morddrohungen und Verdächtigungen - ich wett, da ist alles drin. Und du verschenkst es. Sitzt mit am Tisch, wenn's ans Wesentliche geht und willst es net schreiben. Du bist kein Journalist."

Das Urteil vom Aschenbrenner traf ihn, auch wenn er sich immer wieder einredete, dass das Schwachsinn sei. Er rief sich in Erinnerung, wo der Arsch auch schon einmal die Tatsachen verschwiegen hatte, nur um seinen Freunden oder denen des Chefs einen Gefallen zu tun. Wie war das, als ein Stadtrat seine Frau krankenhausreif geprügelt hatte? Und warum war die Alkoholfahrt vom Referenten kein Thema gewesen? Aber Stefan, Fritz, Gunda und Kati Löbl, die würde er durch die Zeitung ziehen, bis jeder weit und breit die Gesichter zur Geschichte kennen würde. Er schrieb, was Sache war. Wie entsetzlich dieses nächtliche Gespräch für sie alle gewesen war, das ging keinen was an.

Erst als er fast in Helmering war, fiel dem Reitinger auf, dass es gar keinen Grund mehr gab hierherzukommen. Er hätte gleich in seine Regensburger Wohnung fahren können. Mit Lisa sprechen. Zu spät. Jetzt war er da.

Die Mutter war noch nicht zu Hause. Wahrscheinlich verbrachte sie im Moment ebenso viel Zeit in Regensburg wie er hier. Reitinger duschte, dann ging er ins Wirtshaus. Sparbesetzung am

Stammtisch. Kein Fritz Löbl, kein Sepp Freisleder. Er war mit dem Hitzlkofer und dem Doktor allein.

„Ich lad dich ein, Richard“, sagte er zu dem Arzt. „Wegen der Knochen im Wald.“

„Seid ihr jetzt fertig mit eurem Fall?“

Reitinger nickte: „Wird dein Schwager, der Bürgermeister, froh sein, dass endlich wieder Ruhe ist.“

„Sauer ist er. Heut hat er meiner Frau vorgejammert, dass alle in der Zeitung zu Wort kommen, bloß ihn zitiert keiner, obwohl er andauernd bei euch in der Redaktion anruft.“

„Wenn er einen umbringt, kommt er auch in die Zeitung.“

„Pass bloß auf. Sonst bist du das.“

Sie lachten und stießen an.

13.

Die Mutter weckte ihn am nächsten Tag.

„Steh auf, es ist schon Mittag.“

„Ich hab heut frei.“

„Aber du hast Besuch.“

„Wer?“

„Schau selber.“

Die Mutter war auch nicht mehr so kooperativ wie früher, fand der Reitinger. Es dauerte ein bisschen, bis er das Gefühl hatte, er könne sich einem Besucher zumuten. Aber es waren zwei Besucherinnen. Einträchtig saßen sie mit der Mutter in der Küche, tranken Kaffee und aßen Kuchen.

Kati stand gleich auf und kam auf ihn zu. „Ich wollt mich nur bedanken, weil du es so kurz gemacht hast und uns nicht alle durch den Dreck gezogen hast.“

„Hast das gedacht?“

„Schon. Hast ja genug gesehen und gehört.“

Der Thomas wollte noch fragen, was jetzt mit dem Stefan wird, wie es auf dem Hof weitergehen würde, aber er sah, dass die Kati Tränen in den Augen hatte.

„Wiederschaun zusammen“, sagte sie noch, dann ging sie.

Thomas setzte sich zur Kommissarin.

„Ich will mich auch bedanken.“

„Bitte. Gern geschehen.“

„Ich fand Ihren Artikel auch gut.“

„Da sind die Kati und Sie die Einzigen.“

„Mir hat er auch gefallen“, ergänzte die Mutter.

Jana Meyerbeer aber verstand: „Sie haben Ärger in der Redaktion. Zu wenig *human touch*.“

Der Reitinger nickte.

Der Kommissarin dämmerte allmählich etwas. „Hätte ich Ihrem Kollegen Aschenbrenner vielleicht nicht erzählen sollen, dass Sie bei der Aufklärung dabei waren?“

„Ganz sicher hätten Sie das nicht erzählen sollen.“

Das Telefon klingelte, die Mutter ging hinaus, obwohl sie das, wie man ihr deutlich ansah, ganz ungern tat.

„Entschuldigung“, murmelte Jana Meyerbeer. „Das war wohl etwas naiv von mir.“

Eine Weile schwiegen sie.

„Dass ein Pfarrer zwei Morde begeht …“, sinnierte der Reitinger.

Jana Meyerbeer zuckte die Schultern. „In beiden Fällen hat er den anderen erzählt, es sei Notwehr gewesen.“

„Das hätte ich an seiner Stelle auch gemacht.“

„Was denken Sie denn?“

Reitinger zog sein Notizbuch heraus und zeigt Jana Meyerbeer eine Notiz.

„Am 30. April hat der Pfarrer in seinem Notizbuch an Moses erinnert, der einen Ägypter erschlagen hat, der zuvor einen Hebräer umgebracht hatte. So stand's im Alten Testament.“

„Am 30. April 40 Jahre zuvor ist der Jakob Löbl verschwunden.“

Reitinger nickte. „Und ich hab den Hintermayer predigen hören, dass der liebe Gott den Moses sehr geliebt hat, auch wenn er einen Menschen umgebracht hat.“

„Notwehr oder Mord – wir können ihn in beiden Fällen nicht mehr zur Rechenschaft ziehen. Wenn es einen Gott gibt, dann soll der das tun.“

„Und das alles wegen einer Frau."

„Apropos Frau", sagte die Reitingerin, die gerade jetzt zur Tür hereinkam. „Die Lisa kommt nachher vorbei."

Lisa hatte die Unterlagen für ein paar hübsche Zwei-Zimmer-Wohnungen in der Stadt mitgebracht, und die Mutter war ganz begeistert.

„Ich fühl mich viel jünger, seit ich drüber nachdenke, und den Freisleder hätt ich sowieso net genommen. Den Gehilfen eines Mörders!" Damit nahm die Reitingerin die Unterlagen und setzte sich ins Wohnzimmer. Thomas und Lisa blieben allein in der Küche zurück.

„Wir müssen uns auch unterhalten", sagte die Lisa.

Reitinger nickte bloß.

„Das mit dem Kommissar ist vorbei. Es tut mir leid."

„Aber das ist doch net unser einziges Problem."

„Trotzdem: Ich möcht's noch nicht so ganz aufgeben."

„Auf einmal?"

„Sag bloß, jetzt magst du nicht mehr."

„Ich würd gern ein bisschen nachdenken", gestand Reitinger. „Die letzte Zeit war des net gut möglich."

„Du bist ja von Frauen umschwärmt", spottete Lisa. „Die Kommissarin, die Jugendliebe ..."

„Ich glaub, ich bleib noch eine Weile hier heraußen", unterbrach sie der Reitinger.

„Wegen der Kati?"

„Wegen mir. Wir zwei denken eine Weile nach, und dann wird sich's schon finden."

„So einfach ist das nicht, mein Lieber. An einer Beziehung muss man auch arbeiten ..."

„Aber heut nimmer, Lisa", brummte der Reitinger und war auf einmal unendlich müde.

Als Lisa gegangen war, beobachtete Therese Reitinger ihren Sohn ganz genau.

„Magst sie jetzt oder magst sie nicht mehr?"

„Heut mag ich einfach nur meine Ruh", grantelte er herum.

„Und bleibst jetzt eine Weile da?"

„Mhmhm."

„Ich zieh aber zum neuen Jahr nach Regensburg."

„Und ich zieh diese Woch hier ein."

„Hätt net gedacht, dass du noch mal nach Helmering kommst."

„Ich auch net, Mutter."

Reitinger ging die Treppe hoch in sein altes Jugendzimmer. Er setzte sich aufs Bett und sah sich genauer um. Ein Fußballpokal, der Wimpel vom Jahn Regensburg, ein Plakat der jungen Madonna an der Wand. Hier hatte er die letzte Zeit verbracht, hier würde er noch eine Weile bleiben.

Er rückte den Schreibtisch ganz ans Fenster und sah hinaus auf die Wiese und den daran angrenzenden Wald. Dann fiel sein Blick auf die Pinwand, an der nur ein altes Passfoto von ihm hing. Er legte seinen Kalender auf den Schreibtisch. Dabei rutschte die Postkarte heraus: „Nichts macht dich so fertig wie deine Heimatstadt."

Thomas Reitinger nahm die Karte und pinnte sie an die Wand. Willkommen daheim.